99
zerstreute Perlen

Halim Youssef

Roman

mit einem Nachwort von
Bachtyar Ali

Übersetzung aus dem Kurdischen von
Barbara Sträuli

sujet verlag

99 Morîkên belavbûyî
Roman
Helîm Yûsiv
Weşanên Peywend, Istanbul
Çapa yekem: 2015, Çapa duyem: 2018

CIP - Titelaufnahme in die Deutsche Nationalbibliothek
© 2023 by Sujet Verlag

Halim Youssef - 99 zerstreute Perlen
Aus dem Kurdischen übersetzt von Barbara Sträuli
mit einem Nachwort von Bachtyar Ali

ISBN: 978-3-96202-134-4

Lektorat: Monika Dietrich-Lüders
Umschlaggestaltung: Kai Kullen
Layout: Viviana Blomenkamp
Druckvorstufe: Sujet Verlag, Bremen
Printed in Europe
I. Auflage 2023

Eine einzelne Perle

An einem Märztag gegen Abend wurde in Deutschland ein Kurde mit grauen Haaren, der auf der Straße ging, von einem vierundzwanzigjährigen und 195 Zentimeter großen jungen Mann von hinten erschlagen. Ich kannte den ermordeten Mann flüchtig. Damals war ich neu in Deutschland. Von jenem Tage an reifte in mir die Idee, einen Roman zu schreiben. Später begann ich mein Geld als Dolmetscher zu verdienen. In der Unruhe des Alltags lebte das Ereignis nur noch wie ein Traum oder eine alte Narbe in meinem Gedächtnis fort, und hätte nicht jene Begegnung stattgefunden, hätte es sein können, die Narbe wäre ganz verblichen.

Der Zufall wollte es, dass ich in einer psychiatrischen Klinik als Dolmetscher für eine kurdische Frau zu übersetzen hatte. Nachdem wir uns über die Zeit näher kennengelernt hatten, legte sie mir ein abgegriffenes Heft mit einem blauen Umschlag in die Hand, das mit einer schönen Handschrift vollgeschrieben war. Nach der Lektüre dieses Heftes brach die alte Narbe auf, und wieder stieg ein ungeheurer Schmerz in mir auf. Das Heft war das Tagebuch jenes grauhaarigen Mannes, wie ich ein Übersetzer, der darin von seiner Not und der Not von

Menschen erzählte, wie ich einer war. Während ich das Heft las, wusste ich oft nicht, ob er von sich sprach oder von mir.

Um die beteiligten Personen zu schützen, habe ich die richtigen Namen im Heft durch andere ersetzt. Ich habe die Perlenschnur des Mannes unter Zufügung einiger weiterer Perlen neu aufgezogen, indem ich die unordentlichen Notizen in seinem Heft, eine nach der anderen, wie die Perlen der schwarzen Gebetsschnur mit den neunundneunzig Perlen, neu aufreihte, die er an seinem Handgelenk getragen hatte.

Der Autor

Die Perle am Anfang der Schnur

Alles endete mit dem Schlag des scharfen Eisens, das auf seinen Kopf niederfuhr.
Die Träume waren zu Ende. Hoffnung blieb keine. Das Augenlicht erlosch. Sehnsüchte zerstoben. Ein schwarzer Vogel, der in diesem Augenblick auf ausgebreiteten Flügeln zum Himmel emporstieg, schrak zusammen. Der Baum im Hof eines Hauses in einem fernen Land schlang die Äste um sich und weinte. Ein glühendes Stück Kohle unter der Asche einer alten Liebe fiel ins Wasser und erlosch.

Ein Ausländer, im mittleren Alter und kräftig, ging von der Heftigkeit des Schlags, den ihm ein hasserfüllter junger Mann auf den Kopf gegeben hatte, zu Boden. Er war vor dem Geschäft eines Dönerverkäufers stehen geblieben und lag urplötzlich, ohne Kampf, ohne Auseinandersetzung, in der Gasse in seinem Blut, lautlos, an einem stummen Abend, in einem klanglosen Augenblick. Er ging durch diesen einen Schlag zu Boden, doch blieb er nicht liegen. Er erhob sich und schaute dem jungen Mann, seinem Mörder, in die Augen. Er wollte etwas zu ihm sagen. Er wollte seine tägliche Arbeit fortsetzen, welche die eines Brückenbauers, eines Übersetzers war. So wie er zwischen den Leuten seiner fernen Heimat, die nach Europa gekommen waren, und den Einheimischen dieses Landes

Brücken zu schlagen pflegte, wollte er eine Brücke von sich zu seinem Mörder schlagen, doch die Antwort des Gegners kam sofort. Es folgte ein Schlag und noch ein Schlag, und er gab keinen Laut mehr von sich.

Nun hatte sich das Bild verändert. Atem und Seele waren entwichen. In der kalten Gasse lag der Körper des ermordeten Mannes, den die Anwohner mit bestürztem Blick umstanden. Ein paar Leute in der Nähe hielten im Essen von Döner und im Trinken von Bier und Wasser inne und blieben starr an ihren Plätzen sitzen. Andere betrachteten das Bild, als ob sie einen Ausschnitt aus einem Kriminalfilm vor sich hätten, und gingen ihres Weges.

Noch andere kümmerten sich nicht um den Aufruhr. Einige lächelten und sagten: „Da haben sie schon wieder einen Dönerverkäufer getötet!" und setzten ihre Gespräche fort.

Jemand rief die Polizei, aber keinem kam es in den Sinn, dem fliehenden, hasserfüllten jungen Mann den Weg abzuschneiden und ihn daran zu hindern, sich in ein Taxi zu werfen und mit dem blutigen Eisenstück in der Hand zu entkommen. Jener junge Mann, der jäh alles, hundert durcheinander wirbelnde Ideen und Bestrebungen, Pläne und Projekte, Blumen, die aus dem Feuer der Liebe wuchsen, Träume und Fantasien aus allen Ecken der Welt, die Not und die Sehnsucht von Jahren, Alltagsfreuden hinter geschlossenen Türen, Schmerzen und vernarbte Wunden, Tausende von Hoffnungen und unerfüllten Wünschen in einen leblosen Körper verwandelt hatte, von dessen Blut er noch ein wenig mit sich trug, als er ging.

Er hatte all diese Dinge mit einem Hieb zum Leichnam eines Ausländers gemacht, den keiner von den Leuten kannte, die ihn umstanden. Bis die Polizei kam, getraute sich niemand, sich dem Blut zu nähern, das die Gasse hinunter sickerte. Es wusste auch niemand, wie das Gesicht des Mörders aussah, außer dem Taxifahrer, der in jenen Minuten die Erklärungen der Polizei, die den Mörder suchte, am Radio hörte und sich sofort zur Polizei begab, damit sich diese an die Verfolgung machen konnte und ihn festnahm. Aber all das war für Azado, den in seinem neunundfünfzigsten Lebensjahr ermordeten Übersetzer, zu spät.

Mittlerweile wunderten sich eine Kranke, die kein Deutsch sprach, und eine Psychologin, die auf ihn wartete, dass er nicht erschienen war, um zu übersetzen. Für die Psychologin, die seit Jahren mit ihm zusammenarbeitete, war es das erste Mal, dass sich der Übersetzer nicht an seine Abmachung hielt und auch ihren Anruf auf sein Mobiltelefon nicht beantwortete. Es war ebenso zu spät für das Feuer der Liebe, das ihm nach langen Jahren das Herz und die Seele wieder gewärmt hatte.

Die Polizisten, die an den Tatort kamen, schauten sich alles an und schrieben alles auf. Sie kontrollierten die Identitätskarte und die Papiere des Toten. Nachdem sie fertig waren, nahmen sie die Leiche mit, reinigten die Gasse vom Blut und gingen. Was niemand bemerkt hatte, waren die zerstreuten Perlen einer Gebetskette. Die Polizei hatte festgestellt, dass der Mann im Gegensatz zu anderen Leuten die Uhr am rechten Handgelenk trug, kannte aber nicht den Grund dafür: die Schnur aus schwarzen Perlen, die er vor Jahren anstelle der Uhr ums linke Handgelenk geschlungen hatte.

So wusste sie auch dies nicht: Sein ganzes Leben war in jenen Perlen verborgen und jede Perle für sich umschloss ein Stück seines Lebensfadens, der nun durch den erbarmungslosen Schlag des entflohenen Mörders zerrissen war, und jede Perle rollte in eine andere Richtung.

Die zweite Perle war die Perle des Übersetzens

Meine Beziehung zum Übersetzen reicht in meine Kindheit zurück. Ich glaube, ich war neun Jahre alt, als mein Vater mich stolz zu sich rief, damit ich für ihn übersetzte.

Ein Araber war zu unserem Haus gekommen und hatte meinem Vater eine Frage gestellt. Da mein Vater außer Kurdisch keine andere Sprache beherrschte, musste er sich gezwungenermaßen auf mich stützen, auf seinen Sohn, der gerade etwas mehr als zwei Jahre zur Schule ging. Sein Besucher beherrschte nur die Sprache dieser Schule. Obwohl ich nicht alles verstand, was der Mann in seinem Beduinen-Dialekt sagte, setzte ich doch seine Aussagen irgendwie zusammen und übermittelte sie meinem Vater. Der Mann stammte aus einer entfernten Gegend und hatte sich mit seiner Familie in einem neu gebauten Dorf in der Nähe von Amude niedergelassen. Er kam, um zu fragen, ob wir Schafe hätten und ob er Joghurt kaufen könne.

Ich verstand erst später, als ich etwas größer war: Dieser Mann gehörte zu einer der Tausenden von arabischen Familien, für welche die Regierung mehr als dreißig Dörfer gebaut hatte und denen sie Land, Besitz und sogar Waffen gab. Ich verstand auch eher zu spät den Grund für den Zorn meines Vaters auf diesen Mann und seinesgleichen, er lag nicht in seiner Unkenntnis der Sprache, sondern hatte andere Ursachen. Die erste Übersetzung meines Lebens lief nicht glimpflich ab. Ich weiß nicht mehr, wie unser Gespräch auf Joghurt und die Herstellung des Joghurtgetränks kam. Ich versuchte alles, aber das arabische Wort für das Joghurtgetränk kam mir nicht in den Sinn und meine Übersetzung gelang nicht. Mein Vater fuhr auf mich los und schrie zornig:

„Seit drei Jahren lernt mein Eselssohn Arabisch und kennt nicht einmal das Wort für ein Joghurtgetränk! Gott, was habe ich für ein Pech! Genug! Soll er doch am Typhus verrecken!"

Als sein Gast sah, wie wütend mein Vater auf mich losfuhr und unflätig fluchte, dachte er sich: „Nichts wie weg!" und floh aus unserem Haus.

Von jenem Tag an bis heute, wo ich auf die Fünfzig zugehe und kein schwarzes Haar mehr auf dem Kopf habe, habe ich diesen unseligen Gast nie mehr gesehen. An jenem Tag erlebte ich die beiden Seiten des Übersetzens. Die schöne Seite war, ich konnte die Gefühle, Aussagen, Ansichten, Ideen, ja sogar die Träume meines Vaters in Wörter mit Flügeln verwandeln, die ich vor den Augen und Gedanken seines Gastes fliegen ließ. Im Gegenzug machte ich die Wörter seines Gastes für den Vater zu einem Spiel, zu klarem Wasser, in dem er seinen Zorn kühlen konnte, und brachte die Dürre seines Nichtverstehens zum Verschwinden. So konnten die beiden Männer, die einander fremd und vor meinem Erscheinen kalt wie Stein gewesen waren, miteinander lachen und sich gegenseitig vertrauen, da jeder wusste, was sein Gegenüber gesagt hatte. Ich merkte, wie wichtig meine Rolle war. Ich war nämlich trotz meiner Jugend fähig, eine tragende Brücke zwischen den beiden Männern zu schlagen. Doch brach die Verbindung ab, als mir das Wort für das Joghurtgetränk nicht in den Sinn kam, und ich konnte, wegen des Ärgers und Zorns meines Vaters, die große Freude jenes Tages nicht auskosten. Das Ganze hatte mir aber eine wichtige Erfahrung beschert. Ich schwor mir, in den kommenden Jahren ein weiteres Versagen zu verhindern und beide Sprachen besser zu lernen. Deshalb vergaß mein Vater die Sache mit dem Joghurtgetränk und ließ mich nach kurzem die Nachrichten der damaligen Radiostationen übersetzen. Ich wusste nicht, dass die Schule die Ursache für die mangelnde Sprachbeherrschung meines Vaters war, und es kam mir nicht in den Sinn zu fragen, weshalb wir nicht in unserer eigenen Sprache unterrichtet wurden. Deshalb war es für mich auch völlig selbstverständlich, dass keine Radionachrichten in der Sprache meines Vaters gesendet wurden, – nicht nur das, ich war sogar froh darüber, dass es keine gab. Ich muss zugeben, in den arabischen Nachrichten kamen viele Wörter vor, die ich nicht verstand. Mein Vater war schon damit zufrieden, wenn ich übersetzte, was ich verstand. Es war offenbar sehr viel besser, Wenig zu erfahren als gar nichts. Die Wirkung meiner Übersetzertätigkeit auf meinen Vater war stark, voller Freude hob er mich hoch und küsste mich, wenn die Nachrichten über die Kurden gut waren.

Dann wieder wurde er traurig und Tränen traten ihm in die Augen. Er stellte das Radio ab, legte sich das Kopftuch über die Augen und sagte:

„Heute reicht es, mein Sohn, ich will schlafen."

Ich verließ ihn, doch ich wusste nicht, warum mein Vater das Tuch über die Augen legte: nicht um zu schlafen, sondern weil ich ihn nicht weinen sehen sollte. Jeden Abend bat ich Gott darum, nur gute Nachrichten aus dem Radio meines Vaters erschallen zu lassen, so dass er mich hochheben und küssen würde.

Die dritte Perle war die Perle des Nordens dieser Welt

Ich weiß nicht, weshalb das Radio meines Vaters keine anderen Nachrichten von sich gab als solche von Mord, Krieg und Kampf. Das einzige Wort, das Vater immer im Munde führte, war „Norden". Er wartete auf Nachrichten über den Aufstand im Norden. Nach einigen Tagen verstand ich, er meinte damit den Norden des Iraks, wo die Kurden sich gegen die Regierung des Iraks erhoben hatten und Krieg führten. An dem Tage, als die Peschmerga in jenem Norden einen Sieg errangen, wurde ich zu Hause hochgehoben und geküsst. An dem Tage als Peschmerga im Norden des Iraks starben, herrschte in unserem Haus im Norden Syriens Trauer. Dies, weil mein Vater aus einem Norden stammte, den die Leute von dort unter sich als den Norden Kurdistans bezeichneten und der offiziell als Türkei bekannt war. So war es: Mein Vater stammte aus dem einen Norden, sein Herz schlug für einen anderen Norden, und in einem dritten Norden lebte er. Außerdem stand unser Haus im Norden von Amude. Eines Tages fragte ich meinen Vater nach diesem Norden. Er schaute mich voll Schmerz an, als ob ich ihm die Kruste von einer Wunde gekratzt hätte und sagte:

„Ich bereue sowieso nur eins, Azado, nämlich dir nicht den Namen „Bakur" gegeben zu haben."

Bakur heißt „Norden". Als ihm in den Sinn kam, dass Rezos Katze auch Bakur hieß, lachte er in sich hinein und sprach nie mehr davon, meinen Namen zu ändern. In Amude wurden Hunde und Katzen ohne Mitgift auf die Straße gesetzt. Unser Nachbar, der Wanderverkäufer Rezo hatte einen Kater. Dieser Kater war äußerst eingebildet und führte sich unter den Katzen der Umgebung auf wie ein König. Er streckte die Nase in die Luft, legte stolz seinen Schwanz auf den Rücken und setzte hinter den Weibchen her. Oft reiste er mit seinem Besitzer, dem Wanderverkäufer, nach fernen Dörfern und Städten. Eines Tages ließ er seinen Besitzer stehen und rannte auf ein Weibchen zu, das auf der anderen Straßenseite auf ihn wartete. Gerade als er die Straße überqueren wollte, raste unerwartet ein Auto auf ihn zu und überfuhr ihn. Mit größter Anstrengung befreite sich der zerquetschte Kater aus den Rädern. Er ließ das Weibchen sein und suchte mit gebrochenem Rücken, den Schwanz auf der Erde nachschleppend und mit eingeknickten Hinterbeinen, seinen Herrn zu erreichen. Von diesem Tag an verbreitete sich der Ruhm von Rezos Kater, und seine Abenteuer waren in jedermanns Munde. Der verletzte Kater schaffte es noch bis zu seinem Herrn, aber es war zu spät. Am Tag, an dem er starb, weinte Rezo so heftig über ihn wie eine Mutter, die ihre Kinder verloren hat. Er grub dem Kater Bakur ein großes Grab, wickelte ihn in ein Leichentuch und begrub ihn im Friedhof für Menschen. Die Leute sagten, Rezo hätte nicht so getrauert, wenn er ein eigenes Kind verloren hätte. Viele Male habe ich seither mein Schicksal mit dem von Rezos Kater verglichen. Wir hatten viel gemeinsam, vor allem, da unsere gemeinsame Geschichte schon vor seiner Verletzung begann. Als ich verstand, dass die Messerstiche, die mein Herz jede Sekunde durchbohrten, von der Liebe herrührten, geriet meine Welt aus den Fugen. Die scharfen Messer waren Berivan, Rezos Tochter, in die Hände gefallen. Damit hielt jene Berivan mit den scheuen Blicken mein Leben in ihren Händen.

Und der beneidenswerte Kater lebte mit Berivan unter demselben Dach. Deshalb machte mein Herz oft einen Sprung, wenn ich den Kater erblickte, denn ich übertrug meine Wünsche auf ihn, der jede Nacht heimlich ins Zimmer von Berivan eindringen, unter ihre Decke kriechen und sich in ihre Arme werfen konnte. Einerseits liebte ich diesen Kater und betrachtete ihn als die wundervollste Katze der Welt, doch war ich gleichzeitig auch eifersüchtig und neidisch auf ihn, da ich nicht, wie er, Berivans Türe öffnen und ungestört mein Gesicht zwischen ihren beiden kleinen Brüsten bergen und mich ausweinen, oder meinen Kopf auf diese Brüste legen und sterben konnte. Dies fühlte ich besonders, weil Gott mir die warme Brust meiner Mutter geraubt hatte. Wegen meiner Ankunft in dieser Welt tat meine Mutter den letzten Atemzug und verließ sie. Ich war ein Kind ohne Segen, wie man im Volk diejenigen nennt, die durch ihre Geburt die eigene Mutter töten. Dieses Unglück verfolgte mich. Ich habe mich die ganzen fünfzig Jahre meines Lebens danach gesehnt, das wahre Gesicht meiner Mutter sehen zu können und mit ihr zu sprechen. Wie jedes Kind würde ich ihren Geruch einatmen. In ihren Armen würde ich mich zusammenrollen und den Kopf auf ihre Knie legen und ein einziges Mal selbstvergessen und in Ruhe einschlafen. Ich wünschte mir, wenn ich weinte, wäre eine Mutter da, die meine Klagen hörte und zu mir käme, wenn ich um Hilfe rief. Wenn andere Kinder über sich und ihre Mütter sprachen, erstickte ich fast vor Wut. Ich verbarg meine Tränen. Ich stieß meinen Schmerz in den tiefsten Winkel der Seele hinunter und erlaubte ihm nicht, sich zu melden. Stumm und voll Gram hörte ich ihnen zu, während es in mir kochte. Sogar wenn ich mitunter sah, wie ihre Mütter zornig auf sie waren und sie beschimpften, hätte ich an der Stelle dieser vom Glück Begünstigten sein wollen. Ich wünschte mir eine Mutter, die wütend auf mich war, mich beschimpfte, dies nach kurzer Zeit bereute, mich umarmte und unter Koseworten küsste. Die Wut, die Verbitterung, der Schmerz, die sich über Jahre in mir angehäuft hatten, platzten urplötzlich wie ein Blindgänger vor den Füßen einer anderen Frau, vor den Füßen Berivans. Aber wer dann im Staub und Rauch der Explosion zurückblieb, war nicht Berivan, sondern ich.

Von meiner Mutter war mir eine Fotografie geblieben. Auf irgendeine Weise kam mir dieses mit den Jahren verblichene und schadhaft gewordene Bild mit allen anderen Besitztümern auf den verschlungenen Wegen der Fremde, in den Stürmen einer Flucht über verbotene Pfade abhanden. Doch noch bevor ich diesen mühevollen Weg einschlug, hatte der Angriff der eisernen Schlangen begonnen. Das waren jene grünen, gefleckten Schlangen, die ihre gierigen Augen auf alles richteten, sei es tot oder lebendig, und denen wir nicht entkamen, auch nicht unsere Seele und nicht unser Geist.

Die vierte Perle war die Perle der hasserfüllten, hungrigen Schlangen

Der Angriff der hungrigen Schlangen, die das ganze Land unterwerfen würden, hatte kurze Zeit vor meiner Geburt begonnen. Ich wurde in die Ruinen und in die zerstörte Umgebung hinein geboren, die sie hinterlassen hatten. Deren Besitzer, ihre Handlanger, hatten sich in den oberen Stöcken von Gebäuden in großen Städten niedergelassen, wo niemand sie mehr erreichen konnte. Auch getraute sich niemand zu erwähnen, dass sie alles geplündert hatten. Nur hinter vorgehaltener Hand und im Schatten großer Angst pflegte man sich die Geschichten und Legenden des Landes zu erzählen, in das ich zufällig hinein geboren worden war. Jeder kannte diese Geschichte auswendig, aber niemand wagte es, die Stimme zu erheben, wenn er sie erzählte. Die Geschichte des Landes war vollständig zur Geschichte eines einzelnen geworden, eines Generals. Die Schwierigkeiten hatten mit dem Putsch dieses Generals begonnen. Mit einer Armeemacht, Panzer und Kanonen hatte er alles in Besitz genommen. Innerhalb weniger Monate hatte er sich in der Hauptstadt niedergelassen. Seine Generäle und Soldaten tauschten ihre Uniformen gegen Zivilkleidung und wurden die

Anführer und Parlamentarier seiner Partei. In der einen Hand hielt dieser Präsident die Schlüssel zur Pforte des Paradieses und in der anderen Hand die Schlüssel zum Tor der Schlangengrube. Den Anfang machte das Wort „Nation". Scharen von hungrigen Schlangen dieser Nation, von denen viele geflügelt waren, griffen das Land zur Erde und in der Luft an. Sie änderten die Namen unserer Städte, die Namen der Dörfer, die Namen der Bäume, der Felder, der Hühner, der Böcklein, Schafe, Lämmer, Küken und die von uns Kindern. Außer ihrer Nationalsprache, welche die Sprache der Regierung und aller ihrer Institutionen war, wurden alle anderen Sprachen ausgemerzt. Die Schlangen packten die Zungen der Kinder und fraßen sie auf. Mit Gewalt pflanzen sie die nationale Sprache in ihre Münder ein. Es gab eine Nation, eine Sprache, eine Partei und vor allem einen Präsidenten. Jeder, der der Nation dieses Staates angehörte, konnte ohne Mühe Kommandant werden, und die Pforte des Paradieses öffnete sich vor ihm. Die Nation war auf ewig verankert und die grünen Schlangen hatten allen anderen Völkern im Land die Möglichkeit zur Existenz abgeschnitten. Als der Präsident das erreicht hatte, reorganisierte er die Partei. Allein die Partei des Präsidenten übernahm die Führung von Staat und Gesellschaft – angeblich mit Zustimmung der Nation. Wer sich gegen diese Idee wehrte, machte sich gegenüber dem Grundgesetz des Staates schuldig. Die Zahl der Parteimitglieder erreichte Millionen. Du wurdest Mitglied, und alle Wege standen dir offen. Du wurdest nicht Mitglied und rücktest damit in die Nähe der Staatsfeinde oder warst zumindest ein unnützer Bürger, und alle Wege blieben dir verschlossen. Wenn jemand ohne Parteizugehörigkeit vielleicht doch noch Lehrer wurde, so war er ein Lehrer, der unter Verdacht stand, angezweifelt wurde und nie Schuldirektor werden konnte. Ebenso öffnete die Mitgliedschaft ihrem Besitzer eine Hintertür zum Paradies.

Allmählich war keine erkennbare Nation mehr da und auch keine Partei. In allen Ecken des Landes wurden Abteilungen der Geheimpolizei eingerichtet: eine Abteilung für den Luftschutz, eine politische Abteilung, eine Abteilung für das Militär, eine Abteilung für den Staatsschutz, und sowieso war die Aufgabe all dieser Abteilungen auch der Schutz des Präsidenten. An die Spitze jeder Abteilung wurde jemand aus der Familie des Präsidenten oder aus seinem nahen Umfeld berufen, von denen jeder direkt dem Präsidenten unterstellt war. Statt einer Schar von Schlangen gab es nun deren zehn oder fünfzehn. Die Pforte des Paradieses öffnete sich nur noch für die Mitglieder aus einer dieser Abteilungen. Mein Schicksal wollte es so: Ich hatte weder eine Beziehung zur Nation des Präsidenten noch zu seiner Partei und auch keine zu den Sicherheitskräften, die ihn und die Nation schützten. Aus diesem Grund gab es den Tag nicht, an dem ich die Pforte des Paradieses überhaupt erblickt hätte.

In unserem Haus waren wir vor den Angriffen der Schlangen, die von allen Seiten auf die Häuser eindrangen, nicht gefeit, obwohl mein Vater nie etwas mit Politik zu tun gehabt hatte. Ihre Angriffe waren heftig und erreichten schließlich einen Punkt, an dem ich Traum und Wirklichkeit nicht mehr unterscheiden konnte. Menschen verwandelten sich vor meinen Augen in Schlangen und griffen plötzlich andere Menschen an. Schlangen verwandelten sich vor meinen Augen in Menschen, die manchmal weinten oder um Hilfe schrien. Oft höhnten sie auch über sich und ihre Umgebung. Manche hatten zwei Beine, andere mehrere Beine und zwei Flügel. Einmal klebte eine dieser Schlangen an unserem Fenster. Sie kroch aufs Dach und ließ sich dort in einer Ecke nieder. Die Schlange schien tieftraurig zu sein. Sie konnte nicht mehr mit der Schar der anderen auf Plünderung ausziehen. Ich wollte ihr helfen und stellte ihr jeden Tag Brot und Wasser hin, aber sie ließ nicht zu, dass ich ihr Gutes tat. Eines Morgens klatschte ihr Körper von oben vor unsere Füße. Ich fürchtete mich vor ihr, doch fühlte ich daneben auch Erbarmen mit ihrem Alter und ihrer Einsamkeit. Ich hatte Tag und Nacht mit Leuten zu tun, die kamen und vor unseren Augen unser Land in Besitz nahmen und verlangten, alles solle nach ihrem Befehl ablaufen. Ich fragte mich ständig dasselbe:

„Warum freuen sie sich nicht an der Vielfalt?"

„Warum sollen alle Menschen genau dasselbe tun wie sie selbst?"

Ich wollte das Geheimnis lösen, weshalb Menschen diesen seltsamen Wunsch verspürten, und weshalb sie die Verschiedenheit der Hautfarben oder Sprachen anderer Menschen so heftig ablehnten. Die Vorstellung, die darin bestand, jede Farbe müsse verschwinden und die Welt einfarbig sein, oder alle Menschen müssten sich gleichen, und es dürfe keine Unterschiede zwischen ihnen mehr geben, beängstigte und lähmte mich. In jener Zeit traf ich ständig auf Menschen, die von mir verlangten, ich solle meine Haut wechseln und werden wie sie. Ich weiß nicht, bis zu welchem Grad dies politisch begründet war.

Ich weiß nur, mir war das fatale Los zugefallen, Widerstand gegen die hungrigen Schlangen des unsterblichen Führers leisten zu müssen, dessen Bilder an jedem Ort und in jeder Gasse zu sehen waren. Auf seinen Plakaten stand auf jeder seiner Schultern ein kleiner Flügel in Form einer Schlange ab. Auf beiden Seiten seines Kopfes war eine Schlange mit aufgerissenem Mund und starrenden Zähnen zu sehen. Die eine Hälfte der Menschen hatte Angst, sich zu rühren, um nicht von einer Schlange gebissen zu werden, die andere Hälfte war völlig verstummt, da ihr die Schlangen die Zungen gefressen hatten. Ich selbst fühlte mich anfallsweise ausweglos, unglücklich, schwach oder traurig. Doch dazwischen wurde mir auch bewusst, ich hatte zwei Kraftquellen, die mich stärkten. Das eine war das Mischen von Farben und das Ausharren vor einer weißen Leinwand mit dem Pinsel in der Hand. Das andere war der Geist meiner Mutter.

Die fünfte Perle war die Perle des Geistes einer Mutter

Nur der Geist meiner Mutter konnte mich an jeden Ort begleiten und alle Grenzen mit mir zusammen überqueren, die ich zu überwinden hatte. Denn sie hatte Flügel. Meistens tauchte sie unversehens in Gestalt eines schwarzen Vogels mit langen Schwingen vor mir auf. Nachdem sie über Länder geflogen war und lange Strecken zurückgelegt hatte, erschien sie, faltete ihre Flügel und wurde zu einer Frau mittleren Alters in schwarzen Kleidern. Wie sehr ich mich auch anstrengte, konnte ich doch ihre Gesichtszüge nie klar erkennen. Sie hatte ein Gesicht voll Helligkeit und Licht. Mit einer klaren Stimme, die mich entzückte, eröffnete sie mir ihre Gedanken. Sie brachte meinem Herzen Ruhe, wurde wieder zum Vogel und flog davon. In meiner Kindheit sprachen die alten Männer und Frauen immer von den Vögeln des Paradieses. Ich sagte mir, dieser Vogel könne ja einer von den Paradiesvögeln sein, von denen alle sprachen, die aber nie jemand gesehen hatte. Ich sehnte mich nach dem Geist meiner Mutter. Jedes Mal sah sie anders aus. Sie flog wohin sie wollte, und das Beste war, niemand außer mir konnte sie wahrnehmen. Die ersten Male, als sie mit mir sprach, während Leute vorbeikamen, bat ich sie, sich zu verbergen.

Sie lachte mich aus und verschwand vor meinen Augen. Nun, da ich wusste, niemand konnte sie wahrnehmen, war ich erleichtert und fürchtete nicht mehr für sie, wenn sie erschien. Wenn es nicht der Geist meiner Mutter war, so war es doch ihr Schatten, ein Stück von ihr, vielleicht war sie es auch selbst. Manchmal sagte ich mir, dies musste eine Fantasie sein, denn so etwas könne es ja überhaupt nicht geben. Doch wenn mich am nächsten Tag das Rauschen der langen Flügel des schwarzen Vogels weckte, trug diese Wirklichkeit wieder alle Zweifel davon. Allerdings ging mir die Frage nie aus dem Kopf und ich fand keine Antwort darauf, weshalb kein anderer Mensch den Vogel sehen konnte und warum die schöne klare Stimme jener Frau mit dem lichterfüllten Gesicht für niemanden sonst vernehmbar war. Ich und jene Stimme waren wie eine Seele mit zwei Körpern. Statt besorgt darüber zu sein, die Frauengestalt könnte auftauchen, begann ich zu fürchten, ich würde sie eines Tages verlieren und sie kehrte nie mehr zurück. Sie war die zarte Seite meiner tiefsten Seele. Ihre Stimme war die verborgene Stimme meines Innern. Ihr Atem war der Atem meiner Mutter. Sie selbst war meine andere Hälfte, die ich verloren hatte. Mit ihrem Erscheinen schwand meine Angst, wurde meine Trauer leicht, und wenn sie ging, überkam mich das Weinen. Ich muss zugeben, manchmal war ich verwirrt und wusste nicht mehr, was um mich her geschah und in welchem Zustand ich mich befand.

Den Auseinandersetzungen zwischen meinem Vater und meiner Stiefmutter konnte ich entnehmen, wie sehr meine Mutter unter meinem Vater gelitten haben musste, unter ihm, dessen Wort in unserem Hause allein gültig war. Bei ihm gab es Männer und es gab Frauen. Ein rechter Mann arbeitete draußen und ließ es seinen Kindern an nichts fehlen. Eine rechte Frau erledigte die Hausarbeit und passte auf die Kinder auf, konnte gut kochen, wusste ihren Mann zufriedenzustellen und wich nie von seinen Anweisungen ab. Selbstverständlich kochte die Frau das Essen allein, wenn Gäste kamen, und die Kinder schleppten dann die Pfannen ins Männerzimmer hinüber. Wenn die Männer sich sattgegessen hatten, teilten die Frauen und Kinder den Rest des Essens, das zu ihnen zurückgekehrt war, unter sich auf. Sehr oft erschienen plötzlich anstelle eines einzigen Gastes deren fünf oder sieben, und nichts von der Mahlzeit kehrte zurück. Wir Kinder des Hauses blieben dann ohne Essen. Weil wir weinten, kochte die Stiefmutter nochmals eine Mahlzeit von dem, was sie gerade zur Hand hatte. Das Schreien und Klagen von uns Kindern durfte auf keinen Fall bis zum Vater vordringen, damit er nach dem Weggang der Gäste nicht alles kurz und klein schlug. Ich werde nie vergessen, wie oft meine Stiefmutter die übriggebliebenen warmen Speisen ihrem Sohn und ihrer Tochter zu essen gab, wenn zu wenige Reste in die Küche oder ins Frauenzimmer zurückkehrten.

„Hamid, mein Sohn, Dschane, mein Mädchen, kommt und esst!"

Wenn sie guter Laune war, wandte sie sich auch an mich:

„Azado, mein Sohn, isst du auch etwas?"

Sie füllte die Teller ihrer Kinder und stellte widerwillig eine Portion vor mich hin, die keinen Spatz ernährt hätte. An solchen Abenden konnte ich nicht einschlafen –

nicht, weil mein Magen leer war, sondern weil meine Seele nach der Liebe einer Mutter hungerte. Die Mutter meines Stiefbruders und meiner Stiefschwester kümmerte sich um ihre Kinder. Sie ließ nie zu, dass sie hungrig zu Bett gingen. So aßen sie immer vor dem Zubettgehen eine Orange oder einen Apfel, den die Mutter für sie auf die Seite gelegt hatte, und schliefen zufrieden ein. Ich, der vom Unglück verfolgte Waisenjunge, der seine Mutter umgebracht hatte, zog die Decke über den Kopf und begann aus Zorn über meinen Namen, über meine Ausweglosigkeit, meine Einsamkeit und über diese getötete Mutter, die nie ein Wort zu mir sagen würde, zu schluchzen und zu weinen.

Ich war wütend und fassungslos über die Art, in der mein Vater die Stiefmutter behandelte. Einerseits hatte sie Angst vor seiner Härte. Hätte sie mich völlig ignoriert, hätte sie seinen Zorn zu spüren bekommen, der gefährlich war. Andererseits rächte sie sich an meinem Vater, indem sie es mir heimzahlte, dass der Vater sie von ihrer ganzen Familie abgeschnitten und ihr dadurch das Haus zum Gefängnis gemacht hatte. Ich war sicher, meine Stiefmutter hätte mir Wasser und Brot vorenthalten und mich aus dem Haus gejagt, wäre ihre Angst vor meinem Vater nicht so groß gewesen. Dann wäre der Besitz des Vaters ihr und ihren Kindern allein geblieben. Sie betrachtete mich als überflüssiges Mitglied der Familie, das eigentlich nicht ins Haus gehörte. Doch da sie keine Wahl hatte und mich im Haus dulden musste, konnte sie den Kummer über ihre schwache Stellung dem Vater gegenüber, der, wie sie sagte, ein Herz aus Stein hatte, nur an mir auslassen und mich von allen Dingen ausschließen, wenn er es nicht sah. Dies tat sie denn auch. Mir blieb nichts anderes, als meinen Schmerz herunterzuschlucken. Da ich mich nie beim Vater über die Stiefmutter beklagte, hatte sie keine Angst vor mir. Ich wusste, im Haus würden über Monate Zank und Streit herrschen, wenn ich dem Vater meine Lage auseinandersetzte. Mehr als einmal hatte er meine Stiefmutter an die Vorbedingung ihrer Heirat erinnert, mich wie ihren eigenen Sohn anzunehmen, und sie hatte dies auch versprochen. Wie es schien, bereute sie das Versprechen, aber es war nun einmal gegeben und zu spät, es zurückzunehmen. Bis einer jener kalten Winter von Amude über uns einbrach. Er brachte Schnee mit sich, und der Schnee Schwärme von schwarzen Vögeln, die Stare genannt werden. Die Schwärme bildeten schöne Muster auf dem Schnee, der die Gegend wie ein weißer glitzernder Kaftan bedeckte. Mit zunehmender Kälte begannen sich alle nach der Wärme zu sehnen. Das einzige, das in dieser weiten, weißen Welt das Herz eines Kindes wärmen konnte, war die Mutter. Noch stärker als im vergangenen Winter sehnte ich mich nach der Mutter. Ich wartete auf ihr Erscheinen und sagte mir immer wieder: sie wird dann mit dem Schnee kommen. Sie kam nicht, aber ihr Geist kam. Sie verwandelte sich in einen Star und kam zu mir. Diesen Tag werde ich nie vergessen. Die meisten anderen Leute sehnten sich nicht nach der Wärme oder der Stimme ihrer Mutter, sondern ersehnten gespannt die Jagd. Sie warteten auf die Starenschwärme. Wenn sich die Vögel zu Hunderten versammelten und auf den Schnee niedersanken, stürzten sich die Jäger mit ihren Doppelaufflinten, die „Zwölfschüsser" genannt wurden, auf die Stare. Mit einer Salve verletzten oder töteten sie Hunderte der Vögel, die erstarrt im Schnee saßen. Einige flogen weg und starben anderswo oder fielen den Kindern in die Hände. Mit der Explosion einer Patrone pfiffen Hunderte von kleinen Eisenkügelchen durch die Luft, verwüsteten die Starenschwärme, brachten ihnen den Tod. An jenem Tag, den ich nicht vergessen kann, trafen sie zahllose Kugeln. Der Star, der mich erreichte, war einer jener erschöpften, verwundeten und verängstigten Vögel. Als er sich niederließ und mit ausgebreiteten Flügeln vor mir auf dem Boden saß, dachte ich, er sei am Flügel verletzt und brauche meine Hilfe, doch dem war nicht so. Ich sah kein Blut auf seinen Flügeln. Seine Augen funkelten wie die jener schönen Frau, die nur ich sehen konnte. „Das ist kein Star, das ist ein Mensch", dachte ich. Ich wollte mit ihm sprechen. Ohne einen Laut von sich zu geben, erhob er sich von der Erde und vor mir erschien eine Frau mit schwarzen Kleidern und leuchtendem Gesicht. Ich suchte nach ihren Augen, aber konnte sie nicht erkennen. Als mich ihre Stimme erreichte, schmolz ich wie Schnee, über den rotes Blut fließt, und meine Augen füllten sich mit Tränen. Sie ließ nicht zu, dass ich weinte. Ich sagte zu ihr:

„Du bist meine Mutter, und du lebst!"

Immer, wenn ich ihr Grab besuchte, sprach ich mit ihr, sie war dann für mich lebendig, aber noch nie hatte ich ihre Stimme so laut und klar vernommen.

Sie versprach mir, mich nicht alleinzulassen und zu mir zu kommen, wenn immer es nötig war. Jetzt glaubte ich, was die Leute und auch mein Vater zu sagen pflegten:

„Bereitet jeden Donnerstag eine Mahlzeit für die Toten zu. Gebt sie den Armen, gebt sie den Nachbarn, sonst werden euch die Toten zürnen."

Ohnehin können die Toten sich freuen oder zürnen

oder traurig werden, und vielleicht nehmen sie alles wahr, was um sie herum geschieht. Dank dieser Vorstellung ging ich mit mehr Freude zum Friedhof von Schermola. Bis dahin hatte ich nicht gewusst, weshalb die Menschen ihre Toten so gerne haben. Was mich betrifft, so wandte ich mich ihnen nur zu, weil meine Mutter eine von ihnen war und weil ich immer, bei jedem Schritt, hoffte, sie käme wieder zurück. Ich ging hinter der Leiche eines jeden her, der starb, und begleitete den Leichenzug zum Friedhof. Ich stellte mir vor, der Tote werde meine Mutter antreffen, und ich müsste mich möglichst in seiner Nähe aufhalten, wenn meine Mutter ihn nach mir fragte, damit sein Blick auf mich fiel und er die Frage meiner Mutter beantworten konnte. Für manche bedeutete jemandes Tod einfach das Ende dieses Menschen und das Ende der Angst vor ihm, der für sie nicht mehr als ein stachliges Gestrüpp auf der Straße ihres Erfolgs bedeutet hatte. Der Tod brachte ein Ende dieser Missgunst und der Versuche, über den Verstorbenen zu triumphieren, deshalb freute ich mich für die Toten. Besonders auch, wenn ein Tod plötzlich schöne Worte und Ruhm für den Verstorbenen mit sich brachte. Ich stellte mir immer wieder dieselbe Frage: Wenn meine Mutter länger gelebt hätte, hätte ich sie dann auch mit solch heißer Zuneigung lieben können?

Die sechste Perle war die Perle der Blumen für die Toten

Mit den Fragen nach dem Tod stieß ich in meinen Überlegungen auf eine Betonmauer, mehr noch als mit anderen Fragen. Es begann mit der Frage, weshalb es ihn überhaupt gab, bis hin zur Frage nach seinem Sinn und nach den Dingen, die auf ihn folgten. Man verbarg einen nackten Körper in einer Art und Weise in der kalten Erde, die möglichst wenig Aufsehen erregte, in einer Erde voller Skorpione, Mäuse, Würmer, Schlangen und Käfer aller Art. Dazu noch hatten sie am Tage meiner Geburt den zarten Körper meiner Mutter auf diese Art in eine trockene viereckige Kammer gesteckt und kalte Erde, die einen ersticken lässt, auf ihr leuchtendes Gesicht geworfen. Wie suchte ich nach jenem Mann, der meine Mutter unter der Erde verscharrt hatte! Ich wollte den Mann kennen lernen, der die letzte Handvoll Erde auf das Gesicht meiner Mutter geworfen hatte. Ich wünschte mir, hinzugehen und eine viereckige Grube zu graben, noch größer als die, die er für meine Mutter geöffnet hatte, um mit beiden Händen Erde auf sein Gesicht zu werfen, bis es darunter verschwand. Manchmal tat ich dies im Traum, aber es gelang mir nicht, die Gesichtszüge des Mannes auszumachen. Wie das Gesicht meiner Mutter, hatte ich auch sein Gesicht nie klar vor Augen. Manchmal setzte ich meinen Vater an die Stelle des Hartherzigen, der meine Mutter in der Erde vergraben hatte, und machte mich damit auch noch vaterlos. Ich nahm mir damit den Vater, der mich an der Hand nahm und mich in Kleiderläden führte, und der, statt dass ich mich über die neuen Kleider freuen konnte, mir das Herz brach, indem er mich vor fremden Leuten als Waise bezeichnete und mich an meinen ungeweinten Tränen ersticken ließ. Er sagte zum Ladenbesitzer:

„Ich brauche etwas zum Anziehen für dieses Waisenkind."

„Gott schütze ihn, aber das ist doch dein Sohn, Rehmano?"

Mein Vater antwortete, ohne darauf zu achten, was er in meiner Seele anrichtete:

„Ja so ist es. Er soll sich von deinen Kindern fernhalten, der ist meine Waise."

Mein Vater wusste nicht, was in mir vorging, wenn er vom Tode meiner Mutter sprach und meine Geburt als Ursache für ihren Tod betrachtete. Damals wuchs der Wunsch in mir, er müsste auch nach seinem Tod, im Jenseits, meine Übersetzungen in Anspruch nehmen und dann würde ich ihm den Schmerz, den er mir zugefügt hatte, ins Gedächtnis rufen, indem ich für ihn Dinge übersetzte, die ihm eine ebenso schwere seelische Folter zufügten. Manchmal war ich sicher, dies würde wirklich eintreten, weil mein Vater an den Koran glaubte, in dem geschrieben stand, ein jeder werde im Jenseits nach der Abrechnung seiner Sünden gefragt. Dies würde in einer Sprache geschehen, die mein Vater nicht beherrschte und aus der ich ihm dann übersetzen musste. Innerlich stieß ich Drohungen gegen ihn aus, doch wie es schien, war der Tag der Abrechnung noch weit entfernt. Der Traum allerdings, für die Toten zu übersetzen, hat mich bis heute nicht verlassen, auch wenn es ein Traum bleibt. Oft, wenn ich für zwei Personen übersetze, die sich nicht verstehen, werden die beiden vor meinen Augen zu zwei Toten, zu sprechenden Leichen. Und ich werde zu einem zerbrochenen Traum zwischen ihnen, denn das Übersetzen an sich ist der fehlgeschlagene Versuch, der Beziehung zwischen zwei Personen unterschiedlicher Sprache Leben einzuhauchen. Beim Sprechen ist die Sprache die Schale und der Inhalt ist Geist und Gefühl. Der Übersetzer kann die Schale durch eine andere ersetzen, doch sehr oft gelingt es ihm nicht, bis zu der Stelle vorzudringen, wo der Geist und das Gefühl sitzen. Die Aussagen des Übersetzers sind immer ein Verrat, denn er nimmt im Verborgenen unweigerlich Einfluss auf die Deutung. Das Übersetzen ist ein Verrat nach mehreren Seiten; eigentlich übt der Übersetzer gleich dreifachen Verrat. Zunächst tut er dies gegenüber demjenigen, welcher spricht, weil er dessen Gefühle in eine Schale kleidet und es ihm dabei so scheint, als ob er seine eigenen Gefühle erfasse und auf die andere Seite transportiere. Den zweiten Verrat begeht er gegenüber dem Zuhörer und den dritten gegenüber sich selbst. Er versucht, nicht Teil der Verwirrung zwischen den beiden Seiten zu werden, doch gelingt ihm das nicht. Es ist ihm unmöglich, innerlich keinen Verrat zu begehen und nicht Teil des Problems der beiden Parteien zu werden, die sich auf diesen seinen offensichtlichen Verrat abstützen. Der Übersetzer, besonders einer wie ich, welcher lange Jahre in diesem Beruf gearbeitet hat, ist ein Meister im Verheimlichen von Schmerz. Die Sorgen eines jeden, die Schmerzen eines jeden, Ansichten, Vorstellungen, Wörter und Begriffe aus dem Innern eines jeden verwandelt er in eine andere Sprache, bringt sie in Übereinstimmung, versieht sie mit Fleisch und Blut, kleidet sie in ein Gewand, das ihrer Form entspricht und transportiert sie auf die andere Seite. Doch die Sorgen, der Schmerz, die Ansichten, Vorstellungen, Wörter und Begriffe bleiben in seinem Innern zurück, häufen sich an, werden höher, beginnen zu kochen und zu explodieren, alles, ohne dass irgendjemand es merkt. In meinem Leben habe ich dafür gesorgt, dass Tausende von Menschen einander verstehen konnten und über dieses gegenseitige Verstehen froh und zufrieden waren, doch den Fremden in meinem eigenen Innern habe ich bis heute nicht verstanden. Ich weiß nicht, welche Sprache der Mensch in mir spricht. Vielleicht hätte ich für mich selbst auch einen Übersetzer suchen sollen. Ich verstand nicht, wie es geschah, dass ich zur Welt kam, und weshalb meine Mutter starb. Mit anderen Worten: ich bin seit fünfzig Jahren auf dieser Erde und weiß immer noch nicht, weshalb der Mensch geboren wird und weshalb er stirbt. Ebenso geschah es, als ich nicht irgendjemanden, sondern Berivan erblickte. Ich verstand nicht, was das Geheimnis dieses wohligen Windes war, der meine Sinne kühlte. Und ich verstand nicht, was für ein Taifun mich vor sich hergetrieben hatte, als ich Berivan kennen lernte. Es gab keinen Namen für diese Sprache. Die Sprache jener klaren und scharfen Augen existierte nicht auf der Liste der Sprachen dieser Welt. Welcher tapfere Übersetzer konnte sich rühmen, imstande zu sein, ihr einen Namen zu geben und aus dieser Sprache, bestehend aus Feuer, zu übersetzen und nicht daran zu verbrennen? Nachdem ich selbst große Verbrennungen erlitten hatte, wusste ich, die Sprache der Liebe ist eine Sprache, die ein jeder sprechen kann – wenn er bereit ist, sich zu verbrennen. Ich stürzte mich wie ein Taubblinder, Hände und Füße voran, in das Feuer der Liebe zur schönen Berivan. Meine Liebe begann mit einer Krankheit. Das Feuer in meinem Innern suchte sich den Weg nach außen. Noch vor den Ärzten kam mir mein schwarzer Vogel, meine Mutter, zu Hilfe. An dem Ort, wo der schwarze Vogel immer gern saß, der sich in eine Frau verwandelt hatte, hörte ich auf den Rhythmus ihrer klaren Stimme:

„Für deine Krankheit gibt es keine Heilung, mein Sohn. Achte gut auf dich. Es wird viel Mühe brauchen, bis du ganz geheilt bist. Du musst selbst den Weg dazu öffnen, dass deine Schmerzen und die Krankheit zurückgehen."

Die Frau mit dem leuchtenden Gesicht, die ich als meine Mutter betrachtete, kehrte zu ihrem vorigen Zustand zurück. Ihre schwarzen Kleider verwandelten sich in zwei schwarze Flügel und sie erhob sich stumm in die Luft und entflog. Ihre Botschaft hatte mich erreicht, aber sie verwirrte mich und löste einen Strom unbeantwortbarer Fragen in mir aus. Wenn dies eine Krankheit war, die ich hatte, dann war die Medizin klar und ich hatte ihren Namen und ihre Adresse im Kopf. Doch wenn dieser Vogel der Geist meiner Mutter war, weshalb verhielt sie sich denn so kühl meiner Liebesgeschichte gegenüber? Eine andere Frage kehrte auch wieder:

„Weshalb ist die Farbe dieses Vogels schwarz und nicht weiß?"

Ich fand, die Gefühle der Liebe seien ebenfalls schwarz. Es sind Gefühle voller Trauer, Glut, Unterwerfung, Stärke und Schmerz. So sehr ich mir auch wünschte, diese Gefühle für Berivan in Sprache zu fassen und sie ihr in einigen kurzen Worten mitzuteilen – es gelang mir nicht. Etwas hielt meine Zunge an der Wurzel gepackt. Dieselbe Macht füllte meine Hirnschale mit Unwissenheit und ließ mich nackt und ausweglos zurück. Ich, der für einen jeden übersetzte, war nicht imstande, denselben Dienst für mich selbst auszuführen. Mein Unverstehen war derart groß – alle Übersetzer der Welt hätten es nicht geschafft, mich meine chaotischen Gefühle verstehen zu lassen. Außer den Spielkameraden meiner Kindheit und dem Fußballspieler Yasino gab es niemanden, dem ich meinen Schmerz hätte mitteilen können. Als Yasino mich in meiner Ausweglosigkeit sah, traute er seinen Augen nicht:

„Wenn man dich sieht, würde man nie glauben, dass ein Mädchen dich so weit bringen könnte."

Yasino war nicht nur erstaunt, er fragte auch mit einer mir unverständlichen Gespanntheit und Aufregung nach den Einzelheiten der feurigen Beziehung zwischen mir und Berivan. Das öffnete weit das Tor zur Hölle für unsere Freundschaft.

Die siebte Perle war die Perle einer Freundschaft aus Schnee

Wir waren beinahe in allem grundverschieden. Die Jahre in der Primarschule hatte uns nicht zu Freunden gemacht. Nur dass ich einige Monate in seinem Fußballteam gespielt hatte, hatte uns einander nähergebracht. Ich gab das Fußballspiel bald auf und versenkte mich in die Welt der Bücher und das Meer der Farben und begann, Bilder zu malen. Er hingegen gab die Schule auf und begann, in Geschäften zu arbeiten. Er hasste es, Bücher zu lesen. Jedes Mal, wenn er mich besuchte und mich mit einem Buch in der Hand antraf, wollte er sich totlachen:

„Mensch, Azado, ich kann es nicht glauben, endlich waren wir die Schulbücher los, die wir lesen mussten, und du steckst deinen Kopf wieder in Bücher. Du strafst dich ja selber!"

Oder er kam, roch den Geruch der Farben und schüttelte den Kopf über die Farben, die an meinen Fingern klebten und verhinderten, dass ich ihm die Hand reichen konnte:

„Das ist kein frommes Werk, bei Gott!"

Wenn er guter Laune war, sagte er jeweils:

„Male doch mal ein großes Bild von mir!"

Oder er spottete über die ineinanderfließenden Farben auf den Bildern, die an der Wand hingen:

„Was sind das für dunkle Farben, die einem die Welt rabenschwarz erscheinen lassen? Anstelle von Bildern, die aussehen wie die Fußpuren von panischen Hühnern, die von Hunden gehetzt werden, könntest du nackte Frauen malen, und ich vermittle sie an Käufer."

Halb lachend, halb ernst, versuchte er mich dazu zu bringen, Geschäfte zu machen:

„Wenn du sie nicht verkaufen kannst, nehme ich sie in meine Läden mit und verkaufe sie dort."

Manchmal ist gerade die Verschiedenheit zweier Personen der Grund für ihre enge Beziehung. Einerseits fürchtete ich mich vor Menschen, die nicht lasen, andererseits faszinierten mich Yasinos Ablehnung des Studierens und seine Bindung an ein einfaches Alltagsleben. Was immer er tat, nutzte er zu seinem Vorteil, weshalb ich ihn manchmal innerlich verabscheute. Mich betrachtete er als einen, der sich das Leben schwermacht. Dies unterstrich er mit folgenden Argumenten:

„Wenn wir beispielsweise beide dasselbe Buch sehen, so denkst du nur daran, es sofort zu lesen, weil du wissen willst, was darinsteht. Dasselbe Buch lässt mich darüber nachdenken, für wie viel ich es bekomme, und für wie viel ich es wieder verkaufen kann. Ich habe schnell begriffen, dass sich Bücher schlecht verkaufen. Du verstehst also, dass ich lieber mit Kleidern handle."

Im Gegensatz zu mir hatte er eine Mutter, die ihn großgezogen hatte. Und so heftig, wie ich mir wünschte, meine Mutter zu sehen, so heftig suchte er sich von der seinen fernzuhalten, doch ohne Erfolg. Meisterin Letifa war in der ganzen Stadt berühmt. Ihr Titel rührte daher, dass sie hervorragend nähen konnte. Ihr Haus war gleichzeitig Wohnung und Werkstatt. Es gab keine Familie in Amude, deren Kleider Letifa nicht genäht hätte. Yasinos Vater war der dritte Ehemann, den Letifa mit eigenen Händen begraben hatte. Wenn die Rede auf sie kam, wagte kein Mann laut an eine Heirat mit ihr zu denken, weil sie als Männerverschlingerin bekannt war.

Sie war eine stattliche Frau, respektheischend und stark. Sie hatte alle neun Kinder, die sie von ihren drei Männern hatte, gut versorgt und war laut Yasino auf der Suche nach einem neuen Ehemann. Die Leute hatten die Namen ihrer Männer vergessen, weshalb alle ihre Kinder unter ihrem eigenen Namen bekannt waren. So hieß Yasino „der jüngste Sohn von Meisterin Leto". Laut Yasino ließ Leto es nicht zu, dass irgendjemand ihre Kinder schlug. Auch als Jugendlicher hatte Yasino noch Angst vor der Mutter und wusste nicht, wie er sich aus ihren Klauen retten konnte. Manchmal, wenn er sich vor seiner Mutter zu mir flüchtete, verglich er seinen Zustand mit dem meinen:

„Du bist allein und kannst dich vergnügen. Wenn ich nur an deiner Stelle wäre. Wenn nur Leto gestorben wäre wie deine Mutter, als ich aus ihrer eisernen Möse herauskam."

Seine Mutter, die ewig lebte, war ein lastendes Unglück für ihn, genauso wie das Unglück meiner toten Mutter auf mir lastete. Jedes Mädchen, dem wir begegneten, löste in mir Liebesgefühle aus, doch für ihn wurde es eine neue Jagdbeute für sein Bett. In jüngerer Zeit, nachdem er begonnen hatte, Fußballteams mit Kindern aufzustellen, verfolgte ihn ein anderes Gerücht. Alle sprachen davon, er suche sexuelle Beziehungen mit Kindern. Er bekam Streit mit vielen Familien, und dies war der Grund, weshalb niemand mehr seinen Sohn in das Fußballteam schickte, das er aufgestellt hatte. Anfänglich schenkte ich dem Gerücht keinen Glauben, doch als ein Sohn unseres Nachbarn ins Gefängnis kam, wusste ich, es stimmte. Dieser Junge hatte gesehen, wie Yasino nach einem Match versucht hatte, seinen jüngeren Bruder mit sich nach Hause zu nehmen. Der Kleine bekam es mit der Angst zu tun und berichtete seinem großen Bruder davon, worauf dieser hinging und Yasino zusammenschlug. Als er sah, dass er sich nicht mehr rührte, glaubte er, er hätte ihn getötet und ließ ab von ihm. Wie glühende Sonnenstrahlen das Eis, so versengten Yasinos Verbrechen unsere chaotische Freundschaft. Er besuchte mich lange Zeit nicht mehr. Er wusste, ich ekelte mich vor ihm wegen dem, was er mit Kindern machte. Als er zu mir zurückkehrte, suchte er mich täglich zu überzeugen, er habe solche „Beziehungen" aufgegeben, und, um dies glaubhaft zu machen, werde er sich in kurzer Zeit eine Frau nehmen. Yasino war ein Mensch, der sich wie ein Engel benahm, wenn er die Geduld dazu fand, doch wenn ihn der Teufel ritt, gelassen die furchtbarsten Dinge tat, die keinem andern je in den Sinn gekommen wären. Zwei Personen rangen in seinem Innern miteinander. Die eine war überaus anständig und geduldig, die andere ganz und gar bösartig und zerstörerisch. Im Lauf der Jahre wurde der Kampf der beiden immer heftiger und erbitterter, doch konnte keine die andere überwinden. Wie er hatte auch ich zwei Kräfte in meinem Innern, die in ständigem Kampf miteinander lagen, doch gerieten sie seltener in Streit und ihr Krieg war nie so heftig und grausam. Zu diesem Zeitpunkt kam Berivan in mein Leben, und die vereinte Aufmerksamkeit der beiden Mächte richtete sich auf sie. Weder löschte die Ankunft des schwarzen Vogels das Feuer in meinem Innern, noch tat es die trügerische Flucht über das große Meer, die ich unternahm, um zu vergessen.

Die achte Perle war die Perle von drei Männern und einem Herzen

Ich hatte gehört, die Liebe erzeuge desto mehr Feinde, je größer sie wird. Da der seltsame Zustand, der mich jedes Mal überfiel, wenn ich Berivan erblickte, ja Liebe sein konnte, beschloss ich, niemandem etwas davon zu sagen. Ich werde in meinem Leben nicht vergessen, was mir dann zustieß und mich voller Selbstanklagen zurückließ. An jenem Tag waren die Straßen leer. Vielleicht schien es mir auch nur so, dass außer ihr niemand auf der Erde existierte. Ich stand auf der einen Straßenseite und sie auf der anderen. Es geschah nichts, nur eins: sie schaute mich an und lächelte. So sehr ich es versuchte, ich brachte es nicht fertig, auf die andere Seite hinüberzulaufen und sie zu grüßen. Von Laufen konnte nicht die Rede sein, im Gegenteil, ich fühlte, wie meine stocksteifen Beine mit der Erde verwuchsen und sich nicht mehr bewegen ließen. Ich strengte mich an, die Füße zu heben, doch ohne Erfolg. Ich schaute um mich und erwartete, die Leute würden ihre staunenden Blicke auf mich richten. Die Straßen waren nicht leer, Menschen gingen eilig hin und her. Meine Füße, die am Boden klebten und mein elendes Gesicht interessierte niemanden. Ich wusste nicht — sollte ich mich darüber freuen, dass niemand das Unglück bemerkte, das mir zugestoßen war, oder sollte ich meine Einsamkeit, Armut und Not beklagen. Nachdem ich verstanden hatte, ich konnte nichts tun, tat ich so, als ob ich einfach auf der Straße stünde und wartete. Einige Leute warfen mir einen Blick zu, um zu ergründen, warum ich wie angefroren dastand. Als sie merkten, wie ich sie verschreckt anschaute, gingen sie weiter. Da wünschte ich mir, sie kämen mir ein bisschen zu Hilfe, lösten meine Füße von der Erde und befreiten mich aus meinem Zustand. Gleichzeitig wollte ich auf keinen Fall, dass jemand etwas über meine Lage erfuhr und mich bei der schweren Verfehlung erwischte. Einige Male versuchte ich, mit den Füßen aus den Schuhen zu fahren, sodass die Schuhe an der Erde festkleben würden und ich sie zurücklassen konnte wie ein Dieb und barfuß einen Ort fern der Blicke der Leute erreichen konnte, der Leute, die noch nie einen Mann barfuß auf der Straße hatten gehen sehen. Alle meine Versuche schlugen fehl. Meine Knie zitterten. Die Seele wurde mir aus dem Körper gesaugt und ging auf der anderen Straßenseite daher als scheues, schönes Mädchen mit lieblichem Gesicht. Dann wieder glaubte ich, alles sei nur ein Traum, und wartete auf die Stimme, die mich weckte, so dass ich über mich lachen konnte. Die widerstreitenden Gefühle durchfuhren mich wie Blitze in einem unruhigen Winter. Plötzlich verlor ich Berivan aus den Augen. Gleichzeitig kehrte mir die Kraft in die Knie zurück, meine Füße, die an der Erde geklebt hatten, hoben sich, und ich ging auf der Straße wie jeder andere. Ich fragte mich unwillkürlich, wo ich denn war. Der kalte Schweiß war mir ausgebrochen und vor mir lag eine andere Stadt, eine andere Welt, ein anderer Ort, in dem Paradies und Hölle durcheinanderwirbelten. An jenem Tag war ich sicher, meine Kraft verloren zu haben, die Liebe zu Berivan hatte begonnen, meine Fingerspitzen zu verbrennen und die Hitze würde sich allmählich, wie Blut, in meinem Körper ausbreiten. Der Schmerz des Brandes war stärker als ich, eine solche Last, dass ich den Kopf nicht mehr heben konnte. Außer Yasino gab es niemanden in meiner Umgebung, dem ich davon erzählen konnte und der mich davor bewahrte, von der Last erdrückt zu werden. Yasino hörte mir stumm zu. Er dachte tief nach und schüttelte den Kopf. Damals hätte ich einen Übersetzer gebraucht. Genau wie mein Vater, der die Sprache des Radios nicht verstand und mich als Übersetzer heranzog, der ihm die Nachrichten übersetzte, und ihn über den Lauf der Welt informierte. So verstand ich die Sprache der Liebe nicht und hätte einen Interpreten gebraucht, der mich aus meinem Zustand erlöste, der mir sagte, was in meinem Innern vor sich ging. Dass ich wenigstens wieder einmal glücklich und ohne zu leiden schlafen konnte. Doch statt mir das Wesen der Liebe zu erklären, stellte Yasino mir Fragen, die mich noch elender machten. Er fragte, wo wir uns getroffen hätten, wie oft wir uns geküsst hätten, wie weit ich es, abgesehen vom Küssen, mit ihr treiben konnte. Seine Fragen ließen mich in einem schlimmen Zustand zurück. Ich bereute, mir der Liebe zu Berivan je bewusst geworden zu sein. Auch fiel mir ein, dass das Geschwätz der Leute über seine sexuellen Beziehungen zu Kindern schon sehr lange anhielt, ich begann mich vor Yasino zu fürchten. Er leugnete diese Beziehungen in jeder Weise und bezeichnete das Gerede als perfide Verleumdungen durch Missgünstige.

Offensichtlich war Yasino nicht der Übersetzer, der die Sprache der Liebe, die mich vergiftete und jeden Tag mehr zerfraß, verstehen und mich in sie einführen konnte. Doch gab es niemand anderen in meiner Umgebung. Die Liebe hatte mich zerstört, die Pfosten meines Seelengebäudes waren in einem heftigen und anhaltenden Erdbeben eingestürzt. Die bröckeligen Mauern meines Lebens waren über mir zusammengebrochen und ich lag halbtot darunter. Es war mir nichts geblieben außer vor Berivans erhabener Schönheit zu zittern oder allein für mich in meinem leeren Zimmer zu weinen. Ich verstand nicht, was das für ein Todesurteil war, das über mich gefällt wurde, was für ein Orkan, vor dem mein Innerstes nachgab. Berivan hatte mich durch ihr Zögern verwirrt und auf halbem Weg stehen lassen. Sie sagte nicht ja, so dass mir an ihrer Brust das Paradies aufging, sie sagte nicht nein, so dass ich zur Hölle meiner Einsamkeit und meines Versagens zurückkehren konnte. Berivan war eine Frau, die dich an einem Tag vier Jahreszeiten durchleben ließ. Sie war eine Frau, bei der sich im einen Augenblick bei lauem Wetter ein blauer Himmel spannte, im nächsten eisiger Winter mit Schneetreiben und Hagel herrschte. Man erlebte bei ihr fast nie Herbst, wenn die gelben Blätter der Bäume den Boden bedecken. Ein einziges Mal hatte ich sie in ihrem Frühling angetroffen. Diese Augenblicke hatten sich tief in meine zitternde Seele eingegraben und ich fand keine Ruhe mehr. Dort warf sich Berivan mir mit der Begeisterung einer verliebten Frau in die Arme und bot mir, fern von den Blicken der Leute, ihre Lippen und ihre Brüste. Sie hatte mir einen sicheren Ort für die Zusammenkunft gezeigt.

„Das neue Haus, das dort gebaut wird, gehört meinem

Vater. Am Abend ist niemand dort. Wir treffen uns an der Mauer des Ziehbrunnens."

Ich fühlte mich gleichzeitig elend und berauscht. Vor langer Zeit hatte ich die Geschichte vom versteckten Geld des Wanderverkäufers Rezo und von seinem Reichtum gehört, aber ich hatte sie nie geglaubt. Ebenso wenig hätte ich geglaubt, Berivan würde mir in einer solchen Tollkühnheit, Hitze und Schnelligkeit das Versprechen für eine heimliche Zusammenkunft geben. Unser Treffen ließ meine Überraschung weiter anwachsen. Doch wegen meiner Gefühle für sie und meiner großen Liebe benahm ich mich ihr gegenüber wie ein Esel, der weder zu sprechen noch zu schweigen weiß und weder lachen noch weinen kann. An jenem stillen Abend zog sich Berivan plötzlich von meinem erstaunten Körper zurück und schaute mir mit großer Sehnsucht in die Augen:

„Ich könnte sterben für das Muttermal auf deinem Gesicht!"

Mit der Wärme einer Mutter drückte sie ihre glühenden Lippen auf das Muttermal links in meinem Gesicht und küsste es. Von diesem Tag an liebte ich mein Muttermal, das mir beim Rasieren immer Schwierigkeiten gemacht hatte.

Kaum waren einige Sekunden über dem Kuss vergangen, erklärte mir Berivan mit blasser und fahler Miene, sie könne mir kein Liebesversprechen abgeben und wolle niemanden an sich binden.

Die neunte Perle war die Perle der Gebetskette

Bei Berivan gab es vieles, was man nicht verstehen konnte. Mich zu treffen – was genug Grund dafür war, dass man uns beide tötete –, bereitete ihr großes Vergnügen. Der Kitzel der Gefahr befreite sie von ihrer Angst. Dies verlieh auch mir Mut. Doch warum, wenn sie schon bereit war zu sterben, konnte sie mir kein klares Versprechen abgeben und mich beruhigen? Ich hatte Hunderte von Fragen, doch fand ich nie den richtigen Zeitpunkt, sie zu stellen, oder aber sie gab mir keine eindeutige Antwort. Noch mehr Fragen erzeugte ihr Geschenk bei mir. Ich glaube nicht, dass in dieser Welt je eine Liebende ihrem Geliebten eine Gebetskette zum Geschenk gemacht hat. Ihr Geschenk war eine Gebetskette. Bevor sie mir die aufgefädelten kleinen schwarzen Perlen in die Hand legte, erzählte sie mir von ihrer Segenskraft und Geschichte. Ihr Großvater war der große Scheich eines Nakschibendi-Ordens gewesen. Sein Grab war ein Pilgerort für all jene, die einen unerfüllten Wunsch hatten. Sie kamen und baten ihn, Gott möge ihren Wunsch erfüllen. Beispielsweise kamen Frauen, die nicht schwanger wurden, um Erde von seinem Grab zu essen, damit Gott ihnen ein Kind schenkte. Der heiligste Gegenstand, den ihr Großvater im

Versammlungshaus des Ordens zurückgelassen hatte, war die Gebetskette, die mir Berivan brachte. Sie glaubte, diese Kette, deren Perlen unbekannte Geheimnisse und heilige Kräfte bargen, würde mich vor schlechten Menschen, Schmerzen und Katastrophen schützen, solange ich lebte, wie auch vor den Gefängnissen und Kerkern des Staates, denn Berivan wusste, dass ich immer ein Gegner der Regierung sein würde, obwohl wir an keinem Tag über dieses Thema gesprochen hatten.

Ich frage sie:

„Woher weißt du diese Dinge über mich?"

„Ich kenne dich besser als du dich selbst."

Wieder hatte Berivan eine verborgene Seite von sich preisgegeben. Wir hatten keine Zeit, ausführlich zu sprechen. Mit einem langen Kuss nahm ich das Geschenk aus ihrer Hand. Ich versprach ihr, die Gebetskette bis zu meinem Lebensende auf dem Körper zu tragen, aber auf meine Weise, nicht in der Art gläubiger Muslime. Als sie mich nach dieser Weise fragte, löste ich die Uhr von meinem linken Handgelenk und befestigte sie am rechten. Anstelle der Uhr schlang ich die Gebetskette dreifach um das linke Handgelenk. Sie sagte spöttisch:

„Tu sie doch ans rechte, warum machst du dir so viel Mühe?"

„Nein, sie muss auf der Seite des Herzens sein."

Berivan antwortete mit einer Umarmung. Dabei dachte ich nicht zum ersten Mal, dass der Duft, der von Berivan ausging, wie der Duft meiner unbekannten Mutter sein musste. Ihre Hitze übertrug sich auf die Wände, Bäume, Häuser, Steine und Erde um uns herum, die alle gleichzeitig schmolzen und in sich zusammensanken. Nichts mehr existierte um mich außer Berivans Augen, die zu meiner Welt wurden. Ich hoffte, sie dahin zu bringen, dass sie mir das entscheidende Versprechen gab:

„Ich verspreche dir hiermit: diese Gebetskette wird meinen Arm nicht verlassen, solange ich lebe."

Sie freute sich, aber es kam ihr nicht in den Sinn, mir ohne zu zögern ein ähnliches Versprechen abzugeben. Ich hatte mein Ziel nicht erreicht. Sie schien zu wissen, weshalb ich eine Weile stumm blieb und worauf ich wartete, doch trotzdem versprach sie nichts. Ich weiß nicht, weshalb die Gebetskette meine Angst, sie zu verlieren, noch verstärkte. Ich wusste, dass dies der wertvollste Gegenstand war, den Berivan mir überhaupt geben konnte. Es mochte sein, dass sie kein Geständnis ihrer Liebe über die Lippen brachte, doch verriet mir die Gebetskette, die sie jahrelang in ihrem Haus versteckt gehalten hatte, vieles, das sich nicht in Sprache ausdrücken lässt. Die Gebetskette war zwar wie kühlendes Wasser, das sich über mein glühendes Herz ergoss, doch befreite sie mich letztlich nicht von meiner großen Angst.

Die zehnte Perle war die Perle einer Frau aus Feuer und Wasser

Berivan war eine Frau aus Feuer und Wasser. Weder konnte das Wasser das Feuer löschen noch das Feuer das Wasser austrocknen. Sie war eine Frau, in deren Wesen zwei ganz verschiedene Personen zu existieren schienen: eine liebende Frau, die ihre Liebe mit Macht zu schützen suchte, und eine zögernde, ängstliche Frau, welche sich lieber dem Wind des Schicksals hingab. Wo immer dieser Wind stark blies, überließ sie sich seiner Kraft und kümmerte sich nicht um Verantwortungen oder Abmachungen. Sie wusste nicht, dass sie mit dem Feuer spielte und dass sie ein armes Herz bis zur letzten Sekunde seines Lebens in Beschlag genommen hatte. Noch mehr als mit Küssen war ich in meiner Leidenschaft mit der Übersetzung meiner verwirrten und chaotischen Gefühle beschäftigt. Meine Ohren waren begierig darauf, den Klang ihrer Stimme zu hören. Meine Augen betrachteten hungrig ihre Lippen, das Gesicht, die Augen, Brauen, die Stirn, das Kinn, die Nase, die Kehle und ihren ganzen Körper. Meine Finger waren gierig auf ihre zwei frischen, runden und knospenden Brüste. Die Zeit des Zusammenseins in diesem halbfertigen Haus flog so rasch vorbei, dass weder Ohren, noch Augen, noch Finger genug bekommen konnten. Der Ort unserer Zusammenkunft lag auf halbem Weg zwischen unserem Haus und ihrer Wohnung, vor den schattigen Mauern eines Hauses, von dem ich wünschte, dass es nie fertig gebaut würde, weil dies unsere weiteren Treffen unmöglich machte. Als Yasino, der mir zuhörte, verstand, auf welche Weise sich unsere Zusammenkunft abgespielt hatte, lachte er laut heraus. Anstatt mir Ratschläge für unser nächstes Treffen zu geben, ging er im Zimmer auf und ab wie ein Sportler, der einen nationalen Wettbewerb gewonnen hat.

„Frauen schätzen Sportler und Männer mit Muskeln, nicht romantische Typen mit zitternden Händen, die ihnen Gedichte aufsagen. Bei einem solchen Rendezvous darf man die Gelegenheit nicht verpassen und muss sie besteigen, oder einrichten, dass sie dich besteigt, oder wenigstens, dass sie dir einen bläst."

Als er das sagte, wurde mir schwarz vor den Augen. Ein brennender Schmerz durchfuhr mich. Es war, wie wenn Yasino meinen heiligsten Ort geschändet und auf mich uriniert hätte. Der Gedanke kam mir, ihn aus dem Zimmer zu jagen oder ihm wenigstens eine Ohrfeige zu versetzen, um die große Beleidigung, die er mir und meiner Liebe angetan hatte, nicht unbestraft zu lassen. Aber sein Lachen und seine Worte, die von Herzen kamen, verhinderten, dass ich ihm etwas antat:

„Du hast offensichtlich bis jetzt noch nie ein Liebesabenteuer gehabt, Azado. Glaube mir, der Frauen größte Sorge ist das Wurstende, das suchen sie. Die Liebe und ihr Drum und Dran ist nur ein hübscher Vorhang, hinter dem sie sich verstecken, aber wenn es soweit ist, geht es nur darum, welches heiße Stück Fleisch sie in die Hand kriegen. Ihre Probleme, Liebesfragen und ähnliches spielen dann keine Rolle mehr. Wahrscheinlich glaubst du mir nicht, weil du noch naiv bist und auf dein Herz hörst, doch du darfst mir glauben, Bruder. Auch der Frau geht es um das Ficken, und sie spricht dann nicht mehr von Herzensangelegenheiten."

Wie jedes Mal ließ mich Yasino völlig verwirrt zurück. Während er vergnügt und selbstbewusst von dannen ging, versank ich in einem Meer von Angst und Trauer. Die Angst war, dass ich Berivan verlieren würde und dass tatsächlich auch sie eine jener Frauen war, von denen Yasino gesprochen hatte. Ich fürchtete mich vor einer ungewissen Zukunft. Diese Gefühle fraßen mein Herz auf, wie eine hungrige Schlange eine hoffnungslose Maus verschlingt.

Ich hoffte, dass Berivan mir eines Tages ihre Liebe gestehen und sich ganz für mich erklären würde. Damit würde sie die Ansichten Yasinos über die Untreue der Frauen widerlegen. Doch die Zeit erwies meine Hoffnung als trügerisch, denn Berivan gab ihr seltsames Schweigen nicht auf. An einem Tag, an dem ich sehr bedrückt war, trat anstelle meines schwarzen Vogels, der mir Ruhe brachte, Yasino bei mir ein und begann, ein weiteres Mal sein Wissen über Frauen vor mir auszubreiten:

„Was bist du doch für eine Heulsuse, in was für einen Zustand hast du dich gebracht, du Ärmster. Mensch, in was für ein Labyrinth hast du dich verirrt. Sag nicht, dass du immer noch über dein Rendezvous mit Berivan nachsinnst. Man sieht schon aus deinen Bildern, dass du nur ein Gesicht vor dir siehst."

Yasino deutete mit dem Finger auf die Gemälde an der Wand:

„Alle Gesichter auf diesen Bildern sind nur ein einziges: das von Berivan."

Wie um zu verhindern, dass ich mich grundlos gekränkt fühlte, fuhr er fort:

„Du tust mir wirklich leid, dass du dich so hast von einer Frau zugrunde richten lassen. Vor allem, weil Frauen gar nicht wissen, was Liebe heißt."

Ich stand auf, um ihm das Wort abzuschneiden.

„Woher weißt du, dass sie mich nicht liebt?"

Er antwortete mit einer Frage:

„Dann sage mir, wann du sie das letzte Mal gesehen hast."

„Wieso fragst du das?"

„Ich werde dir meine Behauptung beweisen, aber du musst mir versprechen, das völlig für dich zu behalten."

Als ich sah, dass es Yasino ernst war, versprach ich ihm sogleich, mir nichts anmerken zu lassen, sollte er mir einen Beweis erbringen. Yasino bat sich zwei Tage Zeit aus, um die Sache einzurichten. In diesen zwei Tagen sah ich weder ihn noch Berivan. Am dritten Tag kam er zu mir und gab Anweisungen:

„Heute Nacht, beim Ziehbrunnen im Hof des neuen Hauses. An dem Ort, wo ihr euch getroffen habt. Ich bringe Berivan dorthin. Du musst einen Ort finden, an dem sie dich nicht sieht."

„Was? Berivan? Ich glaube dir nicht."

„Ich weiß, dass du mir jetzt nicht glaubst, aber du wirst es heute Nacht glauben."

Yasino wusste nicht, wie tief er mir gerade das Messer

ins Herz stieß, und ging.

Vielleicht wusste er es auch, doch die Aufregung, mir seine Behauptungen zu beweisen, schwemmte alle anderen Gedanken aus seinem Kopf weg. Ich traute meinen Ohren nicht. Er war vor mir aufgetaucht und verschwunden wie ein Traum, oder vielmehr wie ein Albtraum. Ich wollte ihn von meiner Meinung überzeugen, aber nein, der Mensch muss mit allem rechnen und sich auf jedes Ereignis gefasst machen. Es konnte ja sein, dass Yasino sich nur etwas einbildete und fantasierte. Bis jene Nacht kam, hätte ich hundertmal sterben können. Schon vor der abgemachten Zeit saß ich, eine verlassene Waise, an der Mauer des halbfertigen Hauses und wartete auf das Ende der Welt. Ich wartete auf den Zusammenbruch aller meiner Lebensträume. Ich hatte das Gefühl, dass mit Yasino ein Mörder unterwegs war, der in jeder Hand ein großes scharfes Messer umklammert hielt und darauf wartete, mich abzuschlachten, mich, das Opfer einer unschuldigen, einfachen und lichten Liebe, durchsichtig wie die Tränen einer Mutter. Die Ankunft einer dunklen Frauengestalt riss mich aus meinen Träumen, und die Hitze, die in mir aufstieg, trieb mir den Schweiß aus den Poren. Es war ihr Gang, es waren die schnellen Schritte von Berivan, es war ihre verborgene und zarte Schönheit, es war ihre Stimme, die mich wie ein Frühlingswind ohne Flügel zum Himmel der Liebe auffliegen ließ. Aber, was geschah? Diese Stimme, diese Schönheit waren dieses Mal nicht für mich. Sie ging ganz langsam auf das „Wurstende" von Yasino zu. Er verhinderte, dass sie sprach. Er riss sie sofort zwischen seine Pranken und begann, ihren zarten Körper zu verwüsten. Mit dem vergnügten Wiehern eines entlaufenen Hengstes erbrachte Yasino seinen Beweis für mich, den zerstörten Verliebten, den unglücklichen und zitternden Jungen. Alles rollte vor meinen Blicken ab. Nur wir drei Personen, drei Menschen waren in jenen schrecklichen Sekunden jener unseligen Nacht Zeugen, wie das bleckende Feuer in meiner Brust mein Herz, mein einziges, fraß. Das Herz wurde zu Asche, ein Windstoß fuhr daraus hervor, ich sass da, in kalten Schweiß gebadet und wie geblendet. In dieser Dunkelheit fuhr Yasino fort, mich zu foltern bis zum höchsten Grad. Er packte Berivan bei den Haaren und senkte ihren Kopf auf seine Knie und hob und senkte ihn. Mehr von dieser Folter konnte ich nicht mehr ertragen. Ich floh. Wie ein verletzter Dieb stahl ich mich rückwärts aus dem Winkel weg, in dem ich mich versteckt hatte. Keuchend erreichte ich unser Haus. Schweißgebadet, in Kleidern und Schuhen warf ich mich aufs Bett. Ich steckte den Kopf unter das Kissen und weinte laut bis zum Morgen.

Die elfte Perle war die Perle fruchtlosen Schreiens

Ich merkte nicht, dass der Morgen kam. Als ich am Nachmittag erwachte, hatte ich starke Kopfschmerzen, die Stimme verloren und die Beine wollten mich nicht mehr tragen. Mein erster Gedanke war, alle meine Bilder einzusammeln, auf denen Berivans Lachen zu sehen war. Ich legte sie zusammen, trug sie in den Hof und zündete sie mit einem Streichholz an. Das Feuer stürzte sich mit solcher Schnelligkeit auf die Bilder, als ob sie mit Benzin übergossen worden wären. Es war ein Tag voll Feuer und Rauch. Ich wusste nicht, ob der Rauch von den verbrannten Leinwänden herrührte, oder von meiner Seele, die gestern verbrannt worden war.

Dies war das zweite Mal nach dem Tode meiner Mutter, dass ich selbst ihm nahe kam. Ich wusste nicht, wie ich meinen gebrochenen Zustand anders benennen konnte als mit Sterben. Mein Inneres war in Ruinen. Mein Blut hatte die Dickflüssigkeit des Alters angenommen. Aus meinen Eingeweiden stieg der Geruch des Todes auf, sein Geschmack lag auf meiner Zunge, seine Stimme hatte ich in den Ohren. Es war Frau Tod selbst. Mit der Zeit lernten wir uns kennen. Wir wurden zu Freunden, die nicht ohne einander leben konnten und zu Feinden, die nicht ohne einander sein konnten. Meine Farben kamen mir zu Hilfe. Ich rang damit, die grausamen Augen des Todes, die mein Leben zerstört hatten, zu erfassen und auf die Leinwand zu bannen. Ich kam mir vor wie ein Kind, das seine Mutter in einer abgelegenen Wüste verloren hatte. Mit diesem Gefühl nahm ich den Pinsel in die Hand und ließ den Schrei in meinem Innern sich auf die Leinwand ergießen. Es kam ein wirres Bild ohne klare Ordnung hervor. Ich malte es in großer Erregtheit zu Ende. Als ich mich davorsetzte, fühlte ich mich wie ein Berg, der sich in einem winzigen Spiegel zu spiegeln sucht. Mit dem Bild vor mir hatte ich nur einen winzigen Tropfen des Meeres der Tränen in meiner Seele ans Licht gebracht. Die Verzweiflung packte mich. Ich hob das Bild hoch, schlug es mir auf den Kopf und weinte so laut und so lange ich konnte, so hoffnungslos und gottverlassen, dass das Weinen jedem anderen Verwundeten Erleichterung gebracht hätte, nur nicht seinem Erzeuger.

Die zwölfte Perle war die Perle der grünen, gefleckten Schlangen

Es dauerte nicht lange, da war das Haus von Rezo dem Wanderverkäufer fertig gebaut und Rezo und seine Kinder waren eingezogen. Für eine Wende sorgte das Erscheinen von neuartigen Schlangen in einer Farbe, die man in diesem Land noch nie gesehen hatte. Die früheren Schlangen schienen jeweils vom Himmel auf uns herunter zu fallen, sie kamen von oben. Doch die neuen krochen aus dem Boden, aus der Tiefe der Erde. Das Gewimmel der grünen, schwarzgefleckten Schlangen vor den Augen der Leute nahm kein Ende. Am Anfang hieß es, diese Schlangen aus der Erde zeigten sich nur um die Häuser und man müsse eine Lösung für sie finden. Wiederholte Beobachtungen ergaben, dass ihr Herkunftsort der Ziehbrunnen vor Rezos Haus war. Der Brunnen, der in seinem Hof gegraben worden war und an dessen Wand Berivan und ich, und später Berivan und Yasino, den Rücken gelehnt hatten. Aus dem Brunnen krochen die grünen, gefleckten Schlangen, kurze und lange, große und kleine, doch alle schienen von denselben Eltern abzustammen. Sie hatten alle dieselbe grüne Farbe und waren schwarz gefleckt. Zu Beginn bissen sie niemanden. Als ein jeder,

der eine Schlange antraf, sie auch tötete, begannen sie zu beißen und sich für die zu rächen, welche tot auf der Erde herumlagen. Ihr erstes Opfer war ein Gast von Rezo, dem Wanderverkäufer. Eine Schlange war nachts in das Bett des Gastes gekrochen und hatte ihn im Schlaf gebissen. Am Morgen fanden sie ihn tot unter der Decke. Es wurde viel über dieses Ereignis gesprochen:

„Weshalb haben die Schlangen nicht Rezo den Wanderverkäufer und seine Kinder gebissen, sondern seinen Gast?"

„Es sieht aus, als hätte Rezo die Schlangen selbst gezähmt und gefüttert, ohne dass jemand es weiß."

„Nicht Rezo, sondern seine Gäste haben außerhalb seiner Familie Schlangen getötet, deshalb rächen sich die Schlangen an seinen Gästen."

„Zweifellos sind diese Schlangen gezähmt worden. Es muss ein Hirn hinter ihrer Organisation geben, und das gehört Rezo dem Wanderverkäufer."

So wurde die Kette der Vermutungen über den Ursprung der grünen Schlangen mit den schwarzen Flecken immer länger und fand kein Ende. Noch stärker als an den Geschichten über Schlangen, mit denen sich alle um mich herum beschäftigten, war ich am Schicksal Berivans interessiert, die sich dafür entschieden hatte, Yasino zu heiraten. Das war für ihn eine goldene Gelegenheit, alle Gerüchte über seine Manipulationen an Kindern zum Schweigen zu bringen und gleichzeitig auf dem Pfad zum Erfolg, auf dem ich sein Zeuge gewesen war, weiterzuschreiten. Indem er seine Beziehung zu mir abbrach, machte er klar, dass er Berivan endgültig beschlagnahmt hatte, Berivan, die mich so lange auf ein Wort von ihr hatte hoffen lassen. Mein Zusammenbruch war so heftig, dass meine Gefühle völlig taub wurden. Ich hatte das Geschehen deutlich vor Augen, doch konnte ich nicht glauben, dass stimmte, was sich vor mir abgespielt hatte. Ich versuchte zu trauern, ich versuchte ein kleines Lächeln – es gelang nicht. Ich versuchte, mich daran zu freuen, dass ich vor der großen Katastrophe, die Berivan für mich bedeutet hätte, bewahrt worden war und dass ich jetzt jedes andere Mädchen lieben konnte, nach dem mir mein Sinn stand, und das mir treu bleiben würde, aber es ging nicht. Ich wollte, wie jeder unglückliche Mensch, heiße Tränen vergießen und laut weinen, doch weder kamen mir die Tränen, noch konnte ich laut weinen. Ich wollte die schönste aller Melodien singen, damit Berivan erfuhr, sie war für mich nicht die einzige Frau der Welt, und ich konnte eine schönere und bessere finden, doch blieb mir die Stimme im Hals stecken.

Außerdem mehrten sich die Angriffe auf Menschen, die vom Staat und dem Präsidenten als „undankbar" bezeichnet wurden. Auch ich wurde einige Male zum Ziel solcher Angriffe. Mit der einen Ausnahme, dass ein Schlangenjunges mich biss, beschützte mich meine Mutter jedes Mal in Gestalt des schwarzen Vogels, der über die Schlangen hinwegflog und von dessen Flügelrauschen sie starben. Da es sich um eine junge Schlange gehandelt hatte, war ihr Gift nicht tödlich für mich. Vielleicht wollte sie mich auch gar nicht töten. Manchmal passten Schlangen ihre Angriffe den Opfern an. Manche wurden gebissen und starben. Andere wurden gebissen und kamen davon. Es schien, dass sie manche Leute nur bissen, um sie in Angst zu versetzen. Manchmal zeigten sie sich auch nur, indem sie nachts in jemandes Bett unter die Decke krochen, aber nicht zubissen. Manchmal, und dies besonders, wenn sie Kinder bissen, gelangte ihr Gift ausschließlich in die Eingeweide und ins Hirn. Diese Kinder wuchsen auf, ohne dass sich ein Schaden an ihnen gezeigt hätte. Manche von ihnen begannen sich zu verwandeln, sodass man nicht mehr wusste, welche von ihnen Schlangen und welche Menschen waren. Es gab mittlerweile Schlangen in fast jedem Haus. Ihre Anzahl variierte je nach Größe der Familie und Nähe der Familienmitglieder zum großen Führer. In unserem Haus hatte mein Bruder wie jedermann begonnen, Schlangen zu zähmen. Als die Zeit kam, da ich Amude verlassen und in eine große Stadt reisen sollte, um in diesem Land zu studieren, das ganz und gar zu einem Schlangenland geworden war, erfasste mich eine nie gefühlte Freude.

Die dreizehnte Perle war die Perle des Studiums

Diese Freude hielt allerdings nicht lange an. Äußerlich schien an der Universität alles in Ordnung zu sein, und alles funktionierte auch hier wie an Universitäten in anderen Teilen der Welt. Doch das Lernen und Studieren trat hier in den Hintergrund. Mit der Zeit merkte man, dass sich hinter dem Gebäude, das als Fakultät bezeichnet wurde, ein zweites Gebäude erhob, das voll von Männern in grünen, schwarzgefleckten Anzügen war. Nur wenige dieser Männer in offizieller Kleidung traten je vor die Studierenden hin. Die meisten von ihnen waren ebenfalls Studenten, die zwar lernten, doch daneben noch andere Geschäfte betrieben. Alle paar Tage schleppten sie einen Studenten, von dem sie sagten, seine Zunge sei zu lang, in jene Gebäude, die als Sicherheitsabteilung der Universität bezeichnet wurden, und machten sich daran, seine Zunge zu kürzen. Einige dieser Langzüngigen kehrten vergnügt zurück und begannen ebenfalls grüne, schwarzgefleckte Kleider zu tragen. Andere blieben stumm und sprachen kein Wort mehr. Wieder andere kehrten mit abgeschnittener Zunge zurück, und einige kehrten nie mehr zurück. Ihre Stimme war erstickt worden. Ich war verwirrt. Ich wusste nie, ob dies nun ausgewachsene Schlangen waren, die sich als Studenten ausgaben, oder ob sich unter meinen

Blicken Studenten wie Schlangen benahmen. Ich war besonders verwirrt, nachdem ich festgestellt hatte, dass auch sämtliche Doktoren und Professoren, die uns in Vorlesungen und Seminaren unterrichteten, der Leitung in jenen Gebäuden unterstanden oder direkt von ihr beauftragt waren. Niemand konnte ohne deren Erlaubnis an der Universität arbeiten oder studieren.

Am Ende des Universitätsjahrs standen stets zwei oder drei Wochen Rekrutenschule. Dann traten die Angestellten aus jenen Hintergebäuden in Uniform vor uns hin und waren plötzlich Offiziere mit finsterer und hochfahrender Miene, wie hungrige Wölfe, die eine Herde schwacher und hilfloser Lämmer vor sich haben. Sie wollten uns nicht fressen, sondern uns aus unserer weichen, zivilen Haut schälen und zu Hyänen und Wölfen machen, wie sie selbst welche waren, so dass wir in Zukunft unserem Lande nützen und in schweren Kriegen dem Feind standhalten würden. Für das Ding, das sie „Vaterland" nannten und zu etwas Großem und Außergewöhnlichem aufbliesen, verlangten sie, dass wir uns unserer Menschlichkeit entledigten und uns getreu den Worten unseres großen Führers in reißende Raubtiere verwandelten. Ich verstand das nicht. Ein Land war doch dafür da, dass Menschen in ihm zusammenlebten. Wenn wir also reißend und wild oder was immer wurden, was fingen wir dann in diesem Vaterland an?

So sehr sie sich auch bemühten, wurde ich doch nie zu einem reißenden Raubtier. Aber so sehr ich mich bemühte — es gelang mir nicht, Mensch zu bleiben. Schließlich begann ich zu zweifeln. Ich sah mit eigenen Augen, wie meine Kommilitonen, die liebenswürdig und ruhig schienen, sich in Raubtiere verwandelten, sobald sie die grünen, schwarzgefleckten Anzüge anzogen. Die Wirkung dieser Kleider war wie ein Gift, das einen sofort verwandelte. Die Wellen des grünschwarz gefleckten Wassers schwappten täglich höher, wurden größer und heftiger. Sie trugen fast alle Studenten mit sich davon. Einige, die sich vor diesen Wellen gerettet hatten, blieben hilflos, traurig und mit geknickten Flügeln liegen. Einige erstickten ganz allmählich, andere tauchten halbtot wieder auf und wieder andere flohen, um weiterleben zu können. Von mir wurde verlangt, dass ich mich entschied und eine klare Haltung einnahm. Ein kleiner Teil von mir war noch hier, aber meine Blicke suchten bereits nach dem Fluchtweg. Auf meinen Leinwänden flossen die Farben wild ineinander. Grün mit schwarzen Flecken war auf jedem Bild zu finden. Auf jedem Bild hob auch eine Schlange ihren Kopf. Ich kam zum Schluss, dass alle meine Bilder genau das Gleiche zeigten. Alle drückten einzig den Gedanken der Zerstörung aus, der Zerstörung einer Gesellschaft, die auf allen Seiten von Schlangen umzingelt war. Die Schlangen krochen nun in die tiefste Seele dieser Gesellschaft, welche vollständig unter der grünen Farbe und den schwarzen Flecken verschwunden war. Vorher war da Berivan gewesen. Sie hatte mein Hirn, mein Herz und meine Seele mit Beschlag belegt. Aber auch jetzt nahm mein Liebesschmerz nicht ab. Weder war der Brand meiner Seele gelöscht, noch funktionierte mein Hirn.

Obwohl der große Führer, der vormalige General, seine grünen, schwarzgefleckten Kleider abgelegt hatte und sich wie die meisten Staatsoberhäupter nur noch in Zivil zeigte, trieb doch die Sintflut der grünschwarzgefleckten Uniformen die Bewohner des Landes nicht nur zu Tausenden, sondern zu Millionen unbarmherzig vor sich her.

Die vierzehnte Perle war die Perle des großen Führers

Der General, der in Gestalt und Aussehen einer alten Schlange glich, hatte die Macht durch einen Militärputsch übernommen. Er hatte die Köpfe aller Schlangen in seinem Umfeld abgehackt. An ihre Stelle traten neue kleine Schlangen, die seine Befehle auszuführen hatten. Glücklich, wer sich in seiner Nähe aufhalten konnte. Sie traten zu Millionen in seine Partei ein. Zu Hunderttausenden schworen die Besitzer grüner schwarzgefleckter Uniformen, ihn und seine Stellung als Führer in aller Ewigkeit zu schützen. Der Slogan, der in diesem Land vierzig Jahre überleben sollte, entwickelte sich in dieser Zeit:

„Allein Gott, Führer und Vaterland!"

Ganz allmählich trat Gott zurück an die zweite Stelle und der Führer rückte an die erste vor. Wer sich gegen den Führer auflehnte, wurde entweder getötet, verschwand oder wurde mit Gewalt zu einem Verehrer des Führers gemacht, der auf die Frage, „Wer ist dein Gott?" den Namen des Führers nennen musste. Überall wurden Statuen, Plakate, Portraitbüsten und gerahmte Bilder von ihm verfertigt und aufgehängt. Es gab niemanden mehr, der das Land erwähnte, ohne nicht gleichzeitig den Namen des Führers in den Mund zu nehmen. Das Land war schließlich zum Land des Führers geworden. Der Führer wurde zum Maß aller Dinge. Auf ihn folgten seine Familie, seine Kinder, seine nahen und fernen Verwandten, seine Nachbarn, sein Umfeld und so weiter. Nun gab es weder eine Partei im Land noch eine Politik. Die Armee wurde zur Armee des Führers, wie auch die Erde, der Himmel, die Steine, Bäume, das Volk, die Tiere, und Vögel, jeder Busch und jedes Gestrüpp ein Teil seines Besitzes wurden. Jedes Ereignis, jeder Ort, jede Tätigkeit musste unter einem Führerplakat stattfinden. Ebenso musste das Bild des Führers den vordersten Platz in der Reihe der Portraits einnehmen, die in den Hauptquartieren hingen. In jeder Stadt gab es einen Platz des Führers, die nationale Bibliothek des Führers, Parks des Führers, die Universität des Führers, die Brücke des Führers, die Kinderorganisation des Führers, die Jugendorganisation des Führers, die Frauenorganisation des Führers, die Künstlerorganisation des Führers, die Schriftstellerorganisation des Führers, die Presseorganisation des Führers, die Schutzkräfte des Führers und Statuen und Plakate von ihm. So geschah in diesem Lande plötzlich alles aufgrund der Güte, Großzügigkeit und Gnade des Führers. Es gab Leute, die glaubten, dass der Sauerstoff, den sie zum Leben brauchten, von der Gnade des Führers abhing. Das mochte sogar stimmen, denn wer den Führer nicht liebte, wurde auch nicht als würdig befunden, den notwendigen Sauerstoff einzuatmen, den er für das Leben in seinem Land benötigte. Es war kaum zu glauben, aber wenn ein Mensch das Staatsoberhaupt nicht liebte, war das genügend Grund, um ihn hinzurichten, ohne dass dieser

Mensch etwas dafür konnte, dass er es nicht liebte. Einmal mehr rettete mich der schwarze Vogel vor dem Tod, der Geist meiner Mutter, der mich nie vergaß. Ohne den schwarzen Vogel wäre ich schon unzählige Male verloren gewesen oder umgekommen. In meinen Bildern fand sich zwar der Führer nicht, aber es fanden sich seine hungrigen Klauen und die Angst, die er um sich verbreitete. Ich weiß nicht, wie es kam, dass auf einem Bild ein Kopf entdeckt wurde, der dem des Führers glich. Einem der Schergen des Führers fiel ein Kopf ins Auge, in dem schwarz und rot ineinander flossen. Diese verhängnisvolle Entdeckung, dieses unglückselige Ereignis warf seinen Schatten auf das Leben von mir armem Teufel und verwüstete es. Während ich in Gefängnisse hineinging und herauskam, kam auch mein Studium an ein Ende und mein Leben glich einem Pferd mit vier gebrochenen Beinen. Obwohl ich meine Malerei in einem toten Winkel betrieben hatte und niemand außer einigen Häschern des Führers von ihr wussten, war die Malerei doch nach dem Weggang Berivans der Hauptgrund dafür, dass mein Leben zerstört wurde. Aber wie jedes Mal, wenn alle Türen sich vor mir schlossen, vergaß mich auch dieses Mal der Geist meiner Mutter nicht und kam mir auf meinen Ruf zu Hilfe.

Die fünfzehnte Perle war die Perle des schwarzen Vogels

Bis zu diesem Punkt hatte ich geglaubt, dass der schwarze Vogel so etwas wie ein Traum oder eine der vielen schönen Fantasien war, die man haben kann. Er kam, beruhigte mich und ging. Manchmal begründete ich mir sein Erscheinen damit, dass ich krank war und das Verlangen nach einer Medizin hatte. Ich bin immer noch jenes Kind ohne Mutter, jenes unglückliche und traurige Kind, das bereits in den Windeln bestraft wurde. Doch nein, dieser schwarze Vogel war echt. Er saß in der Zimmerecke und wurde zu einer großen, stattlichen Frau. Sie ließ ihre Flügel wie einen schwarzen Pelzmantel an beiden Seiten herunterhängen und jene Stimme, die weder hoch noch tief war, jene Stimme, die wie kühles Wasser war, das sich im Sommer in den Schrunden der durstigen Erde verteilt, ergoss sich in die Ritzen meiner Seele. Die heftige Sehnsucht nach dieser Stimme verschlug mir die Sprache. Dieses Mal wollte sie mich mitnehmen. Sie betrachtete es als den einzigen Ausweg. Dies war das erste Mal, dass ich mich vor diesem Geist fürchtete, der gleichzeitig sichtbar und unsichtbar war. Ich war dem Sterben nahe. Ich wünschte mir, dem Tod in die Arme zu sinken und zu erfahren, wie er beschaffen war, besonders weil auch meine Mutter tot war und ich mich nach ihr sehnte. Gleichzeitig hielt mich der Wunsch zurück, am Leben zu bleiben, und ich bekam große Angst davor, zusammen mit dem riesigen Vogel dies hier zu verlassen. All das schoss mir blitzartig durch den Kopf. Der Geist meiner Mutter, der sich zu dieser klaren Stimme wandelte, die mich im Innern ergriff, war gekommen, um mich an einen anderen Ort zu bringen und mir den Weg nach außen zu öffnen, über geschlossene Grenzen hinweg. Als sie sah, dass ich vor Angst und Scham zitterte, bat sie mich, unter ihre Flügel zu kommen. Ich tat, was sie wünschte, hörte auf zu zittern, setzte mich vor sie hin und schaute in ihr leuchtendes Gesicht. Mit der Wärme kehrte auch meine Vernunft zurück, und ich wurde mir meines Zustandes bewusst. Was immer, ob dies nun die Stimme meiner Mutter war oder die ihres Geistes, oder ob sie selbst in Person anwesend war – sie saß in meinem Zimmer und sprach. Obwohl mein übles Schicksal meinen Glauben an Gott und an die Gerechtigkeit erschüttert hatte, so war doch die Entsendung dieses Geistes aus Licht, dieser ruhigen Stimme der Mutter, ein großes Geschenk für mich. Jedenfalls zeigte es die Existenz einer göttlichen Macht und einer ausübenden Gerechtigkeit an. Der schwarze Vogel oder der Geist meiner Mutter hatte vernommen, dass ich zu fliehen plante. Sie war gekommen, um sich ein Bild von meiner Lage zu machen. Tausend Gedanken klatschten in meinem Kopf gegeneinander wie unruhige Wellen. Hundert widersprüchliche Empfindungen zerbarsten in meiner Seele wie glühendes Glas. Ich wusste nicht, was ich sagen sollte. Als sie sah, dass ich stumm blieb und ein Schüttelfrost mich gepackt hielt, stand sie auf und machte sich bereit zu gehen. Bevor sie mich verließ, legte sie mir dar, dass sie immer bestrebt war, mein Leben auf dieser Erde zu verbessern, wie sehr ich mich auch vor der Welt außerhalb unseres Landes ängstigen mochte, und dass sie bereit war, mir zu helfen. Ich weiß nicht, woher sie wusste, dass ich ans Sterben dachte. Als ob sie meine Gedanken lesen könnte, sagte sie:

„Du weißt, dass meine Flügel weit sind und dass mir alle Gegenden des Himmels offenstehen. Was ich für dich tun kann, wenn du willst, ist dies, dass ich dir über alle Grenzen helfe. Ich bin bereit dafür, sobald du dich entschieden hast. Ich behaupte nicht, dass ich alles für dich erledigen könnte, denn schließlich bin ich auch nur ein Erdenwesen wie du, und meine Möglichkeiten sind begrenzt."

Die Stimme der Mutter wurde heller. Die Eingeständnisse, die sie über sich gemacht hatte, verstärkten in mir den Wunsch, alles über sie zu erfahren. Ich nahm meinen ganzen Mut zusammen und begann zu fragen:

„Wo wohnst du eigentlich?"

Ihre Stimme enthielt weder Ärger noch Zorn, als sie sagte:

„Es kann überall sein, in deinem Kopf oder in deinem Herzen."

„Warum zeigst du mir dein Gesicht nicht?"

„So bin ich. Mein Gesicht ist aus Licht und ich bin nicht gezwungen, alles von mir offen zu zeigen."

„Was willst du von mir?"

„Du bist mein Kind, und ich will dich nicht allein lassen."

„Wenn dem so ist, weshalb bist du so früh weggegangen und hast mich allein gelassen?"

„Dieser Weggang lag an dir, er stand nicht in meiner Macht. Aber die Rückkehr zu dir liegt in meiner Macht."

„Was sind das für Flügel? Weshalb dieser schwarze Vogel, weshalb die Frau aus Licht in ihm? Ich verstehe das nicht."

„Alle Dinge haben ihren Grund. Die Flügel brauche ich zum Kommen und Gehen. Die schwarze Farbe schützt mich nachts. Das Leuchten ist das Leuchten aller. Doch die Stimme ist die deiner Mutter."

„Bist du Wirklichkeit oder Fantasie?"

„Ich bin wie du, sowohl Wirklichkeit als auch Fantasie."

Mit diesen Worten faltete sie ihre Flügel. Sie erhob sich wie ein Gast, der eine Abmachung einhalten muss, und entflog. Sie verschwand spurlos. Ich zündete die Lampe an und ging rasch zum Spiegel, um mich zu betrachten.

„Existiere ich in Wirklichkeit oder bin ich eine Fantasie?"

Möglicherweise ist die Geschichte des schwarzen Vogels ganz und gar fantastisch. Vielleicht bin ich selbst nur ein Traumbild in dieser Welt, welches einige wenige Menschen wahrnehmen und andere nicht. Sehr oft gehe ich an Personen vorbei, die mich anschauen, ohne mich zu sehen. Ebenso folgen die Liebe zu Berivan, die Freundschaft mit Yasino, die Konfusion mit meinem Vater, der Hass meiner Stiefmutter, die Schlangen von Rezo dem Wanderverkäufer, die Statuen und Bilder des großen Führers, das Studium, Schlafen, Träumen, Sterben, der Tumult dieses leeren und sinnlosen Lebens und seine Tage wie Mäuse aufeinander, die von einer Schlange verschluckt werden. Auch verschlingt jeder der Tage den nächsten ohne Ende, sodass vielleicht wirklich alles nur ein Traum ist. Doch wer weiß, vielleicht ist auch alles Wirklichkeit?

Die sechzehnte Perle war die Perle des Gefängnisses

Ich weiß nicht, weshalb sie mich dreizehn Tage in diesem engen und leeren Verließ sitzen ließen. Ich kam zur Überzeugung, dass ich den Rest meines Lebens hier verbringen würde. Ich kenne niemanden, der in ein solches Loch geriet und dem es nach der Entlassung gelang, weiterzuleben wie ein normaler Mensch. Zweifellos würde mein Vater nach mir suchen und die Suche nach kurzer Zeit ohne Erfolg aufgeben. Man würde ihm sagen, er solle um Gottes Willen kein Risiko auf sich nehmen und die Hände von mir lassen. Besonders, weil meine Schuld politischer Natur sei, müsse er die Sache Gott überlassen und sich darauf einrichten, mich nie mehr lebend wiederzusehen. Mittlerweile hatten sie mich in einen großen Saal gebracht, in dem sich etwa zwanzig Männer befanden. Einige begrüßten mich, andere verzogen das Gesicht, als ob ich gekommen sei, um ihnen den letzten Bissen Brot wegzuessen. Ich verstand rasch, dass es hier sehr verschiedene Menschen gab. Es gab Diebe, Mörder, politische Gefangene und einige, die sagten, sie wüssten nicht, weshalb sie verhaftet wurden. Als die politischen Gefangenen merkten, dass auch ich aus politischen Gründen verhaftet worden war, verhielten sie sich mir gegenüber deutlich herzlicher. Jeden Tag enthüllte sich mir die Atmosphäre und der Charakter der Beziehungen im Gefängnis ein bisschen mehr. Es gab eine kleine Gruppe von Gefangenen, die bestmögliche Beziehungen zu den Gefängniswärtern pflegten. Alles, was geschah, leiteten sie an die Oberen weiter, worauf diese alles für sie taten. Die Mehrheit der Gefangenen aber lag im Streit mit der Gefängnisleitung, mit dem Ziel, die Bedingungen im Gefängnis zu verbessern. Die Gefangenen in unserem Saal wurden einer nach dem andern in den Verhörraum geführt. Einer war gerade darin. Ich wartete guten Mutes darauf, an die Reihe zu kommen. Eine Stimme in mir sagte, ich würde gefangen bleiben, doch die andere verkündete mir, sie würden mich sicher aus dem Loch, in dem kein Mensch atmen konnte, herausholen. Es war ja möglich, dass es sich beim Ganzen um einen Irrtum handelte, dass sie einen andern gesucht hatten, der den gleichen Namen trug, und dass sich der Irrtum nun aufklärte. Es konnte sogar sein, dass sie sich bei mir entschuldigten, wenn sie merkten, dass ich nicht der gesuchte Mann war. Sie brachten mich, der diese gemischten Gefühle hatte, in einen anderen Raum. An allen vier Wänden hingen Instrumente für Folter. Es gab Räder und scharfe Eisen, die dazu dienten, den Gefangenen die Nägel auszureißen und sie an Körper und Seele zu verstümmeln. Angst und eine zähflüssige Trauer breiteten sich in mir aus. Ein Soldat stieß mich in den Raum und ging. Der Gefängniswärter Abu Ali ging draußen vorbei. Abu Ali war im ganzen Gefängnis berüchtigt. Er war als der Folterkönig des Zentralgefängnisses bekannt. Er entschied über Leben und Tod der Gefangenen. Als er mit seinem aufgedunsenen Körper, dem dicken Schnurrbart und den kleinen, tief in den Höhlen liegenden Augen an mir vorbeiging, war es, als ob sich Eiswasser über mich ergösse, und ich verstand, dass ein schwarzer Tag vor mir lag. Sein großer Zorn mir gegenüber rührte daher, dass ich, wie er sagte, eine Feindschaft gegenüber dem großen Führer hegte. Als ich diese Feindschaft nicht eingestand, sondern leugnete, steigerte sich seine Wut und er schrie mich an:

„Du Hund, wer bist du, dass du es wagst, dem großen Führer die Zunge herauszustrecken! Der Führer ist dein Herr, der Herr! Er ist dein Gebieter. Was ist er, Eselssohn, los sag's, was ist er?"

„Er ist mein Herr."

„Wie? Sag's nochmals!"

„Er ist mein Gebieter."

Abu Ali schrie nach einem Soldaten und befahl ihm, ein Bild des Führers zu bringen. Der Soldat hastete nach dem Plakat. Er befahl ihm, es auf den Boden zu legen. Der Soldat legte es auf den Boden und tat zwei Schritte zurück. Abu Ali befahl mir, mich zu verbeugen und vor dem Bild niederzuwerfen. Als er sah, dass ich zögerte, brüllte er, packte meinen Kopf und schlug ihn auf den Boden.

„Mach dein Gebet vor deinem Führer, du Hundesohn!"

Die Gewalt seiner Faust ließ mich mit dem Gesicht auf dem Boden aufschlagen. Das Blut floss mir aus der Nase. Als er sah, dass aus meiner Nase Blut auf die Nase des großen Führers tropfte, befahl er dem Soldaten, das Bild sofort zu entfernen. Der Soldat nahm das Plakat und ging und ließ mich allein in den Fängen des rasenden Abu Ali zurück. Er stellte mir nur wenige Fragen, doch nachdem ich meine Beziehungen zu illegalen Organisationen geleugnet hatte und anschließend schwieg, begann er seinen langen und großen Schwanz zu loben:

„Hör mir gut zu, du Hund. Ich habe diesen Schwanz in den Hintern vieler Hunde gesteckt, wie du einer bist. Verstanden?"

Augenblicklich sank mir das Herz und Dinge fielen mir ein, von denen mir andere Gefangene nur bruchstückhaft und voller Scham berichtet hatten. Der Drang überfiel mich zu erbrechen, und meine Hand fuhr unwillkürlich an meinen Hintern. Gleichzeitig änderte Abu Ali die Stoßrichtung seiner Drohungen:

„Aber ich will mich nicht in deinem schmutzigen Hintern besudeln. Ich werde dir nur eine Dusche geben."

Mit diesen Worten öffnete er den Reißverschluss seiner Hose. Er stellte sich mit den Füßen auf mich, der flach ausgestreckt auf der Erde lag, und urinierte über mir. Ich hielt die Hände vors Gesicht, um mich zu schützen, aber er schwenkte die Kaskade seines Urins nach rechts und links, auf Kopf, Gesicht und alle anderen Körperteile. Ich kam zur Überzeugung, dass er seinen Urin die ganze Woche für diesen Augenblick aufgespart hatte. Ich wollte erbrechen, um frei atmen zu können, doch auch dieser Wunsch erfüllte sich nicht. Abu Ali verließ den Raum und ließ mich benommen und im Gefühl, zerstört worden zu sein, zurück. Es schien, dass er herausfinden wollte, bis zu welchem Punkt mein Durchhaltewille reichte, bis ich gestand. Vielleicht erwartete er, dass ich politische Beziehungen zu Scharen von Gefangenen und in allen Teilen der Welt eingestand. Die Wahrheit war, dass ich keinen einzigen Freund hatte, mit dem ich nur einige meiner Sorgen hätte teilen können. Nicht einmal zu meinen Nachbarn hatte ich Kontakte, die ich hätte eingestehen können, doch glaubte er mir nicht. Noch wütender als auf Abu Ali war ich auf mich selbst. Aus seiner Sicht war ich ein sturer, kaltblütiger und rebellischer Typ, aus meiner Sicht war ich ein gebrochener, fluchtbereiter und feiger Mann, der in der Pisse seines Henkers lag. Was Abu Ali nicht wusste, dass ich außer einer Person, die mir glich — auch wenn sie vielleicht nur der Fantasie eines Kranken entsprungen war —, dass ich außer dem Geist meiner verstorbenen Mutter niemanden auf dieser Welt hatte.

Der Vorstellung der Gefängnisangestellten zufolge war jeder von uns Gefangenen ein Käfer, und ihre Arbeit bestand darin, diesen Käfer unter ihrem Schuh zu zerquetschen. Ich muss zugeben, dass sie ihre Arbeit an mir gut ausführten, doch hatten sie mit der Zeit genug von der Wiederholung, da ich die immer gleichen Auskünfte und Antworten auf ihre Fragen gab. Ihre letzte Anstrengung bestand in ihrem Versuch, mich an sich zu binden, so dass ich wie sie, und mit ihnen vereint, dem Vaterland dienen würde. Ich gab mir Mühe, ihnen klarzumachen, dass ich mich selbst und jeden in meiner Nähe hasste und niemand mir soweit vertraute, dass er mir auch nur ein verbotenes Flugblatt in die Hand stecken würde. Zwar glaubten sie mir nicht, doch setzten sie auch keine Hoffnung mehr in mich. Sie ließen mich ein Papier unterschreiben, demzufolge ich mich einmal wöchentlich bei ihnen zu melden hatte, und ließen mich gehen. Nach meiner Entlassung verließ mich das Bild von Abu Ali nicht mehr. Ich hatte den Mann ununterbrochen vor Augen. In meinen Träumen erschien er mir als ein riesiger pissender Penis. Er stand immer über mir, und ich sah sein Gesicht aus Fleisch, aber ohne Augen, aus dem gelbes Wasser floss. Ein anderer Aspekt dieses unheilvollen Geschehens war, dass Abu Ali und seine Männer nie mehr von mir ablassen würden und ich aus ihrem Blickfeld verschwinden musste.

Die siebzehnte Perle war die Perle der Flucht

Wie ein Schlafwandler bewegte ich mich auf unbekannte Landstriche zu. Ich glaubte nicht daran, dass der Mann, der diese Vorfälle durchlebt hatte und nun seinen Aufbruch und die Flucht vorbereitete, ich selbst war. Es schien ein anderer Mensch, der mir zwar glich, aber nicht ich war. Manchmal nahm der andere mein eigenes Wesen an und empfand meinen Schmerz. Manchmal schlüpfte ich in seine Haut und empfand seinen Schmerz. Aber ich konnte nicht auseinanderhalten, wann er ich und wann ich er war. Er holte mich immer wieder zurück in eine Kindheit, die ich nicht erlebt hatte. Ich erlebte dort die Umarmung einer Mutter, die ich nie gesehen hatte. Ich hatte den Eindruck, dass ich nicht erwachsen, sondern von Neuem geboren worden war und dass ich eine Mutter hatte, so dass sich alle meine Träume erfüllen würden, während ich aufwuchs. Ich wartete auf den Tag, an dem ich die Jahrzehnte zurückdrehen würde und jener Mann, der mir glich und immer Schmerzen litt, sich von einem Zusammenbruch zum nächsten schleppen würde bis zum Ende, an dem er aus Zorn unter seiner Bettdecke zu Aas wurde wie ein toter herrenloser Hund. Ich war froh über diesen meinen Zwilling, der mir so glich. Ich nahm wahr, dass er sehr oft an meiner Stelle Schmerzen litt, vor allem, wenn ich von einem tränenlosen Schluchzen gepackt wurde. Zwar wusste ich, dass ich selbst die Ursache dieses heißen Schluchzens war, doch gleichzeitig war nicht ich es, sondern er, der weinte. In diesem Zustand ging ich zu den Fluchthelfern, die wie Fledermäuse arbeiteten und Leute in ferne Länder und in alle vier Himmelsrichtungen schickten. Mittlerweile war mir auch der schwarze Vogel zu Hilfe gekommen und die Vorbereitungen zur Reise, die mich auf immer davor retten würde, das Gesicht Abu Alis sehen zu müssen, waren getroffen. Doch die Sache war nicht so einfach. Mein Leben oder dasjenige des Mannes, der mir so glich, erschöpfte sich und verlor allmählich jeden Sinn. Ich merkte, dass ich meinen Tag zwischen Küche, Bett und Toilette verbrachte. Der Mensch ist ein seltsames Geschöpf. Jeden Morgen und Mittag füllt er seinen Magen und muss ihn notwendigerweise wieder entleeren, um ihn von neuem zu füllen. Zwischen Füllen und Leeren überkommt ihn der Schlaf. Er verbringt einige Stunden mit Schlafen, steht rasch auf, sucht nach einem Einkommen, erledigt seine Arbeit, um seinen Magen wieder füllen zu können und nachher wieder zu leeren, und so weiter. Es wurde mir übel von dem Kreislauf, in den der Mensch eingebunden war. Ich versuchte, eine Entscheidung zu treffen. Entweder musste ich mich ändern, oder aber die Leute, die mich nicht in Ruhe ließen, mussten sich ändern. Wenn keines von beidem möglich war, musste ich den Ort wechseln. Manchmal fühlte ich, dass auch Letzteres unmöglich war, weil ich einem Regenwurm glich, der in seinem Misthaufen lebt und keine andere Umgebung erträgt. Kriecht ein solcher

Wurm auf Straßen und Wegen, dann zerquetscht und tötet ihn ein zufällig vorbeigehender Unbekannter unter seiner Schuhsohle. Doch der Mann, der mir glich, war ein Optimist. Er flehte mich an und hielt seine Seele mit dem Gedanken an die Befreiung am Leben. So verharrte ein Teil von mir am alten Ort, während der andere Teil im Geist bereits zu neuen Ufern unterwegs war und ich darauf wartete, diesen Ort zu verlassen, der von Tod und Zerstörung umringt war.

Die achtzehnte Perle war die Perle Deutschlands

Plötzlich nahm ich wahr, dass mich hohe Gebäude, Autos und Mauern aus Stein und Eisen umgaben. Ich war bereits siebenunddreißig Jahre alt, aber fühlte mich so, wie sich eine Maus fühlen musste. Eine Maus, in deren Loch reißendes Wasser strömt, das ihre Wohnung verwüstet. Sie stürzt sich aus Angst, und weil es der einzige Ausweg ist, heraus aus dem Tumult. Und sie findet sich in einem winzigen, sauberen, leeren Zimmer wieder – unter Polizeischutz. Einerseits freut sich die Maus, weil sie nicht unter der Erde der einbrechenden Mausehöhle erstickt und als Aas der Vergessenheit anheim fällt, doch trauert sie auch, weil sie gezwungen wurde, ihr warmes und enges Loch zu verlassen, das sie gewohnt war. Die glänzende Sauberkeit um sie herum kann die Kälte nicht aus ihrer Seele vertreiben.

Es war das erste Mal, dass ich mich unter so vielen Leuten befand, deren Sprache ich nicht verstand und die meine Sprache nicht verstanden. Die Anstrengung, sie zu verstehen, setzte mit dem ersten Tag ein. Ich weiß nicht, was ich für ein Bild bot, weil jeder, der in meine Richtung schaute, zu fragen schien:

„Der Ausländer da, der wie eine Maus aussieht – was sucht der hier?"

Ich stellte mir vor, dass manche dachten, ich sei aus einem Land geflohen, in dem es kein Brot gab und ich hätte es verlassen, um einen Bissen Brot zu ergattern. Andere hatten vielleicht Mitleid mit mir, weil sie glaubten, ich sei einem gewaltigen Chaos entronnen und hätte mich so schnell als möglich in ihr Land gerettet. Wieder andere gaben mir scheele Blicke, weil sie mich als Opportunisten einschätzten, der das System ihres Landes ausnützen wollte. Aber es kam niemandem in den Sinn, dass meine Ankunft in ihrem Land der Versuch war, einem langsamen Ersticken zu entfliehen, das im Tod geendet hätte. Wie auch niemand glauben würde, dass ein schwarzer Vogel wie aus einer alten Legende mir geholfen hatte, ohne den ich diesen sicheren Ort nie erreicht hätte. Mit der Zeit lachte ich über die Fantasien, die in meinem Kopf kamen und gingen. Ich wusste damals nicht, dass viele Menschen hier zwar beieinander, aber fern voneinander leben und dass keiner weiß, wie es um den anderen steht. Ich achtete nicht mehr auf die Blicke derer, die an mir vorbeigingen und mich anschauten. Ich verstand, dass hier jeder mit sich selbst beschäftigt ist, und dass die Blicke, die sie auf andere Menschen richten, nicht bedeutungsvoll, sondern einfach eine Reaktion der Natur ohne Inhalt sind.

Dies hatte zur Folge, dass meine Gefühle in Widerstreit gerieten. Ich war froh darüber, dass niemand etwas von mir wusste oder sich in mein Leben einmischte. Und ich war traurig über die große Einsamkeit, die um mich herrschte. Anstatt mich als zivilisierter Mensch zu fühlen, kam ich mir vor wie ein alter Bär, der in einer abgelegenen Höhle in den Bergen haust. Zwar ist er umgeben von vielen Vögeln, die sich in die Luft aufschwingen und fliegen können, wohin sie wollen. Doch ich, der alte Bär ohne Flügel, kam nicht aus meiner verbarrikadierten Felsenhöhle heraus. Einmal mehr begriff ich nicht, ob ich selbst es war, der wie ein alter Bär lebte, oder ob dies ein anderer war, der mir glich und den ich im Traum erlebte.

Die neunzehnte Perle war die Perle einer Flüchtlingsexistenz

Flüchtling zu sein bedeutet, in Straßen voller Menschen dahinzugehen, tausend Menschen gegenüber zu haben, ohne dass du eine einzige gemeinsame Erinnerung mit ihnen teilst. Jeder von ihnen ist ein weit entferntes Wesen, zu dem dir die Verbindung fehlt, und genauso bist du für sie ein Unbekannter, zu dem sie keine Beziehung haben. Das heißt, dass es keinen einzigen Witz gibt, über den man gemeinsam lachen könnte, wie auch keine gemeinsame Erfahrung, über die man trauern könnte. Vielleicht, dass ein Mensch mit dir über diese frühere Erfahrung hätte sprechen und dann mit dir trauern können. Aber ein Flüchtling, der die Wege und Stege seiner Heimat nicht mehr zur Verfügung hat, wird zur Schildkröte. Wenn sie an einem Ort nicht mehr weiterweiß, zieht sie den Kopf in den Panzer ein, ohne nach einem neuen Aufenthalt Ausschau zu halten, und macht die Stelle zu ihrem Wohnort, an der sie sich gerade befindet. Ich war diese Schildkröte, die die Wege und Stege der Heimat nicht mehr zur Verfügung hatte. Über Leute, die sagten, sie bereuten den Weggang aus der Heimat, konnte ich nur lachen. Denn ich hatte schon vorher ununterbrochen als Schildkröte gelebt. Keine einzige sichere Ecke war mir im Lande der Schlangen geblieben. In jedem Winkel wurde ich von zehn Schlangen verfolgt. Um in die Geheimnisse und Träume der Leute und in ihre Häuser einzudringen, brauchten sie keine Türen. Sie konnten unter geschlossenen Toren und Fensterläden hindurch zum Bett kriechen, wo sie ihr Gift in das Blut der Menschen mischten. Man konnte damals nur Opfer oder Schlächter sein. Ich wollte weder von einer Schlange gebissen noch selbst zur Schlange werden. Deswegen verließ ich das Land in einer Art Flucht. Ich weiß nicht, ob ich diesen Weggang als Flucht oder als Tollkühnheit bezeichnen soll. Es ist nicht jedem gegeben, sich mit geschlossenen Augen in die Schwärze der Fremde zu stürzen, besonders nicht jemandem wie mir, der keinen einzigen Menschen im Ausland hatte. Ich war mir nur einer Sache gewiss: Ich musste heil über die Grenzen des Landes kommen, das mir die Schlinge um den Hals gelegt hatte. Auf den Schmuggelpfaden, auf denen ich jeden Moment Gefahr lief, geschlagen oder getötet zu werden, begriff ich dann, dass die Sache nicht so einfach war, doch wie auch immer, sie ging vorbei. In der Heimat tauchte in meinen Tagträumen über die Reise nach Europa, wie bei jedem hitzigen jungen Mann, vor mir auf, was ich dort finden würde. Es würde eine blonde, blauäugige Frau geben, die sich ohne Weiteres in mich verliebte, mir in kürzester Zeit in die Arme fiel und mich bis zu ihrem Tod nie mehr verlassen würde. Nach meiner Ankunft in Europa war das erste, wonach ich im neuen Land suchte, nicht ein blondes, blauäugiges Mädchen, sondern die Toilette. Schließlich hieß ja der Weg ins Paradies, dass jeder von uns so schnell als möglich eine Toilette finden musste, wo er seinen Pass und alle offiziellen Papiere, die er besaß, in winzige Fetzen zerriss und in die Schüssel warf. Dann ging er zur Polizei und stellte den Antrag darauf, als Flüchtling anerkannt zu werden. Nachdem ich mich von meinem falschen Pass befreit hatte, dachte ich Stunden über den folgenden Widerspruch nach, den ich nicht auflösen konnte: Ich war vor der Polizei meines eigenen Landes geflohen. Um ihr nicht in die Hände zu fallen, hatte ich das Land verlassen. Jetzt sollte ich mich freiwillig zu einer fremden Polizei begeben und mich ihr ausliefern. Zeitweise dachte ich daran, mich nicht auszuliefern. Wenn sie sahen, dass ich ohne Pass herumspazierte, würden sie mich ergreifen, und die Sache würde sich von selbst erledigen. Viele Stunden vergingen, und weder ließen mich die Beamten dort den Flughafen verlassen, noch hörte die Polizei auf meine Beschwörungen, dass ich keinen Pass besaß. Was mich innerlich erstarren ließ, waren zwei Polizisten, die auf und ab gingen und mir mit seltsamem Desinteresse begegneten. Bis zu jenem Augenblick hatte ich gedacht, dass sie Leute ohne Pass wie mich zu jagen und zu verhaften hatten. Doch als sie von mir „No Passport" zu hören bekamen, beachteten sie mich nicht weiter, außer dass mich einer mit einer Handbewegung zu einem Ort wies, der wie ein Dienstraum aussah. Als ich dort ankam, verstand ich, weshalb die Polizisten sich durch meinen fehlenden Pass, mein Elend und meine Angst nicht rühren ließen. Vor mir hatte sich eine Vielzahl Afghanen, Afrikaner, Iraker, Albaner und Vietnamesen versammelt. Sie warteten darauf, bis sie an die Reihe kamen, sich mit Namen als Flüchtling eintragen zu lassen. Bis die Reihe an mich kam, war die Nacht hereingebrochen. Nachdem ich mithilfe eines Dolmetschers meine Aussage gemacht hatte, brachte man uns an einen Ort, der in Bezug auf Kontrollen und abgeschlossene Türen einem Gefängnis glich, und in Bezug auf Sauberkeit und Kühle einem Viersterne-Hotel meiner Heimat. Am nächsten Tag überführte man uns in ein Flüchtlingslager. Ich merkte ziemlich bald, dass dies hier das erste Kettenglied einer langen Kette von Zielen war, die sich vor mir erstreckte. Ein Ring hing im anderen. Nachdem ich den Entschluss zur Flucht gefasst hatte, dachte ich, dass ein Treffen mit einem erfahrenen Menschenschmuggler das Problem meiner Ausreise lösen würde. Ich traf ihn einmal und wartete darauf, dass er sein Versprechen einlöste. Dreimal klappte es nicht; beim vierten Mal löste er es ein. Danach glaubte ich, mit meiner Ankunft hier sei alles erledigt. Aber die Wirklichkeit war anders. Nach meiner Landung stellte sich mir sofort eine Aufgabe: das Zerreißen und Wegwerfen des Passes. Das war machbar. Dann begann das Warten im Flugzeug, danach kam der Weg ins Flüchtlingslager, in dem Menschen aus allen vier Himmelsrichtungen und Orten der Welt voller Krieg, Mord, Vernichtung, Armut und Elend ankamen und aufeinandertrafen. Hunderte von Menschen aus verschiedenen Ländern, die alle ihre persönlichen Konflikte mit sich brachten, standen sich nach ihrer Ankunft gegenüber, mit ihren Charakteren, Gewohnheiten und Sprachen. Familien mit Kindern hatten ein oder zwei Zimmer, Alleinstehende kamen zu zweit in ein Zimmer. Dusche, Toilette und Küche waren gemeinsam. Außer den Personen, die schon seit Jahren in diesem Lager lebten und es aufgegeben hatten, ihre Rechte als Flüchtlinge erlangen zu wollen, gab es viele andere, die Monat um Monat durchhielten und auf ihre Gerichtsentscheidung warteten. Mit meiner Ankunft an diesem Ort verstand ich, dass der Zirkel des Wartens wieder von vorne begonnen hatte und man nun darauf wartete, seine Aussage von Neuem machen zu können. Danach kam das Warten auf die Antwort, und so weiter. Neben all dem hatte die mühselige Reise noch gar nicht begonnen, die darin bestand, die neue Sprache zu erlernen und das neue Land kennenzulernen. So begriff ich schließlich, dass mein Leben aus den ineinandergreifenden Gliedern einer Kette bestand, deren Ende nicht abzusehen war. Ich ermüdete rasch und ärgerte mich über alles. Mein Hass nahm zu, sowohl der Hass auf mich selbst und diejenigen, die mich zu dieser Auswanderung gezwungen hatten als auch der Hass auf mein unglückliches Schicksal.

Die zwanzigste Perle war die Perle des Flüchtlingslagers

Das Lager, in dem ich untergebracht worden war, lag in einer Einöde, zehn Kilometer vom nächsten Dorf entfernt. Der Weg führte am Lager vorbei, es lag am Wegrand. Das Gebäude war zweistöckig, und jedes Stockwerk hatte etwa zwanzig Zimmer. Es gab Männer, Frauen und Kinder aus aller Herren Länder, von Afrika bis nach Vietnam, Araber, Tamilen, Afghanen, Kurden, Albaner bis hin zu Roma aus den Ländern Osteuropas. Von den Menschen im Lager konnte man erfahren, welche Völkerschaften in welchen Teilen der Welt unter schlimmen und unerträglichen Bedingungen lebten. Einige waren neu angekommen und warteten auf einen Brief vom Gericht und den zuständigen Ämtern für Flüchtlinge, um nach Erhalten der Aufenthaltsbewilligung von hier wegzugehen, sich in einer Stadt niederzulassen und ein neues Leben in diesem Land zu beginnen. Das Camp war für sie ein Zwischenhalt. Doch für andere war das Lager der eigentliche Wohnort, an dem sie seit Jahren lebten. Diese verstanden sich als die Chancenlosen, welche es über die Jahre nicht fertiggebracht hatten, eine Aufenthaltsbewilligung zu erlangen. Der älteste von ihnen, wie ich Kurde, hieß Faisal und wurde von den kurdischen und arabischen Flüchtlingen „Muhtar", der Dorfvorsteher, genannt. Ich lernte ihn schon am ersten Tag kennen. Faisal war ein herzlicher Mann und verhielt sich wie ein alter Bekannter, der schon seit Jahren mit mir befreundet war. Deshalb begannen wir vom ersten Tag im Lager an, uns gegenseitig zu besuchen. Es waren über zehn Jahre vergangen, seit er Amude verlassen hatte und in diesem Camp weilte. Faisal war nicht nur wütend auf die Verantwortlichen der Flüchtlingsstelle, sondern auch auf die Leiter des Lagers und bezeichnete alle als „Deutsche":

„Wir sind vor den Soldaten und Nazis Syriens geflohen, hier angekommen, und die Deutschen haben uns wieder in Unterkünfte von Soldaten und Nazis gesteckt."

Faisal pflegte zu sagen, dass dieses Camp im Zweiten Weltkrieg eine Kaserne der Nazisoldaten gewesen sei und dass man nun ein Lager für Flüchtlinge daraus gemacht hätte. Ich wusste nicht, inwieweit Faisal mit seinen Aussagen über das Lager recht hatte, doch dessen Ort und die Bauweise ließen sie glaubwürdig erscheinen.

Die einundzwanzigste Perle war die Perle des Lagerältesten Faisal

Für einen Flüchtling besteht das Leben darin, auf ein kleines Stück Papier zu warten, nur damit ist er beschäftigt. Auf diesem Papier ist das Schicksal des betreffenden Menschen festgehalten. So führte mich mein Schicksal zur Türe eines Beamten, der als Nummer 126 bezeichnet wurde. Die Flüchtlinge nannten ihn den Staatsanwalt, doch war er eigentlich ein Beamter, der für Flüchtlingsangelegenheiten zuständig war. Er stellte zahlreiche Fragen und schickte dann das Ergebnis der Befragung und der Antworten des Flüchtlings, die von einem beeidigten Dolmetscher übersetzt wurden, an die einschlägigen Stellen. Der betreffende Flüchtling wartete manchmal Monate oder Jahre auf eine Antwort. Nummer 126 war ein weißhaariger, übellauniger, blauäugiger Mann. Man hatte das Gefühl, er sei über etwas erbost, doch wenn er zu sprechen begann, schien er ein bisschen zufriedener mit sich selbst und jünger als sein Alter zu sein. Als er mich nach den Gründen fragte, weshalb ich Syrien verlassen hatte, und ich antwortete, ließ mich sein Kommentar erstarren. Nummer 126 sagte, er kenne Syrien gut und meine Aussagen über einen grausamen Diktator und dessen Geheimdienst seien unkorrekt. Er sagte, er sei selber ein Beamter der DDR gewesen und habe jahrelang in Syrien gelebt, deshalb sei er vertraut mit Syriens sozialistischem Regime. Ich wusste nicht, sollte ich über den unglaublichen Zufall lachen oder weinen, dass unter so vielen Beamten, die sich mit Flüchtlingsanliegen beschäftigten, ein seltsames Schicksal mich diesem seltsamen Mann ausgeliefert hatte. Er erklärte mir, dass er mit der Situation der Kurden wie auch der Araber in Syrien vertraut sei und wer wirklich wolle, könne in diesem Land ein Leben ohne Folter und Schläge führen. Als ich von ihm wegging, rissen hundertsechsundzwanzig Kettfäden im Webstuhl meiner Seele. Eine lastende Trauer breitete sich in mir aus, ähnlich der Trauer, die die Gefängnisse des Landes erzeugen, aus dem ich stamme. Nach der Befragung sagte jedermann aufgeregt zu mir: „Du wirst wohl eine negative Antwort bekommen", und so war es auch. Sowieso bestanden alle Gespräche der Flüchtlinge nur darin, wer welchen Bescheid erhalten hatte und wer sich gerade in welcher Lage befand. Es schien, dass von allen Faisal sich meine Situation am meisten zu Herzen nahm. Er kam, umarmte mich und sagte tröstend:

„Sei nicht traurig, Landsmann aus Amude. Der Morgen kommt, an dem du frei bist von Trauer, Schmerz und Einschränkung. Quäle dich nicht."

Er hatte sich mir zu Beginn als Faisal aus Amude vorgestellt. Ich wusste nicht, dass er von mir wie auch von meiner Familie bereits gehört hatte. Als er mich nach den Namen meines Vaters und meiner Stiefmutter fragte, verstand ich, dass er über zahlreiche Informationen verfügte, die in den Straßen und Gassen von Amude herumgereicht wurden, obwohl schon viele Jahre über seiner Ankunft in

Deutschland vergangen waren. Die Geschichten, die man sich über Faisal erzählte, waren äußerst interessant. Eine davon handelte von seiner Scheidung: Er habe bei der betreffenden staatlichen Stelle behauptet, seine Frau sei von ihm geschieden, damit sie und seine beiden Kinder das Recht auf Niederlassung bekamen. Faisal mischte Witz und Wahrheit in seinen Worten:

„Die Wahrheit ist, dass meine Frau hässlich war. Mit diesem Kunstgriff bekam ich die Möglichkeit, sie loszuwerden, und ich missgönne es ihr nicht."

Angesichts der vielen Fragen, die dies bei mir auslöste, setzte er nochmals zu einer Erklärung an:

„Schau, Bruder, solange du nicht verheiratet bist, wirst du nicht verstehen, was ich dir da erzähle."

Da Faisal der Älteste vor Ort war, gingen ihn alle um Hilfe an und baten ihn, bei der Lagerleitung für sie zu übersetzen. Manchmal, wenn er von einer solchen Übersetzung zurückkehrte, kam er zu mir, um sich über die Person lustig zu machen, für die er gerade übersetzt hatte:

„Die glauben, dass ich Deutsch spreche wie eine Nachtigall. Weil sie überhaupt kein Deutsch können, sind sie tief beeindruckt von meinen Deutschkenntnissen. Die haben keine Ahnung, dass ich in jedem Satz zwei bis drei Fehler mache. Trotzdem komme ich mit beiden Seiten irgendwie zurecht. Es ist besser als nichts."

Faisal pflegte mit jedem, aus welchem Land er auch kam, herzliche Beziehungen und plauderte mit ihm, als ob er mit ihm Dorfnachrichten austauschte. Die Sprache, die er dabei benutzte, war ein Gemisch von Kurdisch, Arabisch und Deutsch. Auf diese Weise entwickelte sich eine besondere Flüchtlingssprache, mithilfe derer sich alle verständigen konnten. Faisal flocht Ausrufe wie „Na lo!" und „Wallah, billah, tillah!" in seine deutschen Sätze ein. Deshalb suchten ihn auch Frauen aller Länder, Vietnamesinnen, Russinnen, Afrikanerinnen und Deutsche auf. In letzter Zeit hatte seine Beziehung zu einer Deutschen namens Bettina allgemeines Interesse erregt, und er diskutierte mit allen eine mögliche Heirat mit ihr. Durch diese würde er nach drei Jahren das deutsche Bürgerrecht erlangen und dem Lager entfliehen können. Bettina war eine Vierzigjährige aus Berlin, die allein lebte. Manchmal, wenn Faisal verschwunden war, wussten alle, dass er bei Bettina war. Jedes Mal, wenn er von Bettina zurückkehrte, hielt er sich den Rücken und sagte:

„Kollegen, es ist gut, dass es diese Viagra-Pille gibt. Wenn ich diese Pillen nicht hätte, könnte ich das Feuer bei dieser Bettina nicht zwei Tage lang am Brennen halten. Die Hündin hat meinen Rücken kaputt gemacht. Entweder bin ich alt geworden oder sie kriegt nie genug – ich werde nicht schlau daraus."

Er suchte auf diese Weise das Thema auf sich und die Frauen zu lenken, um dann voller Stolz von seinen verschiedenen Erfolgen mit Frauen jeder Herkunft zu sprechen. Ebenso kamen seine Reden über gewisse Personen, die schon seit einigen Monaten oder Jahren im Lager lebten, an kein Ende. Faisal sprach voller Betrübnis über sie:

„Beachte diese Leute nicht. Sie setzen sich einige Tage oder Monate zu mir und schmeicheln sich bei mir ein. Wenn ihre Geschäfte dann gut laufen und sie das Camp verlassen können, grüßen sie keinen mehr. Mann, hier ist sich jeder selbst der Nächste. Wenn die Leute ihr Land einmal verlassen haben, wächst der Egoismus. Bräche hier eine Katastrophe aus, so würde ein jeder für sich weinen und rufen „Selbst ist groß" statt „Gott ist groß"."

Wenn Faisal über seine Vergangenheit plauderte, seufzte er tief, öffnete die Fenster und tat einen gewaltigen Zug an seiner Zigarette. Er zog den Rauch ein und verlor sich in seinen ungeordneten Erinnerungen:

„Was kann ich schon sagen, Azado? Das Rad des Schicksals hat sich für mich auf die falsche Seite gedreht, das ist alles."

Nach diesen Worten spann er aber den Gedankenfaden nicht fort, sondern kehrte wieder zur Situation im Lager zurück:

„Du weißt, dass in diesem Lager Menschen aus allen Ländern aufeinandertreffen, die Probleme haben. Jeder hat seine Schwierigkeiten mitgebracht. Du kannst sie dir ausrechnen. Sie reichen vom Verkauf von Haschisch und Heroin bis zu Frauenproblemen. Und besonders haben Leute Schwierigkeiten, die der Gewalt, dem Krieg und dem Morden ausgesetzt waren. Mit ihnen eine Beziehung aufzunehmen ist von allen am schwierigsten."

Über alle hatte Faisal eine Anekdote bereit, von der er fand, wir sollten sie kennen. Es war unklar, ob er versuchte, sich durch das Erzählen solcher Geschichten von einer inneren Last zu befreien oder ob er es nötig fand, uns zu informieren. Manchmal vergaß er auch ganz, dass ihm jemand zuhörte. Er brach mitten im Satz ab und schaute mir direkt in die Augen:

„Nun wirst du sagen, dass du dich nie verhalten wirst wie andere Leute, die von hier weggehen, und dass du mich besuchen wirst. Aber ich weiß zu hundert Prozent, dass du in einigen Monaten von hier weggehst, nachdem du deine Aufenthaltsbewilligung erhalten hast, und mich und das

Lager und alles, was damit zu tun hat, vergessen wirst."

Als ich sagen wollte, dass ich diese Annahmen sicher Lügen strafen würde, schüttelte er den Kopf.

„Wir werden sehen. Wir zwei werden nicht am selben Ort sterben."

Faisal verschwand hinter dem Rauch seiner Zigarette. Immer wenn er ein Thema abgeschlossen hatte, wandte er sich der Zigarette zu, bevor er weitersprach:

„Weißt du, Azado, ich habe so viele Male die Frauen gewechselt wie ich Haare auf dem Kopf habe, und ich hatte zu jeder Zeit zwei Frauen nebeneinander: das eine war eine Frau und das andere war die Zigarette. Es geht ohne Frauen, doch ohne Zigaretten geht es nicht."

Mit Faisals Hilfe konnte ich mich im Lager eingewöhnen. Ich beobachtete meine Umgebung und suchte meine neue Situation zu begreifen, doch hing mein Blick auch immer am Briefkasten, in Erwartung der Antwort der Dienststelle für Flüchtlinge. Unterdessen zog Faisal im Lager auf Abenteuer aus wie in einem Bienenstock voll verschiedener, bunter Bienen. Manchmal kam ich ihm wieder in den Sinn und er rief mich zu sich. In seinem Zimmer hatte er einen Fernsehapparat mit Satellitenantenne. Es war sauber aufgeräumt und es fehlte an nichts. Deshalb lud er mich lieber zu sich ein:

„Komm zu mir, komm nur. Dein Zimmer ist nackt und kahl, ich habe keine Lust, dort drin zu sitzen und zu trinken."

Durch diese abendlichen Einladungen bei ihm erfuhr ich, mit wem und mit welcher Art von Leuten er zu tun hatte. Ich hatte von anderen gehört, dass bei Gericht einige Prozesse gegen ihn anhängig waren. Faisal sprach voller Stolz von diesen Prozessen. Einer davon sah so aus: an jedem Monatsanfang kamen Beamte der Sozialbehörde ins Lager, die von den Flüchtlingen als „Sozial" bezeichnet wurden. Jeder Flüchtling erhielt ein Papier, eine Art Check. Er ging damit auf die Bank, gab es dort ab und erhielt Geld dafür. Da es zu wenig Geld war, das die Kosten nicht deckte, wartete jeder sehnlich auf das Monatsende. An jedem Monatsanfang fanden wir uns am Eingang zur Bank einem betrunkenen Deutschen gegenüber. Jedes Mal, wenn wir uns in die Schlange stellten, um unser Geld abzuholen, kam dieser Mann, der Michael hieß, begann einen von uns zu belästigen und pöbelte uns an. Die andern verstanden ihn nicht, aber ich wusste, was er sagte. Er sagte:

„Geht arbeiten, geht arbeiten. Ihr seid in unser Land gekommen, ihr fresst, trinkt und schlaft hier und kriegt dafür noch Geld bezahlt!"

Der betrunkene Michael sorgte nicht nur für Unruhe, sondern er stritt sich auch mit den Leuten herum. Ich hielt ihn mehr als einmal fern. Ich erklärte ihm freundlich, dass wir ja gar kein Recht darauf hätten zu arbeiten. Er sagte, wenn wir nur wollten, könnten wir schon Arbeit finden, doch wir wollten eben nicht, und wegen uns Ausländern sei sein Land aus den Fugen geraten. Das ging so bis zu jenem Mal, als er direkt auf mich losging und einmal mehr die immer gleichen Sätze wiederholte. Ich zerrte ihn zur Wand des Bankgebäudes und sagte zu ihm:

„Komm her, ich habe Arbeit, und zwar mit dir!"

An der Wand traktierte ich ihn mit Fäusten, bis er um Hilfe schrie. Weil Michael betrunken war, ging er mit dem ersten Schlag zu Boden. Die Leute konnten ihn fast nicht aus meinen Händen retten. Sie riefen die Polizei, und von dem Tage an ging ich zum Gericht. Kürzlich habe ich erfahren, dass Michael selber Russe war und arbeitslos. Jedes Mal, wenn er kam, hatte er zu mir gesagt:

„Wir Deutschen arbeiten und zahlen Steuern, ihr sitzt herum, macht Kinder und zehrt unser Geld auf."

Dabei war er selber Ausländer, arbeitslos wie wir, und bezog sein Geld von der Sozialhilfe.

Die Abenteuer von Faisal wollten nicht abbrechen. Jetzt gerade ließ er sich über einige junge Männer aus, die sich mit dem Verkauf von Haschisch, Kokain und Heroin beschäftigten. Seine wirren Erzählungen waren endlos. Die Bestimmungen für Flüchtlinge verboten uns, einen Umkreis von 30 km ohne polizeiliche Erlaubnis zu verlassen. Aber trotzdem reisten diese Jungen, ein Araber, ein Kurde und noch zwei Rumänen, zwischen Deutschland und Holland hin und her. Jeder von ihnen war schon mehrmals verhaftet und wieder freigelassen worden. Faisal suchte seit kurzem seine Befehlsgewalt als Lagerältester auch auf sie auszudehnen und ihre Geschäfte innerhalb des Lagers zu verbieten, doch ohne Erfolg. Deshalb war die Lage zwischen beiden Parteien äußerst gespannt. In der nahegelegenen Stadt hatten vor zwei Wochen einige Männer, die von Faisal und seinen Freunden als Nazis bezeichnet wurden, den kurdischen Jungen der Bande angegriffen, in eine Ecke gedrückt und zusammengeschlagen. Der Junge erschien an Faisals Türe und bat um Hilfe. Anschließend stieg er mit zwei weiteren jungen Männern in sein rotes Auto und fuhr los, um Rache zu nehmen. Beim Angriff auf das Wespennest der Nazis waren Faisal und seinen Kollegen zwei neu eingetroffene junge Schläger in die Hände gefallen. Sie prügelten sie ausgiebig und kehrten ins Lager zurück. Auf dem Rückweg sagte Faisal zu seinen Freunden, wie wenn er sich dessen gerade erst gewahr geworden wäre:

„Obwohl ich mich mit dem jungen Mann, den sie zusammenschlugen, nicht versöhnt habe, und obwohl ich mit seinem Rachefeldzug nicht einverstanden bin, habe ich ihm doch geholfen, weil er an meine Türe kam und um Hilfe bat. Ich würde meinem ärgsten Feind helfen, wenn er Schutz in meinem Haus suchte."

Die Sache war damit noch nicht zu Ende. Weil zwei Jungen von der gegnerischen Gruppe deutliche Spuren von Schlägen am Körper trugen, gingen sie vor Gericht und eröffneten einen Prozess gegen Faisal und seine Freunde. Unsere Blicke hingen immer am Briefkasten, in Erwartung der Post. Faisal wartete darauf, dass der Zeitpunkt der Gerichtsverhandlung bekanntgegeben wurde und ich auf die Entscheidung, die mein Schicksal als Flüchtling bestimmen würde. Die Frage, ob ich in diesem Land bleiben konnte oder nicht, kam mir seltsam vor. Ich wusste nicht mehr, ob mit mir etwas nicht stimmte oder mit diesem Staat. Nicht mehr, worauf ich wartete und was mir zugestoßen war. Das Bild eines schönen, fortschrittlichen, ruhigen und hellen Landes, das wie ein Traum vor meinen Augen geschwebt hatte, war abgelöst worden von der Fantasie eines Spiegels, der in einem Erdbeben hundert Risse bekam, in denen sich Sand und Staub ansammelten. Das strahlende Grün im Bild war plötzlich verwelkt und ersetzt worden durch das Gelb eines glücklosen, traurigen Lagers voller geschlagener Flüchtlinge. Jeder Monat der Wartezeit, die zehn Jahre dauern konnte, nagte an der Lebenszeit des einzelnen.

Keiner gesteht sich ein, dass seine Träume zerstört

worden sind, jeder Flüchtling glaubt, dass sein Schicksal einen anderen Verlauf nehmen wird als das der andern. Doch mit der Zeit stecken sich die Träume die Zehen in den Mund und beginnen sich selbst zu verschlingen. So fließt das Leben dahin, bis man sich schließlich über die eigenen Träume mokiert. Dann, in dem Augenblick, da man die Träume aufgibt und sie nutzlos werden, treten plötzlich Bedingungen ein, die erlauben, sie zu verwirklichen.

Zeit war im Lager so etwas wie eine tote Schildkröte. Faisal sagte über Deutschland, die Geschäfte würden in diesem Land mithilfe von Papier und Briefen erledigt. Nicht ein Tag und nicht ein Monat, nein, ein ganzes Jahr ging vorbei, ohne dass ich einen Brief erhielt. Es gab zwar Leute, die im Lager eintrafen, innerhalb dreier Monate ihre Aufenthaltsbewilligung bekamen und wieder gingen. Auf der anderen Seite war da aber Faisal, ein in Gefangenschaft Ergrauter. Er konnte weder in das Land zurückkehren, aus dem er gekommen war, noch sich im neuen Land niederlassen. Ich hatte Angst, dass mir dasselbe geschehen würde und dass mir die Möglichkeit genommen wurde, wieder aus diesem Land zu fliehen. Ohne die Ratschläge Faisals hätte ich vielleicht aufgehört, auf den Brief des Gerichts zu warten und wäre in ein anderes Land geflohen. Während dieser ganzen Zeit hatte ich immer das traurige und vom Unglück gezeichnete Gesicht Faisals vor Augen. Er kam nachts zu mir und begann sofort auf den Wellen seiner Erinnerungen zu reiten. Er begann mit Amude, Qamischlo und den Städtchen und Dörfern der Umgebung. Er zählte sie einzeln auf, wie wenn er erst gestern hier angekommen wäre. Er zählte sogar, einen nach dem andern, die Leute dort mit Namen auf und sprach mit großer Herzlichkeit von ihnen. Als ich sein Erinnerungsvermögen und Gedächtnis lobte, antwortete er lächelnd:

„Nein, es ist noch zu früh, damit zu brechen und alles zu vergessen."

Manchmal kugelte er sich vor Lachen. Besonders wenn er trank, wurde er traurig und schimpfte oder weinte laut. Äußerlich schien Faisal hart, trotzig, stark und erfolgreich bei Frauen zu sein. Inwendig war er zart, melancholisch, einsam und trostlos. Nur wenn er über seine Frauenabenteuer sprach, lebte er auf, verjüngte sich und seine Augen funkelten. Auch ich fiel auf eine Art unter seinen Bann und war unruhig ohne ihn. Als der Brief vom Gericht bei mir eintraf und sich der Tag näherte, an dem ich das Lager verlassen würde, kam Faisal, um mich zu beglückwünschen und sagte, bedrängt von widerstreitenden Gefühlen:

„Mensch, du weißt, dass ich mich fühle, als ob dieses Lager ein Bordell wäre und ich eine Hure darin. Dies ist und bleibt mein Schicksal."

Er drehte mir den Rücken und ging sich betrinken. Ich verstand, dass er vom Kommen und Gehen der anderen Flüchtlinge und seinem eigenen Festkleben an diesem Ort sprach. Ich schwieg. Ich wusste nicht, was ich sagen sollte. Ich freute mich, dass sich mir die Türe zum Leben im neuen Land öffnete, doch mein Weggang und das Zurückbleiben Faisals in diesem Lager, in dem er über zehn Jahre verloren hatte, schmerzten mich. Für mich war die Zeit gekommen, von hier aufzubrechen, mir eine Wohnung zu mieten und die Landessprache zu lernen. Mit den Kursen, die ich besuchte, und mit dem Beginn des Unterrichts brachen meine alten Wunden wieder auf.

Die zweiundzwanzigste Perle war die Perle der sieben Jahre

In meiner Grundschule in Amude freuten sich manche Schüler auf den Beginn des neuen Schuljahres, andere waren unglücklich darüber. In jeder Klasse saßen über dreißig Schüler. Alle saßen, geordnet nach Körpergröße, hintereinander in ihren Bankreihen. Die Kleinen und Fleißigen freuten sich, weil sie in die vordersten Bänke platziert worden waren. Sie waren immer in der Nähe des Lehrers, immer bereit, an die Tafel zu gehen und zu antworten. Im Gegensatz zu ihnen saßen die langen Schüler zuhinterst und wünschten keinesfalls, dass man sie an die Tafel rief oder der Lehrer ihnen Aufmerksamkeit schenkte. Am liebsten hatten sie es, wenn die kleinen Kinder der Reihe nach an die Tafel gerufen wurden und sie zuletzt drankamen. Wenn die Reihe schließlich an ihnen war, zogen sie sich zurück. So kam es, dass die Mehrheit der kleinen Jungen fleißig und die Mehrheit der langen Jungen unnütz war. Aber drei oder vier der unnützen Langen versetzten, aufgrund ihrer guten Beziehungen zur Schulleitung, alle anderen Kinder in Angst und Schrecken. Dies tat vor allem der Sprecher und Klassenchef, der die Namen aller Kinder aufschrieb, die sich nicht an die

Schulregeln hielten, und dann an den obersten Schulleiter weiterreichte. Mit anderen Worten gab es in jeder Klasse drei bis vier Kinder, die die Augen und Ohren des obersten Schulleiters waren. Von allen Kindern bekamen die Schüler der ersten Klassen am meisten Schläge, da sie neu waren und noch kein Arabisch konnten. Kurdisch zu sprechen war gegen die Regeln und Methoden der Schule, und über die besagten Schüler gelangten die Namen der Kinder, die Kurdisch sprachen, zum obersten Schulleiter. Ich sprach die Sprache der Lehrer und Schulverwalter auch nicht, weshalb ich mehr als einmal, je nach Belieben des Lehrers, der gerade den Stock schwang, die Handfläche oder den Handrücken vor ihm auszustrecken hatte. Ohne dass er auf die Schreie hörte, die uns der Schmerz abpresste, ließ er seine harten Stockschläge erbarmungslos auf uns niederprasseln. Wir wollten nur so schnell als möglich so groß werden wie die Schüler der fünften und sechsten Klassen, und die Sprache der Lehrer lernen, um uns davor zu retten, die Sprache benützen zu müssen, welche die Lehrer und Schulleiter so hassten. Ich kann mich nicht erinnern, wie es zuging, dass ich plötzlich groß war, die Sprache der Lehrer beherrschte und auch damit begonnen hatte, aus dieser Sprache zu übersetzen. Zwar hatte ich ihre Sprache gelernt, aber ich fühle den Geschmack ihres Stockes noch heute auf der Zunge und werde ihn nie vergessen.

Die dreiundzwanzigste Perle war die Perle des Geschmacks der Liebe auf der Zunge

In der Sprachschule war die Situation nicht viel anders als im Lager. Wiederum hatten sich Menschen verschiedener Nationen mit verschiedenen Sprachen und aus verschiedenen Ländern zusammengefunden. Das Ziel, das sie alle einte, war das Erlernen der neuen Sprache. Ein jeder hatte seine Sorgen, seinen Ärger und seine Freuden, die Probleme und Schwierigkeiten seines Volkes und Herkunftslandes mitgebracht. Sein Schicksal hatte ihn hierhergeführt. In der ersten Stunde gab es Streit. Um sich vorzustellen, nannte ein jeder seinen Namen und den seines Herkunftslandes, damit die anderen etwas über ihn erfahren konnten. Als ein Kurde vor mir namens Mehmet sagte, dass er von Kurdistan komme, standen zwei Türken auf und begannen zu schreien. Zu Beginn des Streits sprachen die drei ein Kauderwelsch von Türkisch untereinander und wurden dann plötzlich laut. Weil sie sich auf Türkisch anschrien, verstanden weder ich noch die andern, was sie sagten. Man verstand nur die Wörter „Kurdistan", „Diyarbakir" und „Türkei". Es schien, dass Mehmet von Diyarbakir stammte und die andern beiden nicht akzeptierten, dass er Diyarbakir zu Kurdistan zählte. Die Sprachlehrerin hatte alles längst vor uns verstanden, weshalb sich der Streitgrund klären ließ. Sie sagte, dass es nicht zum ersten Mal einen Streit dieser Art gebe, es gebe ihn nicht nur unter Kurden und Türken, sondern auch unter Palästinensern und Israelis oder Basken und Spaniern. Das sei bis zu einem gewissen Grad verständlich, aber wir dürften nicht vergessen, dass wir hier in Deutschland seien und nicht in der Türkei, Israel oder an einem anderen Ort. Es sei ein natürliches Recht und leuchte ein, dass ein jeder seine Heimat mit dem Namen benennen könne, den er ihr geben wolle, oder über den Zustand seines Landes denken könne, wie er wolle, und es gehe keinesfalls an, dass ihm dieses Recht genommen werde oder dass dagegen verstoßen werde. Die Lehrerin wandte sich an Mehmet:

„Wenn Diyarbakir für dich zu Kurdistan gehört, dann soll es so sein."

Sie drehte sich zu den Türken:

„Und für euch gehört Diyarbakir zur Türkei."

Offensichtlich wollte die Lehrerin das Wortgefecht, das zum Streit führte, abschließen und das Interesse aller auf das Thema Sprache richten. Das Ereignis warf einen Schatten über die ersten drei Monate meines Lernens. Im Klassenzimmer saßen alle Seite an Seite, aber in der Pause fanden sich immer die zusammen, die dieselbe Sprache sprachen. Auf diese Weise verstrich der Anfangsunterricht. Zu Beginn des zweiten Semesters erschien eine neue Lehrerin namens Sandra. Sandra war jung und entzückend und hatte neu zu unterrichten begonnen. Ich nahm an, ich sei viele Jahre älter als sie, doch erfuhr ich am Ende, dass sie nur wenige Monate jünger war als ich. Vor allem ihre Stimme schlug mich in Bann. Ich weiß nicht, weshalb mich ihre Stimme so melancholisch, traurig und still werden ließ. Im Unterricht hörte ich ihrer Stimme zu wie ein Schwerverwundeter vor dem Tod, der die Stimme der Krankenschwester vernimmt, die ihn zu heilen versucht. Es gab etwas Tiefes, Zartes, magisch Anziehendes, Beeindruckendes in dieser Stimme, welche mir die vergessene, helle und weit entfernte Stimme von Berivan ins Gedächtnis zurückrief.

Sandras Erklärungen zur Sprache waren wie Wasser, welches das lodernde Feuer in meinem Innern kühlte. Allerdings nahm die Hitze, die ich in mir fühlte, trotz des Wassers nicht ab. Die schwere und mühsame deutsche Sprache kam locker, schön, melodisch und fließend über Sandras Lippen. Wie eine liebevolle Mutter mühte sie sich mit uns zwölf Schülern ab. Für die unter uns, die ihr Vater hätten sein können, wie auch für alle anderen kehrte sie zwei- oder dreimal auf ein Wort oder eine Frage zurück, wenn diese nicht klar waren. Manchmal wurde sie ärgerlich: Ihre schönen Augen wurden schmal, sie kniff die Lippen zusammen und ihre Wangen röteten sich, obwohl sie ihr Missfallen so gut als möglich zu verbergen suchte. Ich wusste, dass es immer da war, wenn die Personen, die vor ihr saßen, ihren ausführlichen Erklärungen nicht zuhörten, sondern in ihren Muttersprachen witzelten oder ihr in einer Sprache antworteten, die sie nicht verstand. Allmählich lernte Sandra ihre Schüler kennen, antwortete ernsthaft auf ernsthafte Fragen und ließ alberne Witze von sich abprallen. Was mich betraf, so wurden mir die Stunden in der Klasse zur Folter, doch gleichzeitig wehte in ihnen der kühle Wind einer unausgesprochenen

Liebe. Wenn der Mensch vom Ort der eigenen Kindheit abgeschnitten wird, vertrocknen die Gefühle in seiner inneren Welt, nichts bleibt am Leben, alles wird zur kahlen und staubigen Wüste. Mit Sandras plötzlichem Auftauchen floss das sprudelnde Wasser ihrer Stimme durch die Wüste meines Innenlebens, ließ einen bunten Frühling sprießen und beendete die tödliche Trockenheit. Wenn ich mir Sandra als eine Frau vorstellte, die man lieben konnte, brach mir der Schweiß aus und Scham und Schüchternheit überfielen mich, den Unseligen, der sich plötzlich in die Fremde einer zugeschnürten Kehle und ins Ausland der gebrochenen Flügel versetzt sah. Sandra lebte in ihrer eigenen Wohnung, in ihrer Heimat, unter ihren Verwandten und verfügte über ihre Sprache. Ich dagegen war elend und ohne Heimat, hatte eine verwundete, verbotene Sprache und lebte weit entfernt von Familie, Freunden und Verwandten. Wie konnten zwei so voneinander getrennte Welten, oder vielmehr, zwei so weit auseinanderliegende Welten sich näherkommen? Diese Spannung kam mir manchmal vor wie ein Scherz und manchmal wie eine Tragödie. Abgesehen davon war Sandra ihrer Arbeit als Lehrerin sehr treu und vermied Kontakte zu Schülern außerhalb des Unterrichts.

Obwohl die Liebe meinen Körper einhüllte wie ein strahlendes Hemd, merkte sie nichts, oder dachte vielleicht bei sich:

„Das ist wieder so ein Junge aus einem Land, wo die Liebe und die Beziehung zu Frauen verboten sind, deshalb bringt er den Mund nicht zu, wenn er mir gegenübersitzt."

Vielleicht nahm sie an, dass ich in meinem Leben noch keine andere Frau gekannt hatte. Wenn sie das glaubte, war es wahr. Ich hatte nämlich in meinem Leben noch keine Frau getroffen, die einen Mann so plötzlich mit beiden Händen an der Wurzel seiner Existenz packen und zu ihrem Sklaven und Gefangenen machen konnte. Berivans Erscheinen hatte wie eine schwere Wolke am Himmel meiner damaligen weit zurückliegenden Existenz gedräut. Über das Leben meiner armen Mutter hatte ich Unglück gebracht. Und jetzt kam Sandra, und meine Gefühle explodierten in mir wie ein Vulkan. Drei Frauen hielten mein Leben in einem Ring von Feuerflammen, Nebel, Täuschung und süßem Schmerz gefangen. Von diesen hatte ich nur Sandra direkt vor Augen, so nahe wie den Finger meiner Hand und wie eine Sommerwolke, die über mir wegzog. Statt dass ich dem Klassenunterricht gefolgt wäre und mir neue Wörter notiert hätte, hörte ich auf die Stimme meines Herzens und zeichnete die schöne Gestalt der Lehrerin, ihre lachenden Augen, ihre Bewegungen. Als die sechs Monate zu Ende waren, schnürte mir ein Schluchzen die Kehle zu. Ich hätte gerne laut geweint wie ein kleines Kind, dem man mit Gewalt sein Spielzeug wegnimmt. Aber ich konnte diesen letzten Tag nicht aufhalten und konnte auch nicht offen herausweinen. Ich überreichte ihr fünf Portraits, die ich zu verschiedenen Zeiten von ihr gemalt hatte. Sandra nahm mein Geschenk mit großer Freude entgegen:

„Ich wusste nicht, dass ich die Lehrerin eines so begabten Zeichners war."

Als ich ihr sagte, dass meine Beziehung zu den schönen Künsten weit zurückreichte, sagte sie mit rosigen Wangen

„Wie schön, die Lehrerin eines Künstlers zu sein!"

Anstatt sich von mir zu verabschieden, überreichte mir

Sandra eine kleine Karte:

„Auf der Karte stehen meine Telefonnummer und meine Adresse. Ich kann dir sagen, dass auch mein Vater Maler war. Komm zu mir nach Hause, und ich zeige dir ein paar Bilder von ihm."

Ich verlor fast den Boden unter den Füßen vor Freude:

„Ich werde kommen, ganz sicher. Aber malt dein Vater noch, oder hat er aufgehört?"

Sie antwortete lächelnd:

„Nein, er ist schon seit langem halb tot, aber seine Bilder und Zeichnungen sind alle bei mir."

„Was heißt halb tot?"

„Das ist eine lange Geschichte. Er ist krank, in seinem Alter verhindert diese Krankheit, dass er wieder auf die Füße kommt."

Ich versprach Sandra, sie zu besuchen. Sie wusste nicht, dass ihr Vater, obwohl selbst halb tot, mich vor dem Tod gerettet hatte. Hätte es nicht seine Bilder gegeben, wäre Sandra einfach weggegangen, und weder hätte ich sie je wiedergesehen noch sie mich.

Die vierundzwanzigste Perle war die Perle von Sandra

Auf der einen Seite war da ein verzweifelter und trauriger Mann, der mit dem Geist seiner verstorbenen Mutter zusammenlebte. Da er mit einem weichen Herzen gesegnet war, weinte er über seiner Liebe wie ein alter grauer Bär, der sich einsam im Schnee wälzt. Auf der anderen Seite war da die lächelnde junge Frau mit dem strahlenden Gesicht, die behaglich mit ihrer Mutter zusammenlebte. Wenn sie lachte, nahmen hinter ihr Reihen von geöffneten Rosen Achtungstellung an. Mit ihren Wangen, die Halbmonden glichen, erleuchtete sie den schwarzen Himmel im Herzen von hundert verzweifelten Männern, wie ich einer war. Sie hatte ein großes Herz für alle. Eine zufällige Begegnung unter der Regie des Schicksals hatte diese beiden Seiten einander nähergebracht. Eine Zusammenkunft schien schwer zu bewerkstelligen. Doch die Verzweiflung war nur noch eine alte Frau, der ich die Zunge herausstreckte und die unter meinen Blicken einen Zahn nach dem andern verlor. An ihrer Stelle hatte die Hoffnung ihre Zelte aufgeschlagen, und das uralte Bild von Mann und Frau heraufbeschworen, dasjenige der Frau, die die Leere des Mannes füllt und das des Mannes, der die Frau ergänzt. Der Mann sucht, was ihm fehlt, bei der Frau, die Frau sucht, was ihr fehlt, beim Mann. Wenn dem wirklich so war, würde ich Sandra, und würde Sandra mich ergänzen. Während ich diese Überlegungen anstellte, wurde ich mir bewusst, dass ich als Mann zwiegespalten, oder aber, dass ich zwei Männer war. Ich war die eine Hälfte, und die andere Hälfte, die fehlende Hälfte, die ich mit mir zu vereinen suchte, war bei Sandra. Und ich hatte ihre Telefonnummer. Es fiel mir ein, dass ich bis dahin überhaupt nichts über Sandra wusste. Ich war nur mit mir selbst und meinen Träumen beschäftigt, doch mit wem war ihr Herz beschäftigt, und welche Träume hatte sie? Die Frage rüttelte mich wach und eine unbekannte Furcht überkam mich. Bis zu diesem Punkt hatte ich nie über sie nachgedacht. Um meiner Fantasie nicht vollständig die Zügel zu geben, ging ich mit klopfendem Herzen zum Telefon. Das Telefon in meiner Hand fühlte sich an, wie eine Bombe in der Hand eines ungeübten Soldaten, und ich hatte Angst, dass es mit mir in die Luft ging. Das war das erste Mal, dass ich Sandra nicht als Sprachlehrerin, sondern als Frau oder als Tochter eines Malers erleben würde.

Die fünfundzwanzigste Perle war die Perle des zersplitterten Spiegels

Ich hatte nicht gemerkt, dass Sandra meine Welt vollständig ausfüllte. Da ich sie während sechs Monaten täglich gesehen hatte, war ich im Glauben, dass ich sie jederzeit sehen und grüßen, mit ihr sprechen und alle schwierigen Wörter ihrer Sprache von ihr erfahren konnte. Aber das Ende des Unterrichts strafte diesen Glauben Lügen. Es war schwierig geworden, sie zu treffen, wodurch ich merkte, dass ich bis zum Hals drinsteckte, stärker danach verlangte, sie zu finden als ein Mann, der in einer öden Wüste nach Wasser giert. Meine Ohren sehnten sich nach dem Klang ihrer Stimme, meine Augen sehnten sich nach dem Anblick ihres Gesichts und meine Seele sehnte sich nach der Bewegung ihrer Finger, die aufleuchteten, wenn sie schrieb. Ich wusste nicht, sollte ich lachen oder weinen. Ich, ein Ausländer vom Ende der Welt, einer der hundert Männer, die in den Schulbänken vor ihrer Sprachlehrerin saßen, hatte mich in meine Lehrerin verliebt. Eine Lehrerin, die mich um zehn Jahre nach Amude zurückversetzte. Meine Lehrerin der fünften Klasse hatte Seher geheißen. Seher hatte alle Kinder der Schule „Ghazali" in Amude verzaubert, doch am meisten Hidiro, den Sohn Latifas, die den Lebensmittelladen führte. Nicht nur die Kinder, auch alle Lehrer waren in Seher verliebt. Seher, die von Latakia gekommen war und die grüne Frische der Bäume, die Weite und Kühle des Meeres ihrer Stadt und den Geruch der Natur mit sich brachte. Der besondere Dialekt jener Gegend verwandelte die arabische Sprache, die über ihre schönen Lippen rieselte, in klares Wasser. Meine eigene Liebe für die arabische Sprache begann mit Seher's Ankunft. Ich und Hidiro wurden Zeuge davon, wie ein Lehrer das Schulzimmer betrat, Seher seine Liebe gestand und beteuerte, dass er bereit dazu war, seine Frau und die beiden Kinder zu verlassen, sollte Seher in eine Heirat einwilligen. Ebenso schwor auch der Schuldiener und Wächter am Tor, der „Azin" hieß und dem die Schüler den Namen Bruce Lee gegeben hatten, weil er seine Haare zur selben Frisur kämmte wie der berühmte Held aus den Karatefilmen, dass er für sie sterben wolle und dass er sich umbringen werde, falls sie seine Liebe zurückwies, und dass sie, Seher, dann an allem schuld sei. Dies alles spielte sich vor den Augen des zwölfjährigen Hidiro ab, des ebenfalls in die märchenhafte Seher Verliebten. Hidiro erstickte in der Klasse und Schule beinahe vor Wut und Ohnmacht. Hidiro versprach, dass er, sollte Seher dies wünschen und die Erlaubnis dazu geben, Bruce Lee töten und seine Leiche vor dessen Haustüre werfen wolle. Auch außerhalb der Schulzeit schüttete er mir sein Herz aus, weil er ein naher Freund von mir war, und wenn er genug gesprochen hatte, weinte er laut. Seine verzweifelten Schreie bestanden aus folgendem Satz:

„Unter so vielen Männern, die für sie ihre Frauen verlassen wollen, und so vielen Jungen, die sie mit ihren hungrigen Augen von den Füßen bis zum Kopf auffressen, und unter so vielen Kindern, die, wie ich glaube, alle in sie verliebt sind, bis hin zu dir, Azado, wie kann ich meiner Lehrerin da noch von Liebe sprechen?"

Hidiro grübelte ein wenig und stellte eine weitere Frage:

„Wird sie wohl über meinen Zustand lachen oder weinen?"

Nach so vielen Jahren stellte ich mir dieselbe Frage auch, jedoch in Bezug auf meine Lehrerin Sandra. Wenn ich mich mit Hidiro verglich, stimmte mich dies etwas heiterer. Zumindest waren meine Lehrerin und ich gleich alt, dies ermunterte mich, zum Telefon zu greifen:

„Hallo, hier ist Azado."

„Hallo Azado, ich habe lange auf deinen Anruf gewartet. Wo bist du?"

„Ich telefoniere vor deinem Haus."

Sandra wusste gut, wie sie mit Leuten wie mir zu sprechen hatte. Sie wusste, was ich verstehen konnte und was nicht. Deshalb war das Gespräch mit ihr von Beginn an ein Vergnügen. Sie nahm meinen Anruf mit Freude entgegen. Sie teilte mir ungezwungen mit, wo sie sich gerade befand. Nach zwei Stunden trafen wir uns in einem Kaffeehaus in der Nähe meines Wohnorts, und ich begann im Spiegel meiner Sandra zu lesen, nicht mehr im Spiegel meiner Lehrerin. Sandra war eine ehrliche Frau, doch ließ sie sich in nichts anmerken, dass sie eines Tages meine Sprachlehrerin gewesen war. Es schien, dass sie das Unterrichten nur als Tätigkeit neben dem Studium betrieb und nicht die Absicht hatte, es nachher fortzusetzen. Sie sprach mit Begeisterung davon, dass der Abschluss ihres Studiums als Sozialarbeiterin näher rückte. Sie arbeitete auf ihre bevorstehenden Jahresabschlussprüfungen hin. Unser Austausch war locker und ohne Hindernisse, und der Weg stand offen, so dass wir uns näherkommen konnten, doch fand ich den Faden nicht, mit dem ich sie an mich binden und eine besondere Beziehung zwischen uns hätte herstellen können. Es wollte mir nicht gelingen, das Fadenende zu erwischen. Nach unserem ersten Treffen wurde unser Austausch intensiver. Sie fragte niemals direkt nach meiner Situation, doch fielen mir ihre negativen Ansichten über Männer auf. Ihr zufolge war der Mann der Inbegriff von Untreue. Auf meine Frage, ob sie eine Familie habe, antwortete sie immer lächelnd, aber auch in einer Art, die mich verwirrte:

„Finde mir in der Welt einen treuen Mann und ich heirate ihn dir am nächsten Tag!"

Ich verstand ihre Antwort nicht recht, weshalb ich eine Klärung verlangte. Sie sagte:

„Ich scherze, wenn ich sage, dass ich ihn gleich heiraten würde. Ich bin tief davon überzeugt, dass jeder Mann und jede Frau, die heiraten, sich selber täuschen. Ein Mann hält immer nach einer anderen Frau Ausschau und bleibt nur deshalb treu, weil es ihm an Gelegenheiten fehlt. Das sind keine komplizierten Geschichten, Azado, weshalb zerbrichst du dir den Kopf darüber?"

„Nein, für mich ist das wichtig!"

Sandra sprach alle diese Dinge gelassen aus und untermauerte ihre Ansichten mit früheren Erfahrungen. Sie war überzeugt davon, dass sie die Wahrheiten, die sie für unwiderruflich hielt, der Person ihr gegenüber unzweideutig vermitteln konnte. Doch wartete sie nie auf eine Antwort oder Reaktion von mir. Obwohl meine Fragen zu ihrem persönlichen Leben ihr Interesse geweckt hatten, merkte sie in jenem Augenblick noch nicht, dass mein Herz, der Jäger, ihr zahlreiche Fallen gestellt hatte, um sie einzufangen.

Die sechsundzwanzigste Perle war die Perle der Nähe des Dschinns zum Eisen

Als ich ein Kind war, sagte man uns immer, dass sich Dschinnen vor Eisen fürchten. Deshalb hatte jedes Kind, das häufig aus dem Schlaf schreckte oder sich nachts fürchtete, eine kleine Nadel, eine sogenannte Bettdeckennadel, an seinen Kleidern befestigt. Wie im Traum kamen mir die Worte meines Vaters in den Sinn:

„Bis du auf den Füßen stehen kannst und in die Schule gehst, bleibt diese Nadel bei dir!"

Nun, nachdem viele Jahre vergangen waren, zog wieder die Furcht vor einem Dschinn, vielmehr der Frau namens Sandra, in mein Herz ein. Diesmal konnten mir alle Nadeln der Welt nicht helfen. Ich musste mir eingestehen, dass mein Herz getroffen worden war und dass es nichts mehr nützte, vor der Tatsache dieser Liebe zu fliehen, die mein Leben durcheinanderbrachte. Deshalb verlief unser Zusammentreffen an jenem Tag stockend. Wir saßen einander von neuem an einem Tisch im Kaffeehaus gegenüber, doch fühlte ich mich verwirrt. Ich vergaß die Wirklichkeit und verfiel in den Wahn, dass zwischen uns schon längst eine Liebesgeschichte bestand und dass sich hier zwei Verliebte trafen. Ihr war nichts Derartiges anzumerken. Sandra war innerlich mit ihrem Studium der Sozialberatung beschäftigt, das dem Ende zuging. Sie sagte:

„In einem Monat wird sich der Beginn meiner beruflichen Laufbahn entschieden haben, und ich werde wissen, worin meine zukünftige Arbeit besteht."

Während ich meine Hoffnungen an sie band, band sie ihre Hoffnungen an den Studienabschluss und eine neue Stelle. Als ich sie nach ihrer Arbeit als Sprachlehrerin fragte, sagte sie rasch:

„Nein, das war nur ein Erwerb neben dem Studium. Ich gebe immer Sprachunterricht, um ein bisschen Geld zu verdienen und durchzukommen."

So gab ein Wort das andere und sie wechselte zu einem neuen Thema. Ich verstand, dass sie große Hoffnungen auf die Resultate ihrer Prüfungen setzte, die in einem Monat bekannt gegeben wurden. Sie versprach mir, dass sie mich zu sich nach Hause einladen und mir ein besonderes Essen kochen wolle, falls ihre Prüfungsergebnisse erfreulich waren, obwohl sie nicht gerne kochte. Ihr Hauptziel war es, eine Stelle zu finden, doch ohne eine erfolgreich bestandene Prüfung fand man keine Stellen. Als die Rede auf die Beziehungen zwischen Frauen und Männern kam, äußerte sie wieder dieselben negativen Ansichten über Männer wie zuvor:

„Der Politiker hatte recht, der sagte, es gebe keinen einzigen Mann, der seiner Frau treu bleibt."

Die Worte kamen klar und selbstverständlich aus ihrem Mund. Ich dachte für mich:

„Was sind das für Männer, die diese Frau so in Angst versetzt haben?"

Als mögliche Antwort fiel mir ihre Beziehung zum

Vater ein, weiter die zu ihrer Mutter, über welche ich nichts wusste. Und schließlich war da ihre eigene Vergangenheit. Der Gedanke ging mir durch den Kopf, dass sie in ihrem Leben viele Männer gekannt haben musste. Von allen Dingen wünschte ich mir das am wenigsten. Wenn sie viele Männer gekannt hatte, und jeder einzelne sie von einer schlechten Erinnerung gezeichnet zurückgelassen hatte, dann war sie jetzt innerlich voller Schmerz und Bitterkeit. Wenn dem so war, würde Sandra das geballte Elend aller ihrer früheren Niederlagen auf ihren jetzigen Mann übertragen. Es fiel mir ein, dass ich selbst dieser Mann war. Zwar störte es mich, dass ich für einen anderen zu bezahlen hatte und nichts dagegen tun konnte. Doch freute ich mich darüber, dass Sandra sich wegen dieser Erfahrungen sicher mir zuwenden würde. Von dieser Nacht an träumte ich von einer verletzten Schlange. Ich schlief schlecht, da ich immer Sandras Bild vor Augen hatte. Ich habe nie eine Schlange schlafen sehen, aber man sagt, dass die Schlange mit offenen Augen schläft. So ging es auch mir, ein Auge schlief und das andere war wach, eines war geschlossen, das andere stand offen.

Die siebenundzwanzigste Perle war die Perle des Besuchs

Nach dem ersten Treffen mit Sandra bekam ich starke Schmerzen im unteren Rücken. Meine Schultern schrien nach Erlösung. Blitze schossen mir durch die Blutbahnen. Es war, als ob Nadeln statt des Blutes durch meine Adern kreisten, als ob grüne Schlangen sich in meinem Rücken und den Schultern ineinander verschlungen hätten und ihr Gift in meinen Körper spritzten. Die grünen, gefleckten Schlangen von Berivans Vater kamen mir in den Sinn, zusammen mit einer eigenartigen Fantasie. War es möglich, dass die Jungen dieser grüngefleckten Schlangen im Jahr meiner Liebe zu Berivan in mich eingedrungen waren? Dass nun, im Jahr meiner Liebe zu Sandra, diese gleichen, mittlerweile ausgewachsenen Schlangen aus dem Schlaf erwacht waren, sich regten und aufrichteten? Es gab also offenbar auch Schlangen der Liebe. Es war, wie wenn der Schmerz von meinen Schultern in mein Hirn aufstiege. Jedes Mal, wenn ich an Sandra dachte, wurde mir schwindlig. Sandras Welt war so ganz anders als die meine, ich fühlte dies. Sie war Tausende von Kilometern von mir entfernt. Sie war ein Stück Eis an einem frühen Wintermorgen, ich ein glühender Stein in der Sommersonne. Trotzdem zog mich eine starke Kraft zu ihr hin. Wir waren am selben Ort und einander ganz nahe. So wie die Natur Sommer und Winter brauchte, so mussten wir einander haben, ich der verzweifelte, melancholische und traurige Ausländer, und sie, die starke, strahlende und lächelnde Sandra.

Da kam ihre Einladung. Sie hatte die Prüfungen mit Erfolg bestanden und vor einigen Tagen auch Geburtstag gehabt. Sie wollte ihre Freude mit mir teilen. Am Telefon sagte sie, dass sie mich allein zu einem kurdischen Essen einlade. Sie erzählte, dass sich ihr Traum erfüllt und sie eine Stelle gefunden habe, die ihr gefiel. Ich war wie gefangen von Sandra, von ihrer Stimme, ihrer Zartheit, der Art, wie sie lachte, während sie mit sich selbst, ihrer Arbeit und ihrer Zukunft beschäftigt war. Eine unbeantwortete Frage ging mir im Kopf herum: Woher hatte sie gelernt, ein kurdisches Essen zu kochen?

Sandra lud mich also allein zu sich nach Hause zum Essen ein. Weshalb nur mich allein, verstand ich nicht. Sie hatte eine Zweizimmerwohnung. Das eine Zimmer war das Wohnzimmer, in dem sie an einer Wand alle ihre Bücher aufgereiht hatte, das andere das Schlafzimmer. Als sie mein Erstaunen sah, lächelte sie:

„Warum bist du so still?"

„Deine Bücher interessieren mich sehr."

Bis jetzt hatte ich sie nicht auf mein Geschenk aufmerksam gemacht, und sie hatte es überhaupt nicht bemerkt. Sie suchte mit einer kurzen Antwort das Gespräch von den Büchern weg zu lenken.

„Diese Bücher sind das Ergebnis von zehn Jahren des Sammelns. Aber jetzt wollen wir essen. Hoffentlich schmeckt dir mein Essen!"

Bevor sie in die Küche trat, hob ich mein Geschenk hoch wie ein Rekrut, der den Gebrauch seiner Waffe noch nicht gelernt hat und trotzdem gezwungen wird, sie aufzunehmen, und trat vor sie hin:

„Ich habe dir ein Geschenk gebracht."

„Ein Geschenk?"

Ich war etwas erstaunt, dass sie das eingepackte Bild nicht wahrgenommen hatte. Als sie begriff, dass es ein Geschenk für sie war, versuchte sie den Umstand zu erklären:

„Als du hineinkamst und es mir nicht gegeben hast, dachte ich, das sei ein Bild, das du mit dir nach Hause nehmen willst."

„Nein, ich komme ja von zu Hause."

„Also, jedenfalls herzlichen Dank! Warte schnell, ich will es öffnen."

Ich hatte ein Portrait von ihr gezeichnet. Obwohl ich im Portraitzeichnen nicht besonders erfolgreich bin, staunte Sandra, als sie ihr eigenes Gesicht auf dem Bild entdeckte.

„Wow, sage nicht, du hast das selbst gemacht! Doch, dein Name steht darunter."

„Du bist schöner als auf dem Bild, ich habe getan, was mir möglich war."

„Nein, das Bild ist viel schöner als ich. Warum hast du mir nicht gesagt, dass ich einen großen Maler unter meine Bekannten zählen kann?"

„Maler ja – groß nein!"

Sandra nahm mir das Bild voller Freude aus der Hand und versorgte es zwischen den Büchern, die die Wand bedeckten. Ihre Stimme, wenn sie sprach, schlug mir Wunden in die Seele. Es gab da etwas Seltsames im Rhythmus, in dem ihr die Wörter über die Lippen kamen, etwas, das eine tiefe Trauer in mir auslöste. Ich war betrübt darüber, dass diese Stimme nicht Wörter aneinanderreihte, die sich zum Geständnis einer tiefen und zehrenden Liebe zu mir zusammensetzten. Ich staunte über mich selbst. Ich war Sandra nah, in ihren eigenen vier Wänden, doch war es so schwierig, unerreichbar und so unmöglich, sie zu erlangen. Als sie sah, dass ich langsam auf die Küche zuging, nahm sie mich bei der Hand und beschleunigte meinen Schritt:

„Komm, ich habe dir ein kurdisches Essen gekocht."

„Ein kurdisches Essen?"

„Ja, aber nicht ein typisch syrisches, eines, welches alle Kurden gerne haben."

„Was ist es denn für ein Rezept?"

„Setz dich und probier es, sprich nachher darüber."

Sandras Küche war winzig, aber sauber. Jeder Gegenstand darin war schön und hatte seinen Platz. Es war, als ob ich in einer kurdischen Küche äße, denn sie setzte mir Hühnerfleisch, Pilaw, Linsensuppe, ein Tomatengemüse, Tsatsiki und ein Joghurtgetränk vor. Wie in einem viel zu schnellen Film spulten in meinem Kopf die Tage in Amude ab, an denen mein Vater Gäste empfing. Sandra war äußerst einfühlsam. Sie fragte, als ob sie meine Gedanken erraten hätte:

„Wie heißt deine Stadt in Syrien?"

„Amude"

„Jetzt denkst du gerade an Amude!"

Es fehlte wenig, dass mir die Tränen kamen und ich laut geschluchzt hätte. Der Augenblick, in dem mich meine

Mutter als Waise zurückließ, der bittere Geschmack der Einsamkeit auf der Zunge, die Stiefmutter, die Fremde, all die geballten Erinnerungen schnürten mir die Kehle zu, so dass ich das Gefühl hatte zu ersticken. Sandras Stimme ließ mich aufschrecken:

„Was ist los mit dir, Azado? Statt dass es dich freut, hat dich mein Essen traurig gemacht."

„Nein, nein, entschuldige, es ist nur, dass Amude für mich mit traurigen Erinnerungen verknüpft ist."

„Verzeih, es war nicht meine Absicht, dich zu betrüben."

Sandra hatte meisterhaft gekocht. Vor dem Essen erfuhr ich von ihr, dass sie durch den Deutschunterricht zahlreiche kurdische Frauen kennengelernt hatte, welche sie in die kurdische Küche einführten. Ich machte mich mit großem Appetit ans Essen. Ein solcher Hunger wühlte in meinen Eingeweiden, dass man hätte meinen können, ich hätte mich seit meiner Kindheit nicht mehr satt gegessen. Je mehr ich aß, desto zufriedener wurde Sandra und nahm stolz meine Komplimente zu ihrer Kochkunst entgegen. Nach dem Essen kochte sie Tee, ohne mich zu fragen, und sagte nebenher:

„Ich nehme an, dass du wie jeder Kurde nach dem Essen gerne einen Tee trinkst."

Die Worte versetzten mich in Unruhe und lösten einen langen Monolog in mir aus. Woher hatte sie all dieses Wissen? Entweder hatte sie lange Erfahrung im Kontakt mit verschiedenen Kurden oder sie hatte sich die Mühe gemacht, diese Informationen zu sammeln. Als ich merkte, dass sie immer noch auf eine Antwort wartete, nickte ich:

„Ja das stimmt, ich nehme gerne einen Tee."
Nach dem Essen wollte mir Sandra ihre Wohnung zeigen. Sie sagte plötzlich:
„Ich vergaß – ich hätte dir die Wohnung zu Beginn zeigen sollen. Wir fangen mit dem Arbeitszimmer an."
Dieses war klein. Der Computer und die zugehörigen Geräte waren in einer Ecke untergebracht. Auf dem Tisch lagen einige Bücher, Zeitschriften und Zeitungen. Als nächstes betraten wir das Schlafzimmer. Obwohl ich zögerte, wollte mir Sandra jeden Abschnitt ihrer Wohnung vorführen. Das Dunkelrot der Vorhänge und des Bettüberwurfs entzückte mich sogleich. Vor einem großen Spiegel lagen ihre Schminksachen und Utensilien für die Schönheitspflege. Die Matratze und die Decke auf dem breiten Bett hatten rote Überzüge und die halb geöffneten Fenster schufen eine romantische Stimmung. Meine Blicke wurden magisch vom Bett angezogen, und in meinem Kopf begann eine große Mühle ungewohnte Ideen zu Staub zu mahlen. Wie viele Männer hatten schon in diesem Bett gelegen? War es vorstellbar, dass eine solch intelligente, hübsche, herzliche Frau jahrelang allein lebte, ohne je einem Mann ihre Zimmertüre zu öffnen? Ohne dass ich wusste, wie mir geschah, tauchte das Bild einer nackten Sandra vor mir auf, die mit Männern schlief. Der Gedanke, dass auch ich schon sehr bald einer dieser Männer sein könnte, machte mich wütend. Wenn ich mir vorstellte, dass ich in ihrer eigenen Wohnung, nackt unter diesen kalten Leintüchern, ins Meer ihrer zarten Weiblichkeit eintauchte, stockte mir das Herz. Sandras Stimme holte mich zurück. Sie steckte mir ein kleines, weißes Taschentuch in die Hand. Ich nahm wahr, dass ich

schweißgebadet war, dass sie dies gemerkt hatte und mir Gelegenheit geben wollte, den Schweiß zu trocknen. Ich dankte ihr, schwankte aber heimlich zwischen sexuellen Fantasien und einer großen Traurigkeit, die mich beinahe erstickte. Sandra hatte meine Lage bemerkt, doch sagte sie nur lachend:

„Du scheinst ja ein schamhafter Junge zu sein."

Ich begriff nicht, wie Sandra zu diesem Eindruck gelangen konnte. Ich war mit etwas Anderem beschäftigt, nämlich mit dem sogenannten Nachfolgerproblem, das ich von Amude mitgebracht hatte. Es besteht darin, dass jeder Mann wünscht, der erste und letzte zu sein für die Frau, mit der er zusammenlebt. Kein Mann ist damit einverstanden, dass da ein Vorgänger war. Obwohl ich in ein neues Land gekommen war, in dem Männer und Frauen eine andere Kultur hatten, lastete dieses Erbe doch schwer auf mir. Es wurde an jenem Tag in Sandras Wohnung, an der Türe zu ihrem Schlafzimmer, zu einem Widerhaken in meiner Kehle, den ich weder herausreißen noch hinunterschlucken konnte. Sandra hatte Zunder in meine zerrissene Seele geworfen und schritt nun lächelnd um den Brand.

Wir kehrten ins Wohnzimmer zurück. Ich war traurig, verzweifelt, verwirrt, bleich und innerlich aufgelöst. Sandra war fröhlich, selbstsicher, lächelnd, strahlend und frisch. Zwar gab es hundert Gründe für ein Misslingen unserer Liebe, doch gab sie mir auch hundert Gründe für deren Gelingen in die Hand, die mich glauben ließen, dass der Weg für eine solide und immerwährende Beziehung offenstand. So schwierig Sandra für mich war, so beruhigend war sie auch. So fern sie von mir war, so nahe war sie auch. Als sie mich beim Abschiednehmen umarmte, zog ich den Duft ihrer Haare tief in mich hinein, so dass er mein Herz kühlte. Das leise Rascheln des Kleids über ihren Brüsten, die meine Brust zum ersten Mal berührten, ließ meine Knie leicht erzittern. Ich fühlte mich, als ob ich mich unter ihren Händen in die Feder eines flüchtigen Vogels verwandelte.

In der Hoffnung, sie wiederzusehen, ließ ich ein beträchtliches Stück meiner Seele bei ihr liegen, verließ ihr Haus wie ein verwundetes Tier.

Die achtundzwanzigste Perle war die Perle vom Tod meines Vaters

Eine Katastrophe, die ich nie erwartet hätte und von der ich nicht dachte, dass sie je eintreten könnte, war der Tod meines Vaters. Ich dachte offenbar, dass er leben werde, solange die Welt besteht, oder, falls er sterblich war, dass sein Tod sicher nicht heute, sondern irgendwann später einmal eintreten würde. Doch die Stimme meines Bruders Hemido, der gerade den Stimmbruch gehabt hatte, verkündete mir etwas Anderes. Es war das erste Mal, dass Hemido, der andere Sohn meines Vaters, mich anrief. Von diesem Tage an verband ich seine Stimme mit dem Gedanken an den Tod. Es war eine Stimme, die aus einem offenen Grab zu kommen schien, dem noch der Grabstein fehlte. Ich fragte ihn nicht, woher er meine Telefonnummer hatte. Ich hoffte, dass mein Vater ihm vor dem Tod meine Telefonnummer gegeben und ihm aufgetragen hatte, mich zu benachrichtigen, und dass er den Wunsch meines Vaters erfüllte, mich anzurufen. Doch was konnte ich schon tun, ein armseliger Mensch, ein Flüchtling mit gebrochenem Herzen, ein alter Wolf, der sich in der Hölle der Einsamkeit und Fremde um sich selber drehte. Draußen regnete es. Es war kalt. Ich fand mich plötzlich beim Gehen im Regen wieder. Der Regen durchnässte mir Haare und Kleider und mischte sich mit den Tränen auf meinen Wangen. Plötzlich hörte ich meine eigene Stimme. Es war kein Weinen, das mich erfasste, es war ein tiefes und langes anhaltendes Heulen, das in mir aufstieg. Der Regen wurde stärker, als ob er nur zum Tode meines Vaters und meiner Trauer und zu meinem Zorn fiele. Noch nie hatte ich mich derart vor Blitz und Donner gefürchtet. Es war, als ob der Blitz aus meiner Seele und die Donnerschläge aus den vernarbten Wunden meines verdorrten Herzens kämen. Ich wusste nicht, ob ich den toten Vater beweinte oder mich selbst. Mit seinem Tod war ich um einige Jahre gealtert. Wenn die alte Generation verschwindet, kommt die Reihe zu sterben an die nächste. Jetzt gerade ging meine Generation mit raschen Schritten aufs Alter zu. Wir wurden Anwärter auf den Tod in diesem Zyklus, der sich unaufhaltsam wiederholt und eine Generation nach der andern ins Nichts entlässt. Die Reihe war nun an mir. Es war, als ob ich plötzlich erwachsen geworden wäre und der Tod an meine Türe geklopft hätte. Ich war tieftraurig an jenem Tag. Nun begriff ich den Wunsch, den mein Vater mir gegenüber geäußert hatte:

„Bevor ich sterbe, wünsche ich mir, dass ich deine Kinder sehe, mein Sohn."

Vielleicht sind das Gefühle, die sich vor dem Tod einstellen, vielleicht aber auch Gefühle, die der Liebe zum Leben und dem Wunsch nach dessen Fortsetzung entspringen. Vielleicht sind sie auch Selbstbetrug und nur ein Versuch zur Aufmunterung. Der Mensch weiß, dass er sterben wird und tröstet sich damit, dass er in seinem

Kind und Enkel überlebt. Später wird auch dieses Kind wieder zum Vater, betrügt sich wieder selbst, und so weiter. Zwar erzürnte mich diese Verleugnung einer Lebenswahrheit, doch verhielt ich mich erstaunlicherweise genau gleich. Ich hatte einen Punkt erreicht, an dem ich so bald als möglich heiraten und Vater werden wollte. Ich hatte das Gefühl, zwischen hohen Mauern gefangen zu sein, in denen einzig die Türe offenstand, die zu Sandra führte. Doch führte die Türe auch in einen Nebel ungelöster Fragen und Wirrnisse. Sandra schien mir eine schwierige, unentschiedene und eifersüchtige Frau zu sein. Daneben war sie zart, schön und herzlich. Meine Gedanken sprangen planlos vom Tod zum Leben, vom Heiraten zum Kinderhaben, Vatersein, zur Fremde, zu noch anderen Dingen und wieder zurück. Der Tod meines Vaters hatte viele der Fäden in mir, die mich mit dem Gewebe meiner Kindheit und Jugend verbanden, abgeschnitten. Wo immer der Mann hingegangen war, er nahm sein unruhiges Leben mit sich. Er hatte die Leute der Straßen und Gassen von Amude untereinander verbunden. Er grüßte einen jeden. Er stellte sich hier zu einer Gruppe, lachte dort mit einigen und stritt und war wütend mit noch anderen. Mit diesen tauschte er Schimpfworte aus und machte dann wieder Frieden. Mein Vater, dessen Leben voller Arbeit, Sorgen, Konfusion und Unordnung verlief, lag jetzt als kalter und stiller Leichnam unter der Erde des Friedhofs von Amude, neben dem bröckelnden und langsam dahinschmelzenden Lehmhügel von Schermola. Ich konnte diese Tatsache nicht verwinden. Sie blieb mir wie etwas Feines, Scharfes oder Trockenes im Halse stecken. Dabei hörte ich jeden Tag vom Tod zahlreicher Leute. Es war, als ob für mich das erste Mal ein Mensch gestorben und begraben wurde. Dieses Mal war es anders und schwieriger, schmerzhafter und gewichtiger als die anderen Male. Dieses Mal hatte der Tod seine Pranken in meinen Vater geschlagen und mir den einzigen Menschen genommen, der mir in der Welt noch geblieben war. Die Trauer um meine Mutter hatte nicht gereicht, nun kam noch die um den Vater dazu. Aus diesen Tagträumen weckte mich der Flügelschlag des schwarzen Vogels. Wie jedes Mal flog er in die Zimmerecke und ließ sich dort nieder. Ich traute meinen Augen nicht. Es war wieder die Seele meiner Mutter, es war ihre Stimme, es war dieselbe lichtvolle und anziehende Erscheinung, obwohl das Leuchten fast erstickt wurde durch die Schwärze, die den Körper des Vogels vollständig einhüllte. Ich konnte die Gesichtszüge meiner Mutter immer noch nicht erkennen und mir kein inneres Bild von ihr machen. Ich wollte mich in ihre Arme werfen, aber es war, als fesselten zehn Ketten meine Beine. Ich konnte mich nicht rühren. Dabei wollte ich, nur ein einziges Mal, das Gefühl des Augenblicks erleben, da ein Kind von seiner Mutter in den Arm genommen wird.

„Verzeih mir, Mutter, ich bin immer noch das Kind, das nach dir weint, das sich dir in die Arme werfen und um Hilfe schreien will. Ich bin immer noch derselbe, Mutter, dem ein Streicheln deiner Hand alle schweren Wunden heilt. Ich bin es, das Kind, das mit dem Tod des Vaters selber Vater werden will. Dein Kind, das dir nichts Gutes gebracht hat und das jetzt gegen den Tod und das Nichtsein antreten will."

Meine Mutter, vielmehr der Geist meiner Mutter, hörte mir reglos zu. Aus ihrem Schweigen schloss ich, dass sie mit dem Tod des Vaters beschäftigt war. Für sie selbst war es eine Freude, dass der Vater aus meiner Welt in ihre aufgebrochen war. Gleichzeitig trauerte sie für mich, der nun in der Fremde auch noch ohne Vater zurückblieb. Nur sie war imstande, die Seele ihres Kindes in ihrer ganzen Nacktheit und Blöße wahrzunehmen. Die Schlange der Einsamkeit träufelte ihr Gift in mein Blut und ließ es durch meinen Körper kreisen. Die Stimme der Mutter weckte mich aus meiner Trauer auf. Sie war gekommen, um mich zu trösten, um eilig zu fragen, wie es mir gehe, und, nachdem sie dies erfahren hatte, wieder zu gehen. Sie verschwand an diesem Tage bald wieder.

Mein Vater pflegte häufig zu sagen:

„Das Leben ist nur ein Scherz."

So flog mein Leben wie ein flüchtiger Scherz vorbei, der dem Menschen kein wirkliches Lachen entlockt, auch wenn er sich aus Kräften anstrengt. Mein Vater hatte versucht, mit der Gründung einer kleinen Familie gegen die Armut anzukämpfen. Mit der Geburt des ersten Kindes – das war ich – starb seine Frau. Durch die Heirat mit einer neuen Frau suchte er das harte Schicksal, das uns getroffen hatte, zu überwinden und eine neue Familie zu gründen. Doch für mich war es bereits zu spät. Er schenkte mir nur einen kleinen Teil seiner Aufmerksamkeit, der andere galt einem zukünftigen besseren Leben. Doch weder blieb ich später bei ihm, noch wurde sein Leben je besser. Der Tod der Mutter ließ das Band zwischen dem Vater und mir zerreißen. Ich wusste nicht, wie genau dieses Band beschaffen war und weshalb das geschah, doch dieser Riss, diese Leere, dieses unverständliche Problem bestand immer zwischen uns. Mein Vater liebte mich nicht in der

Art, wie andere Väter ihre Söhne lieben. Es war für ihn eine Art Schande, über seine Liebe zu sprechen oder sie zu zeigen. Vielleicht hatte er versteckte Schuldgefühle, dass er es gewesen sei, der mich zur Waise machte, oder vielmehr, dass er mich bereits in den Windeln zur Waise gemacht hatte. Was mein Vater fühlte, war nicht nur Liebe, sondern auch Mitleid mit mir, doch wollte er mich dieses Mitleid nicht spüren lassen, damit ich aufwuchs wie die anderen Kinder meines Alters, die beide Eltern hatten. Der Tod meiner Mutter hatte den Vater in der Seele verletzt. Er biss die Zähne zusammen und verbarg seinen Schmerz, aber er wusste nicht, dass er dadurch in meiner Seele das Echo einer noch größeren, tieferen und grausameren Wunde erzeugte. Nun war er gegangen und hatte seine eigene Wunde mit sich genommen. Mich hatte er mit meinen Wunden in der trostlosen Fremde allein zurückgelassen. Mein letzter Satz in dieser Nacht war:

„Gute Reise, Gefährte meiner Wunden, gute Reise, Vater!"

Die neunundzwanzigste Perle war die Perle der Schaukel

Wie an starken Seilen zog der Tod des Vaters meinen müden und erschöpften Geist in die Vergangenheit zurück. Andererseits zog mich Sandra an starken Ketten in die Gegenwart zu meinem Tumult in Körper und Seele. Es war, wie wenn der Tod des Vaters mich in einen tiefen Brunnen gestürzt hätte, wo ich wieder in meine Kindheit und mein Leben als Waise eintauchte, und aus dem ich nicht mehr heraussteigen wollte. Ich genoss es, mich zu quälen, ich genoss es zu weinen, was ich fern von den Blicken der Leute und allein tun konnte. Ich versank in frühere Jahre und Tage. Ich existierte nur in der Vergangenheit. Ich durchlebte noch einmal jene leeren und zwecklosen Erinnerungen. Wenn mich die Vergangenheit jeweils unter sich begrub, wollte ich nicht mehr unter ihr hervor, doch wenn ich einmal aus dem zähflüssigen Schlamm der Erinnerungen herauskroch, wollte ich nicht mehr in die lastende Stille und Trauer zurück. Wenn Sandra in meinen Alltag eindrang, war es, als ob eine Reisende an diesem Brunnen vorbeiginge, in den jenes Kind gefallen war. Das Geräusch ihrer Füße, ihrer leichten Schritte schreckten mich auf und ich kehrte in die Gegenwart zurück. Mein Leben wurde zur Schaukel, einem Hin und Her zwischen gestern und heute.

Gleichzeitig hatte mich eine wilde Gier danach gepackt, zwischen die Schenkel einer Frau einzudringen. Wenn ich in meinem vorigen Leben auf der Straße gegangen war, hatten mich düster und missmutig blickende Männer umgeben. In meinem jetzigen Leben sah ich überall mehr Frauen und Mädchen als Männer auf den Straßen wie auch in geschlossenen Räumen. Meine Blicke wurden nur noch von meinem Unterleib gesteuert. Jedes Mal, wenn ich auch nur flüchtig ein hübsches Mädchen oder eine schöne Frau auf der Straße sah, saugte sich mein Blick an den runden Melonen ihres Hinterns fest, und ich entkleidete sie in Gedanken. Wenn sie sich umdrehte, träumte ich, ihre frischen Brustwarzen zwischen Zähne und Zunge zu nehmen und ihr Stöhnen zu hören. Oder ich umfasste ihre zwei Gesäßbacken vorsichtig mit den Händen und stieß mit aller Kraft vor zum Feuer in ihrem Innern. Ich weiß nicht, weshalb Frauen und Mädchen, die ich nicht kannte, das wilde Tier stärker erregten, das zwischen meinen Beinen wohnte, und weshalb mein Herz kalt blieb und sich nichts in meinem Körper rührte, sobald ich eine Frau einmal kannte und Nähe zu ihr verspürte. Ich hatte dann kein Bedürfnis, sie zu entkleiden, und auch meine Träume halfen mir nicht dabei, sie auf dem Rücken oder Bauch vor mir auszustrecken und mit ihr das heiße Spiel von Liebe und Tod zu spielen. In meinen Fantasien verstreute ich meinen Samen in jeder Gasse in zehn Gebärmütter und bekam doch nie genug. Aus irgendeinem Grund entkleidete ich in meinen Träumen nicht jede Frau. Vor allem, wenn eine junge Frau eine Hose trug, öffnete ich in der Fantasie ein rundes Loch in der Hose anstatt sie auszuziehen, ein Tor zum Paradies, und so verschmolzen die Geschlechtsteile ineinander, ich war in meinen Kleidern und sie in den ihren, und unsere Körperteile näherten und entfernten sich in unstillbarer Sehnsucht. Die süße Lust, die ich dabei unter meiner Zunge fühlte, hatte ich in meinem Leben noch nie erfahren. Ich führte meine unstillbare Sehnsucht darauf zurück, dass ich zu lange den Kontakt zu einer Frau hatte entbehren müssen. Ich spürte einen rasenden Hunger in mir.

Wenn niemand es sah, glitten meine Augen zu jenen Öffnungen und feuchtwarmen Orten schöner Frauen, die sich unter ihren Kleidern verbargen. Ich weiß nicht, was ich suchte. Ich weiß nicht, wie mir geschah. Nur in diesen flüchtigen Momenten fand ich Genuss am Leben. Jede hübsche Frau, die ich nicht näher kannte, wurde für mich zur Beute einer wunderbaren Jagd bis zum hitzigen Spiel der Vereinigung in der Fantasie. Seltsamerweise vergaß ich kurz nach dem Verfliegen der Fantasie sowohl die Gesichtszüge der betreffenden Frau als auch alle Erinnerungen an die Hitze des Momentes. Es gibt Frauen, die wissen, was ein Mann tut und was er von ihnen will, ohne dass sie ihn anzusehen brauchen. Ich sage dies aus Erfahrung. Manchmal wusste die Frau, die ich beobachtete — ohne dass sie mich anschaute —, dass ich meine sehnsüchtigen Blicke wie Pfeile auf das Zentrum ihrer Schönheit richtete. Ich merkte dies an der Richtung ihrer Blicke und an ihrem Erröten, und vor allem daran, dass sie sich möglichst rasch von mir entfernte. Wie wenn auch sie Lust darauf gehabt hätte, an dem heißen Spiel teilzunehmen, wobei aber weder sie noch ich eine

Möglichkeit fanden, diesen Wunsch zu äußern. Vielleicht täusche ich mich auch, und ihre Verwirrung rührte von der Angst vor meinen Tigerblicken her. Besonders, weil eine der Bedingungen für die Teilnahme am Spiel das Fehlen eines Mannes an der Seite der Frauen war. Die Anwesenheit eines Mannes würgte die Fantasie sofort ab, die Frau erlangen zu können.

Niemand wusste von diesem Tumult in meinem Innern. Ich selbst wusste nicht, was mit meinen Fantasien geschehen würde, wenn ich Sandra erlangen oder heiraten konnte. Deshalb ging ich mit einem Bein immer einen Schritt nach vorn, während das andere am Ort verharrte, gefesselt von der höllischen Kette, dem Tod des Vaters. Den Blick hielt ich rückwärts gerichtet nach vergangenen Jahren. In diesem Zustand fand mich der schwarze Vogel. In dieser Zeit sehnte ich mich besonders nach dem Geist meiner Mutter, und einmal ließ er sich bei mir nieder. Als ich den Vogel sah, kamen mir die Tränen. Es war, als ob meine Mutter in meinem Herzen lebte und in Augenblicken, da ich dringend ihrer Nähe bedurfte, zu mir kam. Ihre Stimme war noch ein wenig heller geworden. Ihre Worte sagten mir: Sie freute sich darüber, dass der Vater ihr nun näher war. Ich wusste nicht, ob sie ihn treffen konnte oder nicht. Ich war an diesem Tag wie betrunken. Der Geist meiner Mutter kam und ging in einem Nebel, während ich wachte und schlief. Ich wollte sie viele Dinge fragen und konnte nicht. Da war sie, da war mein Vater, da war Sandra als die Dritte, und auch der Gedanke an Berivan mischte sich in das Gemenge der Dinge, die ich im Kopfe wälzte. Berivans Bild war in mir verblasst. Ich zwang mich in meiner Vorstellung, die Stücke jener alten

Fotografie zusammenzusetzen, doch gelang es mir nicht. Ich wollte ihr schönes, strahlendes Gesicht so klar vor mir sehen wie früher, aber Sandras Gesicht ließ dies nicht zu, und ich fühlte mich beengt. Ich kann mich nur ungenau daran erinnern, wie der schwarze Vogel kam und wieder verschwand. Ich weiß nur noch, dass meine Mutter mir den Schlüssel zu einem neuen Leben mit Sandra in die Hand legte und verschwand. Vielleicht wünschte sie sich wie alle Mütter, dass ihr Sohn, wie auch immer, heiraten und sie mit Enkeln erfreuen würde. Vielleicht wollte sie mich auch aus dem tiefen Brunnen der Einsamkeit herausholen und Sandras warmer Umarmung zuführen.

Die dreißigste Perle war die Perle der Heirat

Ich kam mir vor wie ein Reisender, der alle vier Himmelsgegenden besucht hat und zur Überzeugung gelangt ist, dass er seine Reise nie werde abschließen können. So sehr er es sich auch wünschte, die ganze Welt zu sehen – es war unmöglich.

Ich war erschöpft. Ich dachte, dass ich eines Tages genug von der Fantasie haben würde, zwischen die Schenkel tollkühner Frauen einzudringen, aber dem war nicht so. Im Gegensatz zum Trinken von Wasser, von dem man einmal genug hat, sind das Eindringen in die warme Spalte und der Rückzug daraus ein solches Erlebnis, dass jede Frau den Durst nach der nächsten anwachsen lässt, statt dass man einmal genug davon hätte. Ich begriff schließlich, dass mein Leben an ein Ende kommen würde, der Durst nach schönen Frauen nie. Mein Gefühl sagte mir, es blieb nur noch wenig Zeit. Ich beschloss umzukehren, bevor ich zu dem Punkt gelangen würde, wo ich alles bereute und es zu spät war. Wie ein alt gewordener Krieger, der vor dem Feind die weiße Flagge schwenkt, streckte ich in jeder Hand eine weiße Fahne in die Höhe, als die Zeit für die Heirat reif war, und ging zu Sandras Haus. Es war das erste Mal, dass ich sie ohne Anmeldung besuchte.

Sie lachte, als sie die Tür öffnete und sagte:
„Ich wusste, dass du es bist."
„Woher wusstest du das?"
„Mein Herz hat es mir gesagt."
Ich ging in die Küche. Sie hatte gerade gekocht. Sie sagte, ich hätte Glück, weil ich gerade eintraf, als das Essen fertig war. Ich wollte ihr sagen, dass meine Schwiegermutter mich also gernhabe. Ich suchte nach einem Weg, ihr diese Redewendung zu erklären. Ich erzählte ihr, dass man bei uns zu einer Person, die zufällig kurz vor dem Essen erscheint, zu sagen pflegt: „Deine Schwiegermutter liebt dich!" Es scheine also, dass auch meine Schwiegermutter mich gernhabe. Sandra lachte und sagte:
„So ungefähr alle Schwiegermütter haben ihre Schwiegersöhne gerne. Besonders wenn der Schwiegersohn perfekt ist."
„Was meinst du mit perfekt?"
„Das heißt, dass er nicht ist wie alle anderen Männer, sondern treu, und dass er seine Frau nicht betrügt."
„Wie alle anderen Männer?"
„Werde jetzt nicht ärgerlich. Anders als du."
„Ich habe keine Frau und keine Schwiegermutter."
„Das kommt noch."
„Wann?"
„Wann du willst."
Hier bot sich eine Möglichkeit, die ich ergreifen musste:
„Das gilt auch für dich."
„Was ist mit mir?"
Ich konnte nicht herausfinden, ob ihre Verblüffung von Freude herrührte, oder von meinem hastigen Vorgehen,

das nicht den Regeln entsprach. Sandra sagte nichts, doch ihre Augen verrieten alles. Nach dem Essen kochte sie rasch Tee und wir saßen uns im Wohnzimmer gegenüber wie zwei nackte Menschen. Nun nahm mir ihre Weiblichkeit den Atem. In der Küche hatte sie ihr Verlangen, ihre erotische Ausstrahlung und die Sehnsucht in ihrem Blick durch geschäftiges Kochen überdeckt, aber im Wohnzimmer verbarg sie nichts mehr. Deshalb konnten wir offen, unverschleiert und lange miteinander sprechen. Bis Sandra den Satz in der Mitte abbrach und die Hand nach mir ausstreckte. Sie legte ihre Finger um meine linke Hand und führte mich ins Schlafzimmer. Ihr Bett war breit und fasste zwei Personen. Ich staunte über diese Einladung in ihr Bett. Ich hatte angenommen, dass noch lange Monate und Jahre zwischen mir und dem Zugang zu diesem Bett liegen würden. Doch nein, ich war schon jetzt hier angelangt, und der heiße Kampf des sich Auszehens und Küssens begann. In jenem Augenblick hatte ich keinen Kopf mehr zwischen den Schultern, sondern eine Handvoll Licht. Kein Blut, sondern flüssiges Feuer kreiste mir durch Muskeln und Adern. Ich war nicht länger umgeben von Matratzen und Kissen, sondern von Bergen und Bäumen. Ich war in jenen Minuten nicht mehr der unglückliche, in seine Tränen und Trauer verliebte Mann, sondern ein Held aus den Epen aus alten Zeiten. Eine Verbindung aus Feuer und Schmerz hielt die Glieder unserer beiden hungrigen, verschieden hellen Körper zusammen und löste sie wieder voneinander. Als ob mir meine Fantasien dazu verholfen hätten, war ich Meister der Lage und selbstsicher. Das war kein Bett, das sich unter unseren beiden Körpern bewegte, es war eine Wolke. Nach dem letzten Keuchen, nach dem Erlöschen der Vulkane rings um mich kam ich zur Besinnung und verspürte den Wunsch, laut zu fragen, wo ich denn sei. Der Kopf drehte sich mir leicht, als ob ich getrunken hätte. Sandras Stimme riss mich aus der Verwirrung:

„Der Kaffee ist bereit."

Ich zog mich an und ging zu ihr in die Küche. Ihre Stimmung war völlig umgeschlagen. Sie stand am Fenster, rauchte eine Zigarette, dachte an Dinge, die mir entzogen blieben und schaute in die Ferne. Ihr goldener Teint hatte einen fahlen Ton angenommen, als ob sie sich eine neue Haut übergezogen hätte. Ich sagte ihr meinen entscheidenden Satz:

„Heute hat sich mein Leben verändert. Es hat eine neue Richtung genommen."

Sandra schwieg und hörte mir fragend und mit ernstem Blick zu. Ihr Schweigen verunsicherte mich. Ich wusste nicht, warum sie nicht begeistert auf meinen Wunsch zu heiraten einging. Sie brach die Stille mit einem Satz:

„Ich wusste nicht, dass du so gut im Bett bist."

Ich antwortete ihr, halb lachend:

„Gut im Bett zu sein ist die Grundlage für jede erfolgreiche Ehe. Ich bin nicht so erfahren, aber mein Vater hat das gesagt."

Die einunddreißigste Perle war die Perle des Nestbaus

Wenn ein Vater das Ende seines Lebens erreicht und stirbt, wächst in seinen Kindern ganz natürlich das Wissen, dass sie nun näher am Tod seien. Dieses Wissen hielt mich gefangen. Wo immer ich war, es kam mir so vor, als bewegte ich mich im Schatten des Todes. Das Gefühl bestärkte mich in dem Wunsch, zu heiraten und Vater zu werden. Der Zustand war neu und ungewohnt für mich, weil ich bis dahin nicht in diesen Zusammenhängen gedacht hatte, doch entsprach er den Tatsachen. Mehr noch als an mich selbst dachte ich an mein zukünftiges Kind. Ich dachte an den Altersabstand, den ich als Vater zu ihm haben würde und war betrübt, denn ich war schon fast vierzig Jahre alt.

Danach stirbt ein Mann und geht ruhigen Herzens und ohne Groll ins Grab. Solche Gedanken kreisten in wirrem Durcheinander in meinem Kopf. Mit dumpfem Hirn und müdem Körper schleppte ich mich nach Hause. Es waren noch keine zwei Tage seit dem Erdbeben vergangen, das mein Leben erschüttert hatte, als ich einen Brief bekam. Außer Sandra gab es niemanden, der ihn mir übersetzen und erklären konnte. Der Brief war die Einladung zu einer Besprechung, an der meine Zukunftspläne erörtert werden sollten – ich hatte die Aufenthaltserlaubnis erhalten. Sandra musste unbedingt mitkommen. Als ich sie darum bat, lachte sie:

„Ich werde mit dir kommen, um das Beamtendeutsch in ein Deutsch zu übersetzen, das du verstehst."

Und so war es auch. Im Gespräch gelangten wir zu dem Ergebnis, dass ich zwei Jahre lang eine Sprachschule besuchen und damit gleichzeitig einen Beruf erlernen würde. Der Beruf war der eines Übersetzers und Beraters für das Zusammenleben, was mit einem Wort als „Integrationsvermittler" bezeichnet wurde. Ich würde diese zwei Jahre lernen, neutral und professionell zu übersetzen. Ich verstand selbst, dass bis dahin keine Ordnung in meinem Berufsleben geherrscht hatte. Mit den Aufgaben, die mich jetzt erwarteten, würden sich verschiedene Aspekte meiner Zukunft klären. Das Chaos und Durcheinander der Flüchtlingsexistenz waren zu Ende, und meine Ausbildung begann. Gleichzeitig fanden in aller Eile die Vorbereitungen zu unserer Hochzeit statt. Als ich Sandra meinen Heiratswunsch offen mitteilte, antwortete sie:

„Warum gerade jetzt, und warum eine so überstürzte Heirat?"

„Hätte ich dich früher gefragt, hättest du vielleicht gedacht, ich wolle dich heiraten, um eine Aufenthaltsbewilligung zu bekommen."

Sandra war nicht sehr glücklich über den Heiratsantrag. Nach langem Schweigen sagte sie:

„Weißt du, was du für eine Last auf dich nimmst?"

„Ja."

„Hast du keine Frau oder Freundin hier oder anderswo?"

„Das ist eine etwas seltsame Frage."
„Nein, du weißt, wie ich über Männer denke. Schließlich bist du auch ein Mann. "
„Ich werde deine Einstellung ändern."
„Das glaube ich nicht."
„Wir werden sehen."

Ihre Hoffnung war, dass ich mich von anderen Männern unterschied. Meine Hoffnung war, dass ich sie von ihrem Misstrauen befreien konnte. Auf alle Fälle begaben wir uns, unter größten Hoffnungen auf beiden Seiten, zum Standesamt. Ich war der einzige Mann neben fünf Freundinnen von Sandra, von denen zwei als Zeugen amtierten. Mir fiel ein, dass im Islam die Zeugenaussage von zwei Frauen so viel Wert hat wie die eines Mannes. Doch ich sprach es nicht aus. Es war einzig erforderlich, dass ich und Sandra uns mit dem Wort „Ja" und zwei Unterschriften gegenseitig als Mann und Frau annahmen. Nach dem Abschluss der für mich ernsten Handlung gingen wir zu einem Restaurant in der Nähe des Stadthauses und stießen auf unsere Hochzeit an. Das Ganze fühlte sich an wie ein Scherz. Ich konnte nicht glauben, dass diese Frau, halb Huri des Paradieses und halb Mensch in den Kämpfen des Alltags, nun wirklich meine Frau war, die Frau, die zu mir gehörte, dem Erben einer unermesslichen und weltumspannenden Trauer.

Die zweiunddreißigste Perle war die Perle der Geburt eines Vaters

Auf dem Weg zu Sandras Wohnung kamen mir die Bilder ihres Vaters in den Sinn. Auch fiel mir ein, dass meine Abenteuer des Malens und Zeichnens eine lange Unterbrechung erlebt hatten. Vielleicht war die große Leere, die in meinem Innern herrschte, eine Folge dieser Pause. Früher waren meine Bilder wie meine Kinder gewesen, doch nun, da es keine Bilder mehr gab, wurde der Wunsch, Kinder zu haben und Vater zu werden, in mir mächtig. Ich war mit diesen Gedanken beschäftigt, als wir in Sandras Haus eintraten. Wir hatten uns darauf geeinigt, dass wir zusammengehörten, aber dass jeder seine eigene Wohnung behielt. In der nun folgenden Zeit, da ich zwischen Ausbildung und Wohnung hin und herpendelte, flogen die Monate nur so vorbei. Ich war entzückt von Sandras Bauch, der täglich größer wurde. Nun entstand in der Gebärmutter dieser Frau eine Seele, die ganz allmählich einen Körper annahm, und dieser Körper wurde langsam größer. Im vierten Monat erfuhren wir von der Ärztin, dass das Kind, das wir erwarteten, ein Mädchen war. Von diesem Zeitpunkt an begann es, sich im Bauch der Mutter zu bewegen. Ich erwartete ihre Ankunft mit größter Neugierde. Manchmal fragten Sandra und ich uns, was für ein Mensch sie sein werde. Wem von uns würde sie gleichen? Ich verfolgte anhand der Ultraschallbilder Woche für Woche, wie das Kind wuchs, wie es größer und länger wurde. Aus unerfindlichen Gründen erfasste mich neben diesen Glücksgefühlen eine große Angst. Der Tod meiner Mutter fiel mir ein und schwarze Gedanken verdüsterten meinen Horizont. Vielleicht würde meine Tochter dasselbe Schicksal erleiden wie ich. Vielleicht würde ihre Mutter mit ihrer Geburt Abschied nehmen und diese Erde verlassen. Es gab keine Garantie, dass Mutter und Kind ihre erste Prüfung überstehen würden. Entsprechend meldete sich beides, Glück und Angst, mit aller Macht, als wir die Geburtsabteilung des Krankenhauses betraten. Sandra hielt meine Hand und schrie und biss sich in die Lippen. Es war das erste Mal, dass ich die Schmerzen einer Gebärenden real erlebte und nicht hinter verschlossenen Türen oder im Film. Alle paar Augenblicke kam die Assistentin des Arztes und ging wieder. Sie sagte jedes Mal, dass es bald soweit sei. Die Wehen gaben Sandra keine Möglichkeit, Atem zu schöpfen. Sie packte mich heftig bei der Hand und sagte:

„Ich halte es nicht mehr aus. Ich sterbe."

Da platzte mir der Kragen. Ich zog meine Hand aus der ihren und machte mich auf die Suche nach dem zuständigen Arzt. Doch unterwegs schickte mich die weiß gekleidete Assistentin wieder zurück und verlangte von mir, ich solle strikt an Sandras Seite bleiben. Dann ließ sie mich allein und rief nach ihren Mitarbeiterinnen. Ein langhaariger dünner Arzt steckte seine Hand zwischen Sandras Beine, die presste und abwechselnd schwitzte und schrie. Drei Schwestern standen um sie herum. Als das Kind herausgeglitten war, drückte mir eine von ihnen eine Schere in die Hand und forderte mich auf, die Nabelschnur durchzuschneiden. Ich schnitt, und sie legten das Kind sogleich der Mutter auf die Brust. Doch Sandra wurde von einem unaufhaltsamen Zittern geschüttelt. Sie zitterte, als ob sie nackt im Schnee läge. Ich wollte schon etwas sagen, da wandte sich der Arzt mit einem leichten Lächeln zu mir:

„Keine Angst, keine Angst, das dauert einige Sekunden, nachher wird alles gut. Dieses Zittern ist normal. Wenn das Kind herauskommt, ist die Gebärende inwendig plötzlich leer. Auf die Wärme folgt die Kälte, das ist der Grund."

Sie nahmen das Kind der Mutter aus den Armen und gaben es mir, in eine Windel gewickelt. Damit brachen seine Schreie wie auch Sandras Zittern plötzlich ab. Der Arzt beglückwünschte uns und ging. Seine Assistentin wollte das Kind zum Waschen, zur Kontrolle und zur Vorbereitung der Papiere mitnehmen. Vorher verlangte sie von uns, dass wir den Namen bekanntgaben, sowie den Namen und die Adresse eines Kinderarztes. Abgesehen davon könnten wir, falls der Zustand von Mutter und Kind zufriedenstellend war, das Krankenhaus verlassen und nach Hause zurückkehren.

Die dreiunddreißigste Perle war die Perle eines Kindes aus Tränen

Wir hatten gemeinsam beschlossen, unser Kind Dana zu nennen. Als mich die fröhliche Assistenzärztin rief, war Sandra in einen tiefen Schlaf gesunken. Nach der Anstrengung und dem anhaltenden Schmerz war sie grünbleich im Gesicht, und bevor sie noch ein Wort sagen konnte, hatte sie der Schlaf überwältigt. Ich ging ins Nebenzimmer und sah, dass man den Namen „Dana" in Perlen gestickt um das Handgelenk des Kindes gebunden hatte. Zufällig fielen die Blicke der weißgekleideten Assistentin auf die Gebetskette, die um mein Handgelenk gewickelt war. Als sie mir Danas Perlen zeigte, sagte sie:

„Diese Perlen sehen genauso aus wie Ihre."

Sie wogen Dana, maßen ihre Länge, zogen sie an und brachten sie in die Säuglingsabteilung. Sie sagten mir, dass sie ihre Augen und Ohren, den Kopf und die übrigen Körperteile kontrolliert hätten und dass alles in Ordnung sei. Sie übergaben sie mir in einem Bündel von Decken und sagten:

„Sie können sie mitnehmen, bis Ihre Frau aufwacht."

Ich und meine winzige Dana blieben allein im Wartezimmer zurück. Ich betrachtete immer wieder ihr Gesicht, Lippen, Zunge, Ohr, Mund, Wangen, Beine, Hände und Finger. Plötzlich kam mir meine Mutter in den Sinn. Der Wunsch stieg heftig in mir auf, meine Freude mit anderen Menschen zu teilen. Der Vater kam mir in den Sinn. Ich hätte gerne zu ihm gesagt: „Schau, du hast eine Enkelin bekommen." Ich wartete auf den schwarzen Vogel, um ihm mein Herz auszuschütten, doch erschien er nicht. Ich empfand Mitleid mit mir, der Waise, welche neben der von ihr selbst getöteten Mutter gelegen hatte. Ich schaute in Danas klare Augen und weinte, als ob in mir ein Vulkan ausgebrochen wäre. Ich entfernte mich etwas von Dana, stützte das Gesicht in die Hände und schluchzte ohne Ende. Eine große Trauer vermischte sich mit meiner Freude. Nicht nur Dana, auch ich war neu geboren worden, und zwar als Vater. Doch weder Vater noch Mutter, weder Freund noch Bekannter, kein einziges Wesen war bei mir. Ich befand mich allein in einem anderen Land, fremd, unglücklich, erfüllt von bitteren Gefühlen, stumm und taub. Ich weinte an jenem Tag über Dana alle die Tränen, die meiner Heimat galten. Dana, das Küken, ein Spatzenjunges ohne Nest und Heim. Im Aufruhr der Gefühle merkte ich plötzlich, dass ich mich auch schuldig machte: Dieses Kind hatte in Zukunft die Sorgen seines ausländischen und unglücklichen Vaters mitzutragen. Was konnte es dafür, dass es die Tochter eines Mannes war, der in einem wilden Meer überlebt hatte?

Aller Streit und Konflikt, alle Schwierigkeiten, die im vergangenen Jahr zwischen Sandra und mir aufgebrochen waren, hatten sich nur um einen Inhalt gedreht, und das war die Eifersucht, die nicht zuließ, dass Ruhe in unser Leben einzog. Sie brachte das Band, das uns zusammenhielt, beinahe zum Zerreißen. Fehlendes Vertrauen zwischen Vater und Mutter bedeutet eine Katastrophe für ein Kind. Ich fürchtete, dass die kleine Dana nicht sorglos zwischen einem Vater und einer Mutter aufwachsen konnte, die aus zwei so verschiedenen Welten stammten. In diesem Augenblick stand plötzlich Sandra vor mir. Ich schreckte auf im Gefühl, mich schuldig gemacht zu haben. Als ob sie meine Gedanken gelesen hätte, schüttelte sie den Kopf und sagte halb scherzend

„Du gehst zu weit. Zerbrich dir nicht den Kopf. Komm, wir erledigen die Formalitäten zum Verlassen des Krankenhauses und gehen nach Hause."

Sandra wollte keinen Tag länger im Krankenhaus bleiben. Heute früh hatten wir das Haus zu zweit verlassen. Nun war es Abend, und wir kehrten zu dritt nach Hause zurück. Ein Wunder!

Die vierunddreißigste Perle war die Perle der Eifersucht

Sandras Eifersucht war älter als unsere Heirat. Ich wusste nicht viel über ihr früheres Leben, da sie mit mir nicht über vergangene Beziehungen und frühere Ereignisse sprechen wollte. Dagegen erkundigte sie sich mit großer Neugierde nach all den kleinen und großen Dingen, die sich in meinem Leben ereignet hatten. Zu Beginn hatte ich ihr von Berivan erzählt. Auch hatte ich ihr halb lachend von meiner großen Sehnsucht gesprochen, die Lippen eines jeden hübschen Mädchens zu küssen. Zunächst hatte sie schweigend zugehört, doch später wandelten sich alle diese Geschichten meiner Beziehungen und Abenteuer mit Frauen zu einem großen Unglück für mich. Immer wenn sie mich allein und in mich gekehrt antraf, schüttelte sie den Kopf und sagte:

„Ich weiß schon, an wen du denkst."

Wenn auf der Straße eine hübsche Frau vorbeiging, sagte Sandra, ohne mich anzuschauen:

„Ich weiß, wo du bei dieser Frau hinguckst und was sich dabei in deinem Kopf abspielt."

Jedes Mal, wenn wir in einem Café saßen, musterte sie die anwesenden Frauen, insbesondere die, welche mir gegenübersaßen, wählte eine von ihnen aus und behauptete, ich interessierte mich für sie. Ihr zufolge spähte ich ständig in Richtung dieser Frau oder kannte sie vielleicht sogar. Sie fasste dies dann als Missachtung ihrer selbst auf und weigerte sich, weiterhin mit mir Cafés zu besuchen:

„Ich habe genug davon, mit dir in Cafés zu gehen. Du drehst den Kopf wie ein Betrunkener und hältst überall nach Frauen Ausschau."

Ich versuchte ihr klar zu machen, dass ich diese alte Gewohnheit schon immer gehabt hatte, die nichts mit Frauen zu tun hatte. Immer wenn ich in einem geschlossenen Raum saß, musste ich die Tür gegenüberhaben. Ich konnte nicht mit dem Rücken zur Tür sitzen. Ich musste wissen, wer kam und ging. Die Gewohnheit war vielleicht schlecht, aber ich hatte sie, seit ich klein war. Sandra glaubte mir nicht. Ebenso wollte ich sie davon überzeugen, dass mein Lächeln oder mein Blick oder mein Interesse für Frauen, die mir zufällig im Café gegenübersaßen, nur in ihrer Fantasie existierten und keine Grundlage hatten, doch sie hörte nicht auf meine Erklärungen und hatte immer sogleich eine Antwort bereit.

„Du versuchst mich nur so weit zu bringen, dass ich meinen eigenen Augen nicht mehr traue."

Es ging nicht nur um meine Blicke, nein, sie verfolgte mich wie die Polizei einen Verbrecher. Sie sagte immer wieder:

„Genauso wie ein Mörder oder Verbrecher nicht imstande ist, seine Spuren vollständig zu verwischen, so ist auch kein Mann imstande, keine Spuren zu hinterlassen, wenn er seine Frau betrügt."

Manchmal lachte ich über solche Aussagen, die sie während des Essens zu machen pflegte. Doch manchmal lösten ihre hartnäckigen Überzeugungen auch gewaltigen Ärger und Überdruss in mir aus. Eines Tages kehrte ich etwas verspätet von der Schule zurück. Als ich die Türe öffnete, gab sie mir böse Blicke und schwieg. Ich wusste nicht, was geschehen war. Ich dachte sofort, es sei jemand gestorben und begann sie nach den Gründen für ihr Schweigen zu fragen. Sie antwortete nicht auf meine Fragen. Sie sagte nur:

„Es ist nichts."

Auch nach dem Essen und der Kaffeepause fuhr sie fort zu schweigen. Als ich sie wütend nach dem Grund fragte, da mich ihr Verhalten aus der Haut fahren ließ, explodierte sie und schrie:

„Frag die Hure, von der du kommst!"

„Was für eine Hure? Was soll das sein? Ich habe keine Ahnung, wovon du sprichst."

„Ja leugne nur wie jedes Mal. Das ist normal, ich würde es dir auch nicht sagen, wenn ich mit einem Mann geschlafen hätte."

Ich war verblüfft und ratlos und wusste nicht mehr, was ich sagen sollte.

„Gott, wenn mir früher jemand gesagt hätte, es gebe in Europa derart eifersüchtige Frauen – bevor ich dich kannte, hätte ich ihm nie geglaubt!"

„Nun machst du aus dem Problem eine kulturelle oder politische Frage. Dann kannst du sagen, es handle sich um eine deutsche Frau und das gehe dich nichts an, nicht wahr?"

„Nein, ich …"

„Warte einen Augenblick, damit wir nicht sinnlos aufeinander losgehen!"

Sie drehte mir den Rücken zu, lief in ihr Zimmer und kam ebenso schnell mit einem Spiegel in der Hand zurück. Sie fasste meinen Kopf und hielt mir den Spiegel vor:

„Schau dich an, damit du nachher nicht sagst, ich hätte mich getäuscht oder es sei alles nur Fantasie und Eifersucht."

Ich sah im Spiegel vor mir zwei rote Punkte links an meinem Hals. Es sah wirklich aus, als ob ich dort Knutschflecken von jemandem hätte, aber die Punkte waren die Spuren meiner Fingernägel. Es kam mir in den Sinn, dass ich mich unterwegs heftig am Hals gekratzt hatte und dass solche roten Punkte alle paar Monate einmal an irgendeiner Stelle meines Körpers auftauchten. Nach fünf Stunden, die mich hinaus auf die Straße trieben, während der Zorn in mir wütete, verstand ich, was der Grund dieser großen Tragödie war. Ich nahm ihre Finger, legte sie auf die Punkte an meinem Hals und sagte:

„Berühre mal diese Stelle und schau, ob das ein Pickel ist oder ob es vom Mund einer Frau herrührt."

Als ihre Finger den Pickel berührten, der noch hart war, verstand sie, dass alle ihre Vermutungen haltlos waren, dass dies wirklich ein Pickel war und die Röte vom Kratzen herrührte. Sie versuchte das Problem sofort mit einem Scherz zu übergehen, doch gelang es ihr nicht. Zwischen uns herrschte nun eine Atmosphäre von Ärger, Trauer, Verrat und drohender Trennung. Und dieses Ereignis war nicht das Ende all der Zweifel und Vermutungen, die mich umgaben. Jede Nachricht in kurdischer oder arabischer Sprache, die auf mein Mobiltelefon gelangte, wurde zu einem komplizierten Knoten, der sich weder durch Worte noch Taten lösen ließ. Jeder Brief, den ich schickte oder empfing, war ein Liebesbrief, oder ich musste beweisen, dass dem nicht so war. Wenn ich freundlich oder liebevoll mit ihr sprach, wurde die Lage chaotisch. Sie schüttelte den Kopf und sagte:

„Gott weiß, was du heute draußen alles angestellt hast, bevor du heimkamst und mich mit schönen Reden einwickelst."

An Tagen, an denen wir stritten oder ich ihr bittere und unschöne Worte gab, meinte sie:

„Ach, wenn ich nur einen Mann hätte, der freundlich mit mir umgeht. Es gibt Männer, die sich anstrengen, ihren Frauen nette Worte zu sagen. Meiner braucht jeden hässlichen Ausdruck, der ihm in den Sinn kommt."

Da wir beide unsere Wohnungen behalten hatten, war sie immer unruhig. Oft flüsterte sie mir ins Ohr:

„Gott weiß, was du in deinem Haus alles treibst."

Damit wir uns besser kennen lernten, und um sie von ihren Zweifeln zu befreien, gab ich meine Wohnung auf und zog zu ihr. Wir lebten jetzt unter demselben Dach. Doch statt dass diese Nähe unsere Beziehung gestärkt hätte, wurde sie nur noch schlechter. Deshalb suchte ich mir wieder eine neue, diesmal größere Wohnung. Ich plante, diese auch als Atelier zu benutzen. Ich fühlte jeden Tag stärker, dass Dana das einzige Band war, das Sandra und mich noch zusammenhielt. Ohne dass wir einen schriftlichen Vertrag abgeschlossen hätten, gelangten wir zu dem Entschluss uns zu trennen. Ich würde Dana jedes Wochenende besuchen können.

Die fünfunddreißigste Perle war die Perle der Einsamkeit und der Kunst des Zwillings

Die Trennung von Sandra hielt mir den Spiegel vor. Heirat und Familie waren wie Perlen gewesen, die meinen Schmerz gelindert hatten. Sie hatten ihn für eine gewisse Zeit gemildert, doch nachdem die Grundfesten der Familie ins Schwanken geraten waren, kehrte er wieder, grausamer als zuvor. Ich zog mich in meine eigenen vier Wände zurück. Neu war, dass außerhalb dieser Wände nun ein kleines Stück meiner Seele und meines Körpers existierte. Dies war die winzige Dana. Meine Einsamkeit wurde durch sie gleichzeitig einfacher und schwieriger. Plötzlich lebte in mir die Sehnsucht nach dem Mischen von Farben und nach der Besessenheit wieder auf, die mich vor einer weißen Leinwand erfasste. Ich richtete das eine Zimmer als Schlafzimmer ein, das andere als Malzimmer und, wie ein Verrückter, der danach strebt, durch die Gassen zu rennen, stürzte ich mich in die Pfade der verschiedenen Farben, welche meine Seele mit großem Vergnügen durcheilte. Durch Dana waren meine Empfindungen weicher geworden. Meine Ansichten über das Leben und besonders über Kinder hatten sich gewandelt. Vor ihrer Geburt hatte ich nicht gewusst, dass die stärkste

Liebe der Menschen den Kindern gilt. Das Kind ist ein schwaches Wesen und jede Minute auf die Unterstützung eines Erwachsenen angewiesen. Mit warmen Gefühlen beobachtete ich jeden Schritt in Danas Entwicklung. Ich sagte zu ihrer Mutter:

„Wenn wir uns einmal nicht mehr richtig um Dana kümmern, wird sie sterben."

Tatsächlich packte mich plötzlich die Angst, dass Dana sterben könnte. Wenn sie einmal lange keinen Laut von sich gab, ging ich hin und fühlte nach ihrem Herzschlag, oder hörte auf das Kommen und Gehen ihres Atems und beruhigte mich wieder. Noch mehr fürchtete ich, Dana könnte krank werden. So wuchsen mir Flügel, wenn sie lachte, und ich flog. Sie wurde unter meinen Augen größer und schöner. In dieser Zeit wurde ich mehrfach von einem seltsamen Traum heimgesucht. Ich träumte beinahe jede Nacht, dass Dana verloren ging. Ich kam ihr jedes Mal zu spät zu Hilfe und wachte dann angsterfüllt und mit trockener Kehle auf. Manchmal wurde sie auch zu einem Teigklumpen in meinen Händen, und wenn ich sie aufheben wollte, blieben Teile ihres Körpers als Teigstücke auf der Erde kleben, während ein anderes Stück in meiner Hand zurückblieb. Wenn ich erwachte, seufzte ich vor Erleichterung, dass ich nur geträumt hatte, und dass mein Kleines in Wirklichkeit heil und gesund war. Trotzdem kehrte der Traum wieder. Ich lag viele Nächte wach. Wenn ich dann am nächsten Morgen meinen Ausbildungsort erreichte, schlief ich im Klassenzimmer ein.

Nach Höhen und Tiefen gelangte ich ans Ende meiner zweijährigen Ausbildung und nahm das Diplom eines beeidigten Übersetzers entgegen. Meine Malkunst verhalf mir nicht dazu, irgendwelche Ziele zu erreichen und konnte auch im Alltagsleben nicht dazu beitragen, meine wirtschaftliche Situation zu verbessern. Doch das Übersetzen, das ich seit Kindheit betrieb, würde mein zukünftiger Beruf sein. Dies war ein bisschen Balsam für meine verwundete Seele, und die Aussicht darauf, Brücken zwischen den Leuten meiner Heimat und denen des Landes hier zu schlagen, brachte meinen überhitzten Gedanken Kühlung.

Die sechsunddreißigste Perle war die Perle des Integrationsbüros

Integration ist ein Wort, das sich nicht leicht begreifen ließ, weshalb es sich auch nur schlecht in eine andere Sprache übersetzen lässt. Es bedeutet „Zusammenleben", doch ist die Bedeutung unzulänglich, weil hinter der Schaffung des Begriffs eine bestimmte Absicht steckte: Personen, die ihre Gesellschaft verlassen hatten und nach Europa eingereist waren, mussten sich in die neue Gesellschaft integrieren, sobald sie sich hier niederließen. Weil die Wellen der Flüchtlinge, die täglich illegal europäischen Boden betraten, zunahmen, gab es täglich Diskussionen zum Thema. Seit fünfzig Jahren ist die Frage des Zusammenlebens unterschiedlicher Kulturen und Sprachen hier Gegenstand von Auseinandersetzungen. In jüngerer Zeit, nachdem die zuständigen Institutionen Gelder für die Aufgabe der Integration in den europäischen Ländern zur Verfügung gestellt hatten, setzten sich viele Gruppen und Institutionen in Bewegung, um diese Gelder, wie auch die ihrer eigenen Regierungen, zu erlangen. Sie begannen Projekte und Institute aufzubauen. Integration war zu einem Markt geworden, und wer immer konnte, eröffnete ein Büro unter diesem

Namen. Entsprechend zahlreich standen Personen und Gruppen im Wettbewerb zueinander. Eine davon war ein Übersetzerbüro, dessen Leitung meine Bewerbung um eine Stelle sofort akzeptierte, und ich begann als professioneller Übersetzer zu arbeiten. Zwar arbeitete dieses Büro für die Integration, und seine Belegschaft setzte sich aus Ausländern zusammen, doch waren der Leiter und die Mitarbeiter mit den höchsten Löhnen Inländer. Das Büro war schon viele Jahre auf diesem Gebiet tätig. Auf dem Markt der Integration gab es viele Einrichtungen, die alle mit dem Verwalten von Ausländern zu tun hatten, das Übersetzerbüro war nur eine davon. Es war bekannt und hatte das Vertrauen aller Parteien, Institute, Regierungs- und Nichtregierungsorganisationen. Angefangen bei Krankenhäusern bis zu offiziellen Ämtern wie der Ausländerpolizei, Jugendämtern, Einrichtungen zum Schutz von Frauen, von Alten und anderen mehr. Wer eine Übersetzung in irgendeiner Sprache benötigte, nahm Kontakt zu unserem Büro auf und verlangte einen Übersetzer. Die Entschädigung erfolgte über das Büro. So geriet mein Leben in eine Bahn, in der jeder Tag wie der andere aussah. Unter der Woche arbeitete ich, am Wochenende traf ich die kleine Dana, die in mir große Freude wie auch großen Schmerz auslöste. In den ersten Tagen nach der Trennung beobachtete ich Sandra ständig. Ich weiß nicht, ob ich den Wunsch hatte, zu ihr zurückzukehren, oder ob ich es tat, weil die kleine Dana bei ihr wohnte. Doch ich verstand schließlich, dass Sandra mich vollständig aus ihrem Leben ausgeschlossen hatte und alles auf der Grundlage vonstatten ging, dass keine Beziehung mehr zwischen uns beiden bestand. Dies machte mich noch trauriger, doch beruhigte es mich auch, und ich bemühte mich darum, Sandra ebenfalls völlig aus meinem Leben zu entfernen. Ich merkte, dass ich nicht wusste, wie man im Heute lebt. Die Vergangenheit holte mich immer wieder ein, und ich konnte die ständige Beschäftigung mit dem Gestern nicht aufgeben. Anders als ich lebte Sandra in der Gegenwart, wie es sich gehörte, ohne in die Vergangenheit zurückzuschauen. Ich verglich meinen Zustand mit dem meiner Umgebung. Um mich herum lebten alle, wie es ihnen gefiel, doch in meiner Seele gab es einen Riss, der verhinderte, dass ich glücklich dahinleben konnte. Was ihn erzeugt hatte, verstand ich nicht recht. Ein dunkler Schmerz hielt mein Innerstes besetzt, eine tiefe, offene Wunde. Manchmal verging dieser Schmerz, und ich vergaß die Wunde. Oft nahm ich plötzlich wahr, dass sie sich wieder geöffnet hatte und der furchtbare Schmerz von neuem einsetzte. Weder gab es ein Heilmittel für die Wunde, noch schloss sie sich je von selbst. Ich versuchte sie durch meine Arbeit als Brückenbauer, wie ich meinen Beruf nannte, zu heilen. Ich arbeitete am Wiederaufbau eingestürzter Brücken zwischen Personen, die miteinander lebten, ohne sich zu verstehen. Wenn ich Menschen zusammenbringen konnte, wurde ich glücklich. Vor allem wenn sich Missverständnisse zwischen ihnen auflösten, und wenn der Hass, den sie gegeneinander empfanden, der Zuneigung Platz machte. Deshalb nahm ich Übersetzungsaufträge gerne entgegen. So wurden denn auch viele von den Leuten, für die ich zu übersetzen pflegte, ein Teil meines Lebens, oder besser gesagt, sie wurden ein Teil von mir selbst, von meinem Körper und meiner Seele.

Die siebenunddreißigste Perle war die Perle der Angst des Flüchtlings Hamsa

Von allen Institutionen ließ mich die Psychiatrische Klinik am häufigsten zum Übersetzen kommen. Die meisten Kurden und Araber, die keine Aufenthaltsbewilligung erhalten konnten, wurden zu Patienten der Psychiatrie, um Krankmeldungen für die staatlichen Ämter zu bekommen und ihren Status als Flüchtlinge zu verbessern, oder um die Entscheidung für eine Abschiebung zu verhindern. Viele wurde von ihren Anwälten oder von Beraterinnen geschickt, welche in Flüchtlingsinstitutionen arbeiteten. Einer von den Menschen mit seelischer Verwirrung, die in dieses Krankenhaus gelangten, war Hamsa. Er war vor etwa zehn Jahren nach Deutschland gekommen. Bis jetzt hatte er keine Aufenthaltsbewilligung bekommen. Das schrecklichste und von den Flüchtlingen meistgehasste Wort war das Wort „Duldung". Dies war die Bezeichnung für ein Papier, das man jedem Flüchtling anstelle einer Identitätskarte ausstellte, dessen Dossier geschlossen worden war, ohne dass er eine Aufnahmebewilligung erhalten hätte. Er galt damit als jemand, der „bereit war, in die Heimat zurückzukehren". Dadurch fühlte er sich, als sei er aller Rechte beraubt, die für andere gelten. Sein Leben gestaltete sich schwierig. Hamsa hatte sich angestrengt, und, anders als andere Personen in seiner Situation, die keinen Job hatten, ein hübsches Restaurant eröffnet, in dem er beschäftigt war. Weil sein Deutsch nur gerade zum Kaufen und Verkaufen reichte, hatte er für seine Termine im Krankenhaus den Antrag auf einen Übersetzer gestellt und verlangt, dass seine Erklärungen für die Psychologin und ihre Antworten für ihn übersetzt würden. So nahm ich denn an diesen Therapiesitzungen teil. Hamsa war ein Mann von fünfundfünfzig Jahren. Er hatte vier Kinder. Seine Haare und sein kurzer Schnurrbart waren weiß. Zwischen großer Wut und großer Ratlosigkeit erzählte er der Psychologin und mir seine Geschichte. Er kam aus einem Dorf bei Mardin. In der Folge der Kämpfe in den dortigen Bergen und mit der Einführung des Dorfwächtersystems hatten Regierungstruppen Feuer an das Dorf gelegt. Er hatte seinen Vater nur mit Mühe herausgeholt und war nach Mersin gezogen. Sein Vater hatte sich geweigert, Dorfschützer zu werden, aber gesagt, dass er das Dorf bis zum Tod nicht aufgeben würde. Auch seine Mutter hatte gesagt, dass es ihr Tod sei, das Dorf zu verlassen. Auf dem Weg nach Mersin weinte sein Vater noch heftiger als die Mutter, und kurze Zeit nach dem Verlassen des Dorfes war er tot. Den Tod der Eltern fasste Hamsa in einem Satz zusammen:

Mein Vater starb aus Zorn über das verlorene Dorf, meine Mutter starb kurz danach aus Zorn über den Vater.

In Mersin eröffnete Hamsa ein kleines Restaurant und fand damit ein Auskommen. Aber immer waren seine Gedanken im Dorf, und hin und wieder sagte er zu seiner Frau:

Wenn der Krieg und diese Kämpfe zu Ende sind und es

ruhig wird, kehren wir ins Dorf zurück. Bis dahin verlassen wir Mersin nicht.

Aber er hatte falsch gerechnet. Je wirrer die politische Situation in der Osttürkei wurde, umso mehr wuchs die Wut seiner türkischen Umgebung auf Kurden wie ihn. Außerdem hatte er sich ohne es zu wissen in ein Wespennest gesetzt, weil in seiner Nähe auch Türken ein Restaurant eröffnet hatten, die Kurden hassten. Er wurde zur Zielscheibe von Angriffen der türkischen Anwohner des Quartiers. Sie bestahlen ihn und schlugen die Tür des Restaurants ein. Oft kamen sie zum Essen, ohne zu bezahlen, und er musste die Polizei kommen lassen. Als klar wurde, dass Hamsa sein Geschäft von sich aus nicht aufgeben und dass er nicht wegziehen würde, schlugen sie ihn zusammen. Vier bewaffnete Männer stürzten in sein Restaurant, legten das Lokal und seine Wohnung in Trümmer und schlugen auf ihn ein. Von diesem Angriff trug er blaue Augen und ein paar leichte Verletzungen davon. Die Angreifer sagten ihm klipp und klar:

Wir sind dieses Mal nicht gekommen, um dich zu töten, doch wenn du innerhalb einer Woche nicht von hier abhaust, bringen wir dich um.

Weil diese Leute in ihrer Heimat keine schmutzigen Kurden haben wollten, verließ Hamsa innerhalb dreier Tage nicht nur Mersin, sondern auch die Türkei, und ging nach Deutschland. Im neuen Land eröffnete er wieder ein kleines Restaurant, sobald er eine Arbeitsbewilligung bekommen hatte. Abgesehen von seinen Sprachschwierigkeiten war er imstande, alles selbst zu bewältigen. Er stellte zwei junge Männer an, die schon lange in Deutschland in dieser Branche gearbeitet hatten, und innerhalb kurzer

Zeit zog das winzige Lokal zahlreiche Kunden an. Nach einiger Zeit bemerkte er, dass sich eine Gruppe unbekannter junger deutscher Männer in der Umgebung aufhielt, doch verstand er nicht, was dies bedeutete. Sie hatten einige Male die Bierflaschen vor der Tür des Lokals zerschlagen und waren verschwunden. Sie hatten dazu etwas gebrüllt, doch verstand er nicht, was sie meinten. Dies ging so weiter bis zur Mitte einer kalten Nacht, als sich das Restaurant geleert hatte und Hamsa noch spät allein zurückgeblieben war. Die deutschen Jungen griffen ihn und das Lokal mit zerbrochenen Flaschen in der Hand an. Aus den Schreien eines Mannes, der ihn attackierte, konnte er nur die Worte *schmutziger Türke* entnehmen. Hamsa kam am nächsten Tag im Krankenhaus wieder zu sich. Sein Kopf drehte sich, Frau und Kinder umstanden ihn. Er erfuhr schließlich, dass die Angreifer ihn nicht nur geschlagen, sondern auch sein Lokal zerstört hatten, mit der Forderung, der *schmutzige Türke* solle ihr Land verlassen. Hamsa arbeitete weiter, doch seit diesem Ereignis verwirrte sich sein Geist. Die Ärzte verstanden nicht, woher seine Schmerzen rührten, deshalb sandte ihn sein Hausarzt zu Psychologen, welche seine psychische Beeinträchtigung benennen und ihn heilen sollten. Hamsa legte der Psychologin alle seine Erlebnisse in einigen wenigen Sätzen dar:

In der Türkei attackierten mich ein paar Türken und vertrieben mich aus dem Land, weil ich ein schmutziger Kurde bin. In Deutschland wollen sie mich aus dem Land vertreiben, weil ich ein schmutziger Türke bin. Lösen sie diese Konfusion für mich, geschätzte Dame! Was habe ich für ein Problem, außer dass ich keine Heimat habe? Wenn wir eine Heimat hätten, wer würde dann wagen, mich in einen so erniedrigenden, miserablen Zustand zu versetzen?

Als die Psychologin ihm sagte, Rassismus habe keine Grenze und verschone keine Heimat und kein Volk, verschleierte sich sein Blick und er tat so, also ob ihn ihre Worte nicht erreicht hätten. Doch mit der Zeit hörte er ihr ein wenig zu, und gleichzeitig wuchs sein Staunen. Äußerlich schien er ein gesunder, stattlicher Mann zu sein, der jünger aussah, als er tatsächlich war, doch als der begann, der Psychologin sein Herz zu öffnen, veränderte er sich. Die Angst saß ihm in den Knochen. Er hatte neulich wieder gehört, dass man ihn zurückschaffen wolle. Kürzlich war eine Familie, die er kannte, zusammen mit ihren Kindern in die Heimat zurückgeschickt worden. Auch sie hatten nur eine „Duldung" in der Tasche gehabt. Er rang nach Worten, um seine Tragödie und seine Ängste zu schildern:

Dort haben mich die Türken angegriffen und aus dem Land vertrieben, weil ich ein Kurde war. Hier halten sie mich für einen Türken und wollen mich deshalb aus dem Land vertreiben. Schwester, das kommt mir mehr als seltsam vor. Was sagst du dazu?

Er legte der Psychologin, die ihm mit großer Aufmerksamkeit zuhörte, voller Zorn seine neuen Probleme dar:

Und was ist, wenn sie mich zurückschicken? In Kurdistan haben sie unser Haus verbrannt, uns wie Hunde vom eigenen Ort vertrieben und uns keine Chance gelassen zu überleben. Gottlob gelang es uns, von dort zu fliehen. In der Türkei machten sie uns das Leben zur Hölle, weil wir keine Türken waren, doch Gott sei Dank konnten wir uns heil und gesund hier niederlassen. Nun gibt es hier Deutsche, die uns bedrohen, und ich habe Angst, vielleicht mit Gewalt ausgewiesen und zurück-

geschickt zu werden. Doch wohin kann man solche wie mich überhaupt schicken, und was ist mit meinen Kindern, die hier aufgewachsen sind? So wie ich in den Augen eines jeden Türken die Szene gespiegelt sehe, wie man mich dort zusammenschlug, sehe ich hier in den Gesichtern der Deutschen die der vier Jungen, die mich in jener Nacht hier angriffen und verletzten. Bitte verzeih, aber das ist meine Lage. Wenn du einen Weg weißt, wie du mich von diesen Gefühlen der Angst und Qual befreien kannst, so zeige ihn mir bitte.

Die Psychologin hörte zu, machte sich Notizen und riss bisweilen Hamsas Wunden mit ihren Erklärungen und Fragen noch weiter auf. So schüttete Hamsa einmal pro Monat eine Stunde lang der jungen, lächelnden Psychologin sein Herz aus. Er kam, leerte das Herz, erleichterte sich und ging. Doch ich, sein Übersetzer, nahm die Last seiner Sorgen auf meine Schultern. Jedes Mal, wenn er auftauchte, wurde seine Last leichter und die meine schwerer. Er stellte in meinem Kopf die Verbindung zur Heimat her, die ich nicht ertragen konnte und die mich nicht ertrug. Ich hatte als fremde Waise dort gelebt, und um mich vor der fremden Heimat zu retten, hatte ich mich in die Fremde begeben. War das nicht seltsam? In der Heimat war ich vor meiner Fremdheit geflohen und in der Fremde suchte ich nach einer Heimat. Hamsa ging es besser als mir. Er konnte alle seine Gefühle in ein einziges, unzweideutiges Wort fassen: Angst. Hamsa trug seine Ängste von gestern mit sich und ängstigte sich heute und morgen weiter. Mein Gefühl war nicht nur Angst, es war viele Dinge und zugleich ein Nichts. Ich suchte eine Bezeichnung dafür, fand aber keine.

Die achtunddreißigste Perle war die Perle einer Begegnung

Ahmed aus Kirkuk war sechsundvierzig Jahre alt. Er hatte sich Bart und Haare wachsen lassen und trug eine schwarze Mütze. Er versuchte auf alle möglichen Arten, Ernesto Che Guevara zu gleichen, doch ließ seine Gestalt es nicht zu, weil er klein, dünn und flach war. Wegen verschiedener Krankheiten trug er immer einen Ast bei sich, den er als Gehstock gebrauchte. Er wählte sich die Äste selber aus und schnitt sie zurecht. Mit der Zeit verstand er sich auf das Zuschneiden von Ästen und schnitzte ihren Knauf in Form eines kleinen Tieres. Für seine Behandlung war die Psychologin Kristina Hoffmann zuständig. Sie war eine hübsche, fröhliche und geduldige Frau, und alle Patienten hatten sie gerne. Sie stellte in kurzer Zeit eine herzliche Beziehung zu ihnen her und gewann direkt ihr Vertrauen. Die meisten ihrer Patienten waren Araber oder Kurden. Einer davon war eben Ahmed aus Kirkuk, der je nachdem Arabisch, Kurdisch - Sorani oder Deutsch sprach. Ahmed erzählte ihr einerseits seine Lebensgeschichte, die er mit seiner Kindheit beginnen ließ, andererseits auch seine Alltagerlebnisse und Dinge aus seinem Tagebuch, das er in Arabisch führte und ins Deutsche übersetzte, um es der Psychologin vorzulegen. Kristina las und korrigierte es für ihn. Obwohl er etwas Deutsch sprach, hatten die beiden beschlossen, dass er seine Probleme in Kurdisch oder Arabisch schildern solle, da er nicht alles hindernisfrei auf Deutsch ausdrücken konnte. Deshalb hatte er jedes Mal, wenn er zu einem Treffen kam, eine lange Wörterliste bei sich und verlangte, dass ich ihm diese übersetzte. Ahmed sagte, er sei ein menschlicher Behälter für Krankheiten:

„Bruder, wenn ich meine Kleider ausziehe, wirst du sehen, dass ich keine heile Stelle mehr am Körper habe."

Jedes Mal, wenn er zum Termin kam, brauchte er die Hälfte der Zeit, um über seine sichtbaren Wunden zu sprechen und die andere Hälfte, wie er sagte, für die unsichtbaren:

„Bruder, wenn es möglich wäre und man den Herzschmerz oder die seelischen Wunden sehen könnte, dann würdest du feststellen, dass mein Körper, meine Knochen und die Haut nur eine Außenschale sind, die einen Haufen heimliche, tiefe und furchtbare Wunden umschließt."

Deshalb besaß Ahmed einen besonderen Ausweis, den sogenannten Behindertenausweis. Aufgrund dieses Ausweises kam wöchentlich ein Mann namens Herr König zu seiner Wohnung, um ihm zu helfen und das Notwendige zu erledigen.

Die Haut zwischen Ahmeds Zehen löste sich ab. Seine Knie schwollen an. Er hatte einen Tinnitus im Ohr, der nicht wegging. Seine Augen röteten sich, und häufig färbte sich deren Umgebung schwarz. Sein Rücken schmerzte, und oft konnte er gar nicht aufrecht gehen. Wann immer die Rede auf ein Mitglied seiner Familie kam, sagte er, es sei getötet worden. So sagte er auch mehrfach, die letzten Opfer des Kriegs um Kirkuk seien seine Frau und seine Kinder gewesen. Er sagte, seine Familie sei groß gewesen und sei in der Folge des Projekts der Arabisierung von Kirkuk, bei dem die irakische Regierung Tausende von arabischen Familien ansiedelte, vernichtet worden. Von allen habe allein er sich retten können und habe nur knapp überlebt. Das viele Petrol sei den Einwohnern der Stadt zum Fluch geworden. In Ahmeds Autobiographie mischten sich Politik, Erdöl, Hass, Fantasie, Hoffnung, Trauer und Schmerz, und all dies hielt er auf Hunderten von Seiten fest. Daneben erzählte er, dass er entweder gar nicht schlief oder Angstanfälle hatte, wenn er einschlief, und dass ihm der Atem stockte. Um seiner Psychologin seinen Zustand in solchen Momenten zu erklären, hatte er zahlreiche Bilder von sich gezeichnet, auf denen er zu ersticken schien. Er hatte sie vergrößert, in Rahmen gesteckt und brachte sie mit zum Gespräch. Er hatte zahllose Bilder von sich gesammelt, mit herausquellenden Augen und offenem Mund. Er pflegte zu sagen:

„Diese Bilder sind alle Kunst, Bruder. Ich werde einmal eine Ausstellung von diesen Exemplaren machen unter dem Titel „Augenblicke vor dem Tod". Jeder Mensch stirbt eines Tages, Bruder, aber ich sterbe täglich."

Als ich seine Bilder zum ersten Mal sah, erfasste mich ein gewaltiger Schrecken, doch mit der Zeit sah ich sie mit anderen Augen an und sie fesselten mich nicht mehr. Ahmed war ein sehr weicher Mensch und weinte sofort, insbesondere bei Sätzen, die mit „Ich ..." begannen. Immer, wenn er von seiner Armut, Einsamkeit, Fremdheit und Bitternis sprach, überwältigten ihn die Tränen, und er sprach unter Schluchzen weiter. Manchmal, wenn wir allein waren, zeigte er mir eine andere Seite:

„Zu Hause war ich ein unabhängiger Intellektueller, Bruder. Ich war Bauingenieur und Architekt. Jeder wartete darauf, meine Meinung zu hören. Doch hier? Hier bin ich eine Null, Bruder, eine Null, verstehst du?"

Als er noch nicht lange bei dieser Psychologin war, kam er manchmal zu einem Termin – er saß Kristina gegenüber, ich an seiner Seite – und zog plötzlich, wie bei einem Rendezvous, eine Flasche Rotwein heraus und stellte sie vor sich hin. Er fragte Kristina, ob sie mittrinken wolle, aber sie nahm das Angebot nicht an und sorgte mit der Zeit dafür, dass er aufhörte, die Flasche hervorzuziehen. Jedes Mal, wenn Kristina ihm bei einer Sache behilflich war, weinte er und sagte zu ihr:

„Außer dir habe ich niemanden in dieser Welt."

Einmal sprach sie davon, die Arbeit im Krankenhaus aufzugeben, da hörte Ahmed nicht mehr zu schluchzen auf und sagte:

„Außer dir wird niemand je imstande sein, die Wunden meiner Seele zu heilen."

Als er dann endlich verstand, dass Kristina blieb, atmete er tief auf und erschien wie zuvor, vergnügt und neugierig, schon einige Stunden vor dem abgemachten Termin im Krankenhaus. Ich hatte nicht nur im Krankenhaus für ihn zu übersetzen, sondern musste auch einmal in der Woche zu seiner Wohnung kommen, um dort für ihn und Herrn König zu übersetzen. Eines Tages begriff ich plötzlich, dass ich im Chaos von Ahmeds Leben steckte und dass seine Schwierigkeiten zu einem Teil meines eigenen Lebens geworden waren. Wie die Sache so weit gedeihen konnte, ist eine Geschichte für sich, die in der Truhe seiner Erlebnisse Platz fand.

Die neununddreißigste Perle war die Perle der Truhe von Ahmed aus Kirkuk

Herr König, der wöchentlich in seiner Wohnung erschien, war das Gegenteil von ihm: lang, stattlich und rot im Gesicht. Er war ein hochgewachsener blonder Mann mit blauen Augen. Er erledigte seine Arbeit mit Begeisterung, doch hasste er den Fotoapparat in Ahmeds Hand und wollte keinesfalls, dass er Aufnahmen von ihm machte. Ahmed verstand die Weigerung nicht:

„Mensch, ich verstehe diesen Herrn nicht, er ist ja kein Muslim, für den eine Fotografie verboten wäre, und er hat auch keinen syrischen oder irakischen Geheimdienst in der Nähe, so dass er Angst haben müsste, mit uns zusammen fotografiert zu werden. Er ist einfach seltsam!"

Herr König konnte wiederum nicht verstehen, weshalb Ahmed unbedingt eine Aufnahme von ihm machen wollte:

„Ich bitte Sie, lassen Sie das! Fotografiert zu werden ist das persönliche Recht eines jeden, und nicht jeder will, dass man ihn fotografiert."

Ahmed sagte zwischen Scherz und Ernst zu mir:

„Ich fürchte mich wirklich davor, dass ich einmal über diesen Bastard von König, diesen Bären, echt in Wut gerate. Ich schwöre dir, dann würde er mich mit einer Hand aufheben und wie eine Wassermelone am Boden zerplatzen lassen. Und was mache ich dann?"

Doch die Zeit verging und ich hörte nie, dass der Tag kam, an dem sich Ahmed über Herrn König ergrimmt hätte. Wer ihn dagegen erzürnte, war sein Nachbar, ein Araber aus dem Irak. Ahmed sprach praktisch jeden Tag von ihm und sagte, er sei ein alter Offizier des irakischen Regimes, der seinen ganzen früheren Hass gegen Menschen wie die Kurden und das jetzige Regime hierher mitgebracht habe und jetzt ausstrahle:

„Mein Unglück ist, dass ich Tür an Tür mit ihm wohne. Weil unsere Briefkästen nebeneinander sind, stiehlt er manchmal Briefe, die für mich bestimmt sind. Er will nicht, dass es mir in diesem Land gut geht. Er ist neidisch auf mich und hat mich schon zwei, drei Male attackiert. Ich verteidige mich mit dem Stock in meiner Hand und prügle auf ihn ein."

Kürzlich hatte ich Ahmed vor der Haustür nur mit Mühe aus den Händen seines dicken, kahlköpfigen Nachbarn retten können. Ich musste die beiden mit Gewalt trennen. Ahmed sagte:

„Bruder, ich habe Angst vor diesem eifersüchtigen Typen. Wie du weißt, habe ich tausendundeine Krankheit, und wenn er mich einmal in der Wohnung angreift, wer wird mich da retten? Bruder, wenn du mich einmal tot zu Hause vorfindest, dann ist er der Schuldige. Bruder, ich bitte dich, finde mir eine andere Wohnung, ich will weg aus diesem Haus."

Ich hätte ihm gerne klargemacht, dass er ohne eine Arbeitsstelle zu finden und ohne klare und überzeugende Gründe vorlegen zu können, keine Erlaubnis erhielt umzuziehen.

Nach langer Zeit, in der ich seinen Streit mit dem Nachbarn schon längst vergessen hatte, erhielt ich einen Brief vom

Gericht. Daraus ging hervor, dass sein Nachbar einen Prozess gegen uns beide angestrengt hatte und behauptete, wir hätten ihn zu zweit angegriffen. Vor Gericht erlebte ich an diesem Tag, wie Unehrlichkeiten und Geheimnisse aus dem Munde dieses Menschen fielen. Wir schlugen alle seine Lügen nieder.

In Ahmeds Wohnung gab es eine große Truhe. Er sprach mir gegenüber oft von ihr und sagte immer:

„Das ist die Hochzeitstruhe meiner Mutter."

Die Truhe war gestopft voll mit Papier. Voller alter und neuer Blätter. Sein Leben mit allen Freuden, Krankheiten und Schmerzen war darin aufbewahrt. Er machte mich zu seinem Testamentsvollstrecker, indem er sagte:

„Wenn ich tot bin, Bruder, will ich, dass du alle diese Papiere verbrennst, weil sie mein Leben ausmachen. Sie sollen auch nicht weiterleben, wenn ich einmal sterbe. Das zweite ist, dass du diese Truhe in einen Sarg verwandelst, in den man mich legen und in dem man mich begraben soll. Dies ist nicht nur die Hochzeitstruhe meiner Mutter, dies ist auch ihre Gebärmutter. Hast du verstanden, Bruder?"

Ich konnte seine Ansichten über das Leben nie ganz verstehen, doch wurde er auch ohne dies zu einem Teil meiner Existenz. Ich ging mit ihm zu den Gerichten, ich ging mit ihm in die Krankenhäuser. An jedem Ort, den er aufsuchte, ließ er den Beamten keine andere Wahl, als mich als seinen Übersetzer anzustellen. Ich wusste, dass er bis zum letzten Atemzug am Leben hing und dass sein aufgeweckter Geist nicht so bald ermüdete. Aber alle meine Voraussagen erwiesen sich als falsch. Nachdem er mir sein Testament diktiert hatte, verging kein Jahr und wir sahen ihn tot in seiner Truhe liegen. Ahmed war gegangen, unter Hinterlassung einiger Träume und sehr vieler Schmerzen.

Die vierzigste Perle war die Perle der sterbenden Kinder

Die schwierigsten Momente meines Lebens verbrachte ich zwischen den hohen Wänden des Krankenhauses mit den Kindern, die dem Tod nahe waren. Ich geriet wegen einer Übersetzung, die ich früher einmal gemacht hatte, gegen meinen Willen in dieses Kinderkrankenhaus, und dort in die Abteilung der hoffnungslosen Fälle. In dieser Abteilung sah man sich den *Paradiesvögeln* gegenüber, wie mein Vater die Kinder zu nennen pflegte, und als ich diese schuldlosen und staunenden Kinder in ihrem aussichtslosen Zustand sah, brachen in meinem Innern zahlreiche Hoffnungen zusammen. Bis dahin hatte ich von diesen Kinderkrankheiten nur gehört, doch fortan würde ich die kranken Kinder von Angesicht zu Angesicht gegenüber haben. Es wurde ein Übersetzer für die Eltern benötigt. Die meisten Kinder, die in diese Abteilung verlegt wurden, waren sich ihrer Bedeutung nicht bewusst, oder aber sie waren in einem solchen Zustand, dass sie nichts sagen und schon gar nicht ein Gespräch führen konnten. Das erste Mal, als ich dort war, fiel mein Blick zufällig auf ein Mädchen in Danas Alter. Es überlief mich heiß. Das Kind war anderthalb Jahre alt gewesen, als die Krankheit ausbrach. Es wuchs nicht mehr. Sein

Hirn und seine Glieder verfielen Tag für Tag, statt sich zu entwickeln. Das Kind konnte nicht mehr gehen. Der Vater hob es auf und setzte es in seinen Kinderwagen. Die Mutter war aus Verzweiflung über die unheilbare Krankheit ihrer einzigen Tochter zusammengebrochen und ging einmal in der Woche zu den Psychologen. Der Vater war ohnmächtig, traurig und verzweifelt, als er mir seine Geschichte erzählte:

„Wir sind nur wegen dieser Tochter nach Deutschland gekommen. Man sagte uns, dass es hier ein Medikament für ihre Krankheit gebe. Deswegen verkaufte ich alles, was ich hatte, bis zum letzten Stück und wir kamen hierher. Hier schickten uns die Ärzte von einem Ort zum andern, und bis jetzt haben wir nichts Vernünftiges über die Krankheit unserer Tochter in Erfahrung bringen können."

Die Wahrheit war, dass die Ärzte jenes Krankenhauses sie in ein anderes Krankenhaus schicken wollten, weil sie keinen Platz hatten. Sie machten den Eltern klar, dass sie die Hoffnung aufgeben müssten, ihre Tochter jemals wieder gesund zu sehen. Wünschbar sei, dass sie mit der Tatsache dieser Krankheit zu leben lernten. Mit Medikamenten würde sich ihre Lage ganz allmählich verbessern, doch sei dies eine Krankheit, die der Mensch bis zum Tod in sich trage. Es war das letzte Mal, dass ich die Familie sah. Die Eltern nahmen das Mädchen zusammen mit ihrer Trauer und ihrem Unglück wieder mit und reisten ab. An diesem Tag fürchtete ich mich auf dem Nachhauseweg und konnte nicht einschlafen, ohne Dana getroffen und umarmt zu haben und mich versichert zu haben, dass sie gesund und munter auf zwei Beinen stand. Als ich deshalb die nächste Anfrage vom selben Ort erhielt, betete ich zu Gott, dass es sich diesmal nicht um ein Mädchen handelte und nicht um ein Kind im Alter von Dana. Ich lachte ein wenig über meine Hoffnung, es möge ein Junge sein. Doch wie auch immer, ich ging schweren Herzens zum Kinderkrankenhaus. Diesmal war es in der Tat ein Junge. Er hieß Bawer, war ein Jahr alt und schwerkrank. Sein Atem stand immer wieder still und er konnte nur mit Hilfe der Ärzte und Krankenschwestern genug Sauerstoff aufnehmen, um am Leben zu bleiben. Die Ärzte des kleinen Bawer, dessen Schicksal es war, vom Tag seiner Geburt an um sein Leben kämpfen zu müssen, wünschten, dass ich seinen Eltern alles über seinen Zustand und seine Krankheit erklärte. Ebenfalls wollten sie ihnen ihre Pläne für die Behandlung erläutern. Bawer hatte eine ältere Schwester und einen Bruder, und seine Mutter hatte schon zwei weitere Kinder wie ihn in der Heimat verloren, zumindest waren sie gestorben. Die Eltern waren seit einem Jahr in Deutschland. Bawer war nach ihrer Ankunft zur Welt gekommen. Die erste Frage der Eltern an den Arzt war:

Besteht überhaupt Hoffnung, dass Bawer lebt und wächst?

Nach einer langen Erklärung zu seiner Krankheit, die äußerst selten war und die von Tausenden von Kindern nur eines bekam, sagte der Arzt klar und deutlich, dass das Leben Bawers, wie unseres und das aller Menschen in Gottes Hand liege, und dass seine Chancen zum Überleben sehr klein seien. Er fuhr fort:

„Wir werden alles tun, was in unserer Macht steht, um Ihnen zu helfen und um ihn zu heilen."

Die Eltern hörten angespannt und mit zunehmender Ohnmacht und Trauer zu. Als der Doktor zu Ende war, sprach die Krankenschwester, die Bawer zu essen und trinken gab, über seine Fortschritte, dass nämlich Bawer sie nun kennengelernt habe und ihr Kontakt täglich besser werde. Während sie sprach, zog sie ein Bild von Bawer heraus und legte es vor sich hin:

„Ich habe ein wenig mit ihm geschäkert und diese Fotografie gemacht, als er lachte."

Als der Blick von Bawers Mutter auf das vergrößerte Bild von Bawer fiel, der lachte, nahm sie es der Krankenschwester sogleich aus der Hand und begann laut zu weinen. Sie wollte es unbedingt anschauen, doch konnte sie nicht vor lauter Tränen. Der Arzt fragte sie unvermittelt, weshalb sie so weine. Bawers Mutter sagte, während ihre Tränen strömten:

Ich möchte dieses Bild von Bawer haben.

„Weshalb?"

Weil es das erste Mal ist, dass ich meinen Bawer lachen sehe.

Ich musste mich anstrengen, um einigermaßen natürlich mit dem Übersetzen fortzufahren und nicht ebenfalls zu weinen. Ich fühlte, wie meine Augen feucht wurden, aber zwang mich dazu, dass mir die Tränen nicht herunter rannen. In jenem Augenblick wurde ich von fremdartigen und fragmentierten Gedanken überfallen. Ich nahm wahr, dass diese Brücke, die ein Übersetzer zwischen zwei Seiten schlagen möchte, zwischen zwei Menschen, die sich nicht verstehen, mit einem Schlag einstürzen und sich in Trümmer auflösen kann. Die Stimme des Arztes holte mich zurück:

„Gut, wir machen eine Kopie davon und hängen sie in seinem Zimmer auf. Die Fotografie geben wir Ihnen."

Die Mutter beruhigte sich etwas und hörte bis zum

Ende des Gesprächs den Ärzten ihres Sohnes und dem betroffenen Dolmetscher zu. Als ich an jenem Tag das Krankenhaus verließ und auf die Straße trat, war es, als ob ich unter einer großen Last hervorkröche. Mein Herz krampfte sich plötzlich zusammen und es überlief mich siedend heiß. Als ich sah, dass die Straßen leer waren und nur Automobile mit ihrer eisernen Seele vorbeifuhren, packte mich das Weinen, und aus meinem Innern stieg ein Heulen auf wie das eines verletzten Hundes. Ich weinte und weinte und weinte. Ich wusste nicht, ob ich wegen des kleinen Bawer weinte, der auf den Tod wartete, oder über mich, ein Kind, das in einem Land ohne Sauerstoff auf die Welt gekommen war, oder über die Grausamkeit, die manchen Kindern zuteil wird, noch bevor sie begreifen können, worin ihr Leben besteht, wer sie sind und weshalb das Rad des Schicksals sich für sie in die falsche Richtung dreht. Ich weiß nicht, weshalb sich mein Herz so leerweinte. An dem Tag wollte ich über einen jeden und über alles weinen, und ich tat es. Ein Teil dieser heißen Tränen sind zu den Worten geworden, die ich jetzt hier niederschreibe und die den unerträglichen Schmerz in mir verringern.

Die einundvierzigste Perle war die Perle des hungrigen Hassoun

„Ich sage es dir rundheraus, Bruder, er kam mir vor wie ein Mensch, der mit dem Gesicht in einem vollen Teller liegt und der trotzdem hungrig bleibt."

Ich lernte Hassoun kennen, der fast alle seine Haare verloren hatte, dessen restliche ergraut waren und dessen gewölbter Bauch ein wenig herunterhing. Er breitete mit gebrochenem Herzen und in großer Pein seine Sorgen vor mir aus. Ich übersetzte sie Satz für Satz in die Sprache der Psychologin, die durch aufmerksames Zuhören und die Magie ihrer strahlenden Augen den geschlagenen Hassoun zum Sprechen ermunterte. Tatsächlich sprach er, wie zu sich selbst, ernsthaft, nackt und ungeschönt zu seiner Psychologin:

Ich sagte, dass es hier überall Frauen gibt. Dass die Straßen voll sind von hübschen Frauen und Mädchen. Es ist als ob es in diesem Land keine Männer gäbe, und die, die es gibt, sind solche Schlappschwänze und Milchgesichter, dass sie es nicht schaffen, ihre Frauen zu befriedigen. Trotzdem sind die Frauen das größte Problem meines Lebens hier. Du weißt, dass ich aus

Palästina stamme. Du denkst wohl, es sei dort viel leichter, eine Frau zu finden als hier.

Wenn jemand mögliche Sprachprobleme als Grund für sein Leiden erwähnte, sagte er, dass die Sprache für die Verständigung in der Liebe nicht nötig sei.

Wenn Menschen wollen, können sie sich auch mit den Augen verständigen. Aber zwischen einer Frau und einem Mann braucht es eine zusätzliche magnetische Anziehung. Manche nennen das „Chemie". Wenn die Chemie nicht stimmt, können dieser Mann und diese Frau nicht zusammenkommen. Was mich betrifft, so habe ich viele Frauen gesehen, bei denen mir die Hitze bis über die Ohren stieg, wenn ich sie erblickte, und für die ich Feuer und Flamme war, doch so sehr ich mich auch anstrengte, gelang es mir nie, sie zu erobern. Ich weiß nicht, warum ich keine Chance bei den Frauen habe, wo ich doch für sie sterben würde und sie mir so gefallen. Aber ich gefalle ihnen eben nicht. Die Frauen wollen, dass du Geld in der Tasche hast, oder wenigstens die Gabe, Komplimente zu machen, und beides habe ich nicht. Jede Frau, auf die ich ein Auge geworfen habe, wird zum Schmetterling. Du weißt vielleicht nicht, dass ich mich vor Schmetterlingen fürchte. Sobald sie mich sehen, attackieren sie mich und fliegen mir ins Gesicht. Du musst wissen, dass meine Geschichte mit den Schmetterlingen weit zurückreicht. Mein Vater züchtete Schmetterlinge. Die Leute sagten, er sei ein guter Mensch, deshalb kümmere er sich so um diese Schmetterlinge. Aber dem war nicht so, er liebte Schmetterlinge wegen ihrer kurzen Lebensdauer. Er pflegte mir immer zu sagen, dass das Leben des Schmetterlings und das des Menschen sich glichen, weil beide nur so kurz seien. Deshalb liebte er es, sie zu züchten. „Menschen und Schmetterlinge erscheinen schnell und verschwinden schnell. Es ist schade für beide, da ihr kurzes Leben voll Grausamkeit und Ungerechtigkeit verläuft."

Die Psychologin hörte voller Interesse zu, was ihn dazu anstachelte, fortzufahren:

Mein Vater wiederholte mir diese Sätze immer wieder. Am Tag als er starb, war niemand bei ihm. Er war allein mit seinen Schmetterlingen. Er schloss die Augen bei ihnen und nahm Abschied von ihnen, nicht etwa von mir. Meine Mutter sagte immer, dass sich mein Vater deshalb ständig unter Schmetterlingen aufhielt, weil er ihre Sprache verstand. Nach seinem Tod flatterten sie eine Weile lang über seiner Grabplatte auf und nieder und ließen sich dann vom Wind forttragen. Bis zum Tod meines Vaters fürchtete ich sie nicht, aber als sie nach seinem Hinscheiden jeden Tag um meinen Kopf flatterten, bekam ich es mit der Angst zu tun. Meine Mutter sagte: „Jeder einzelne Schmetterling ist ein Hauch, die Seele eines Menschen und man darf ihn auf keinen Fall verletzen." Wenn meine Mutter deshalb einen Schmetterling im Hause fand, sagte sie: „Wir werden Gäste bekommen!" und je nachdem ob der Schmetterling groß oder klein war, erwartete sie einen großen oder kleinen Gast. In letzter Zeit hatte ich jedes Mal, wenn die Schmetterlinge mich berührten, das Gefühl, dass sie alle Seelen von Toten waren, die mich mit sich forttragen wollten. Wenn sie mich zwischen Ohr und Nase trafen, war es, als ob sie ihre Hände nach meiner Kehle ausstreckten, um mich zu erwürgen. Zahllose Male hatte ich Angst zu ersticken, weil mir der Atem stockte, und ich schrak aus dem Bett auf, weil ich von Toten geträumt hatte. Kehren wir zum Problem der Frauen zurück. Einmal hatte ich Glück und es klappte. Ich brachte die Frau nach Hause, doch bevor ich sie nur anfasste, drang die Polizei in meine Wohnung ein und verlangte Gebühren und solche Dinge von mir. Weil man in diesem Land für alles eine Steuer zahlen muss, vom Radiohören bis zum Fernsehen und zu an-

derem mehr, verstand ich, dass ich eine Steuer bezahlen musste, bevor ich mit dieser Frau schlafen durfte. Nun hatte ich aber kein Geld, worauf sie nicht erlaubten, dass ich mein hitziges Begehren an ihr kühlte. Weil es auf dieser Erde, auf der ich hier lebe, keine Sprache gibt, in der ich mich verständigen kann, suchte ich im blauen Himmel des Internets um Hilfe, und zwar bei Frauen, die in meiner eigenen Sprache mit mir Kontakt knüpfen konnten. Das Ergebnis meiner Suche war, dass ich eine tunesische Frau kennenlernte. Ich reiste vergangenes Jahr nach Tunesien, heiratete dort und kehrte nach Deutschland zurück, um die Papiere in Ordnung zu bringen und sie nachkommen zu lassen. Doch das Schicksal wollte, dass ich auf einige rassistische Beamte traf, deren Religion keine Ausländer einschließt. Sie stoppten das ganze Verfahren und verlangten, dass ich mir eine Arbeit suche. Ich verstand sofort, was sie erreichen wollten. In einem Wort: Die Schweine wollten nicht, dass ich meine Frau herbringe oder dass ein Ausländer ungestört in ihrem Land lebt. Kristina, wenn nur alle wie du wären: hübsch, gute Figur, fröhlich, klug, jemand der einem aufrichtig zuhört und außerdem noch hilft. Ach, hätte Gott mir doch eine Frau zugestanden, wie du eine bist!

An diesem Punkt wurde er ein wenig verwirrt und wusste nicht mehr, wie er die letzten Worte rückgängig machen sollte. Zu mir sagte er, ich hätte diesen letzten Satz über Kristina nicht übersetzen sollen. Doch Kristina gelang es mit psychologischem Geschick und dank reicher Erfahrung, den inneren Konflikt, in den er sich verheddert hatte, sanft zu beenden und seine Rede wieder auf das ursprüngliche Thema zu lenken. Von diesem Tag an fragte er mich jedes Mal, wenn er mich antraf, über Kristina aus:

„Ist sie verheiratet?"

„Ich weiß es nicht."

„Nein, ich glaube nicht. Sie scheint nicht verheiratet zu sein, sie trägt keinen Ring am Finger. Aber hat sie einen Freund?"

„Ich weiß es nicht."

„Wie kommt es, dass du nicht weißt, was für Männer sie gerne hat, wo du doch schon so lange Zeit mit ihr zusammenarbeitest?"

„Ich übersetze, ich spreche nicht über ihr Leben mit ihr."

Als er begriff, dass er von mir nur unklare Antworten auf seine Fragen erhielt, sagte er abschließend:

„Ha, ich bin ein Trottel. Auch wenn du es wüsstest, würdest du es mir etwa sagen? Ich an deiner Stelle würde so eine wie Kristina nie ziehen lassen."

Als wir nach jenem Gespräch die Treppen zum Sitzungszimmer hochstiegen, ging Kristina vor uns und wir hintendrein. Hassouns Augen röteten sich und sein Blick hing mit tiefer Sehnsucht auf Kristinas gerundeten Hinterbacken. Plötzlich hielt er mich auf der Treppe zurück und flüsterte:

„Du musst wissen, dass mich das Pech verfolgt. Es wird mir schwindlig. Wenn sich diese Frau mir nur einmal hingäbe, wäre mir der Tod nachher willkommen."

Ich wusste nicht, sollte ich lachen oder weinen. Ich flößte ihm streng ein, dass er Kristina keine Fragen über ihr Privatleben stellen dürfe. Obwohl er während der Sitzung mehrmals errötete, stellte er ihr aber trotzdem all die Fragen, die ihn innerlich bewegten. Kristina beantwortete alle, manchmal lächelnd und manchmal mit großem

Ernst. Die Frage, die Kristina am meisten erstaunte, war seine letzte:

Ich bin hungrig nach Frauen, hungrig. Wie kann ich mich von diesem rasenden Hunger befreien?

Die Erklärungen von Kristina stillten weder Hassouns Hunger, noch fanden seine Klagen zu diesem Thema je ein Ende oder versiegte seine Angst vor Schmetterlingen. Doch trotzdem wurde er zu einem Teil meines Lebens. Er erzählte mir von seiner Rolle in der palästinensischen Politik. Er war der Überzeugung, dass die Situation im Mittleren Osten eine andere wäre, wenn er seine Arbeit in der palästinensischen Administration fortgesetzt hätte. Er war untröstlich über sich selbst und beendete seine Geschichte mit den Worten:

Was ist aus mir geworden? Ich war hungrig nach Freiheit und bin jetzt hungrig nach einer Möse. Es gibt Menschen, die hungrig geboren wurden und hungrig sterben. Ich glaube, ich bin einer von denen. Schade, so schade!

Die zweiundvierzigste Perle war die Perle des Gewandwechsels

Hamo war vor kurzem siebenundvierzig Jahre alt geworden. Er hatte vier Kinder und war vor zehn Jahren nach Deutschland gekommen. In diesen zehn Jahren durchliefen alle seine Kinder Schulen und Universitäten. Sie waren erfolgreich, und seine Frau freute sich über ihren Erfolg. Doch Hamo selbst hatte weder Deutsch gelernt, noch konnte er sich an das Leben im neuen Land anpassen. Im Gegenteil, in den letzten Monaten sprach er jeden Tag von seinem Vater, dessen Knochen in der Erde des Dorfes Markeb bei Amude lagen, statt zu lernen, hier mit seiner Familie ein neues Leben zu führen. Er hatte weniger Appetit als früher und schlief schlecht. Sein ältester Sohn brachte ihn zu verschiedenen Ärzten. Der letzte Arzt überwies ihn an die Psychiatrische Klinik. Als ich mich ihm als seinen Übersetzer vorstellte, verhielt er sich, als ob wir schon seit zehn Jahren miteinander bekannt wären. Als erstes verlangte er, dass ich der Psychologin folgendes übersetzte:

Weder das Brot noch das Wasser dieses Landes können mich nähren. Ich wollte nicht hierherkommen. In dem Land, wo ich geboren bin, fühlte ich mich wie ein Fisch im Wasser. Ich wusste, dass ich sterben musste, wenn ich von dort wegging, und das ist, was jetzt mit mir geschieht.

Die Psychologin wollte ihm das Vergnügen nicht gewähren, seine Geschichte fortzusetzen. Doch die hitzigen Worte über sein Leben sprudelten aus Hamo heraus wie Wasser, das auf dem Feuer siedet. Man fragte ihn nach seiner Krankheit. Hamo sagte, und es schien, dass er eine schwere Last von den Schultern gleiten ließ:

Mein Vater.

Als er sah, dass weder die Psychologin noch ich ihn verstanden, flammte seine Rede wieder auf:

Wenn ein Mensch stirbt, sagen die Jesiden, er habe sein Gewand gewechselt. Wir Jesiden kennen keinen Tod, sondern nur das Wechseln des Gewandes. Der Mensch stirbt, der Körper stirbt, doch die Seele stirbt nicht, sie bleibt am Leben. In meiner Kindheit war ich unter allen Geschwistern derjenige, der die größte Distanz zum Vater hatte. Für ihn gab es außer uns, seinen Kindern und seiner Frau in der Welt nichts Wichtigeres. Wenn die Kinder aller anderen rund um ihn her gestorben wären, hätte ihn das nicht gekümmert. Aber wenn sich eines seiner Kinder am kleinen Finger verletzte, brach für ihn eine Welt zusammen. Als ich mich gegen ihn stellte, weil ich seine politische Meinung nicht teilte, war das furchtbar für ihn. Er riet mir, mich von der Politik fern zu halten, und betrachtete mich als eine Schande für die Familie.

Hamo hielt hier inne und wusste nicht weiter. Die Psychologin ermunterte ihn mit Fragen, seinen Bericht fortzusetzen:

„Wie denkst du heute über deinen Vater?"

Das ist ja das Problem. Ich bin heute nicht mehr ich selbst. Ich bin er.

„Und wie ist das geschehen?"

In den letzten Jahren habe ich zunehmend wahrgenommen, dass ich nicht mehr der Hamo von früher bin, sondern Hamos Vater. Je älter ich werde, desto stärker fühle ich, dass ich werde wie er. Es gibt keinen Unterschied mehr zwischen uns. Was immer er zu seinen Kindern sagte, sage ich jetzt den meinen. Was immer er zu meiner Mutter sagte, sage ich jetzt zu meiner Frau. Die Dinge, die ich an meinem Vater ablehnte und wegen derer ich mich gegen ihn stellte, und die viele Male dazu führten, dass wir miteinander stritten, die tue ich jetzt alle auch. Wie wenn ich mein eigener Vater wäre.

„Du siehst ihn vor dir, und verlangt er diese Dinge von dir?"

Nein, meistens will ich diese Dinge gar nicht tun, aber ich tue sie trotzdem. Wie wenn in mir eine verborgene Kraft existierte, die stärker ist als ich und erzwingt, dass ich zu einer Kopie meines Vaters werde.

„Seit wann bist du in diesem Zustand?"

Das begann bei mir an dem Tag, als mein Vater das Gewand wechselte. Deshalb habe ich das Gefühl, dass, wenn ich jetzt so spreche, der Geist meines Vaters aus mir spricht. Einerseits.

„Und andererseits?"

Andererseits kann ich nun meinen Vater verstehen. Aber es ist viel zu spät. Mein Gewissen plagt mich nicht. Obwohl mein Vater mich wegen mancher Dinge sehr beleidigt hat, tue ich diese Dinge jetzt selbst. Ich wünschte, mein Vater kehrte nur einen Tag ins Leben zurück, so dass ich ihn mit zwei Worten um Verzeihung bitten und zufriedenstellen könnte. Doch wie du siehst, haben wir unser Land verlassen, und ich kann sein Grab nicht besuchen.

Nach diesen Worten konnte Hamo seine Tränen nicht zurückhalten.

Ich wollte nicht hierher kommen. Die ganze Familie meiner Frau ist hierher gekommen, deshalb waren die Kinder einverstanden. Alle setzten mich gemeinsam so lange unter Druck, bis ich einwilligte. Ein Mann, der die Knochen seiner Vorfahren zurücklässt und der Heimaterde den Rücken kehrt, ein solcher Mann ist undankbar. Ich selbst bin einer von diesen Undankbaren, von denen ich spreche.

Hamo trocknete seine Tränen und setzte seine Rede fort:

Mein Vater erlaubte nicht, dass auch nur einer meiner Brüder ins Ausland ging. Er sagte immer: „Die Heimat fremder Leute wird nie zu deiner eigenen, mein Sohn. Du musst um den Wert eines Landes wissen. Leute haben ihre Heimat dort mit Schweiß und harter Arbeit aufgebaut. Sie haben sie für sich selbst aufgebaut, nicht dafür, dass wir oder andere kommen und sich darin niederlassen."

Ich staunte. Wie konnte dieser Mann, der außer seinem eigenen Land nichts gesehen hatte, so viel wissen? Ich hatte alle diese Dinge erst in den letzten Jahren gelernt und erst, nachdem ich andere Länder bereist hatte. Hamo kniff die Augen zusammen, runzelte die Stirn wie ein Neunzigjähriger und sagte voll großer Trauer:

Wenn ich meinen Kindern heute sage, was mein Vater zu mir zu sagen pflegte, lachen sie mich aus und sagen: „Wir haben ja eine Heimat, das ist dieser Ort hier. Wir sind hier aufgewachsen und haben gelernt, wie man hier lebt." Heute sind dreißig Jahre über den Worten meines Vaters vergangen. Ich weiß nicht, ob meine Kinder mich nach weiteren dreißig Jahren verstehen können oder nicht. Wahrscheinlich werde ich dann nicht mehr am Leben sein, so wie mein Vater jetzt nicht mehr lebt.

Während Hamo über sich selbst sprach, kam es mir vor, als ob ich es sei, der hier spreche. Abgesehen davon, dass der Dolmetscher das Instrument ist, das zur Verständigung zweier Menschen führt, die sich nicht verstehen, ist er auch ein Instrument, das ihnen Erleichterung bringt. Als ich Hamos Worte übersetzte, vergaß ich, dass ich der Übersetzer war, vielmehr war es, als ob ich selbst mein Herz geöffnet hätte. Deshalb war ich an jenem Tage noch verwirrter als Hamo selbst. Während Hamo das Gefühl hatte, er sei nicht mehr er selbst, sondern sein Vater, kam es mir vor, als ob nicht Hamo es gewesen sei, der hier sprach, sondern ich selbst. Mein Leben und dasjenige der Leute, für die ich übersetzte, drehten sich in einem geschlossenen Kreis, dem Rund eines Kettenglieds.

Jedes Kettenglied zog ein weiteres nach sich, und die Kette der Menschen, mit denen ich mich in meinem Leben beschäftigte, wurde immer länger.

Die dreiundvierzigste Perle war die Perle der Wiederkehr von Faisal

Im Krankenhaus sagte man mir, man habe einen Kurdisch sprechenden Patienten aus der geschlossenen Psychiatrie-Abteilung hierher verlegt, der nun seine psychotherapeutische Behandlung in der offenen Abteilung fortsetze. Er könne ein wenig Deutsch, doch sei ich für die Fortsetzung der medizinischen Behandlung, die lange dauern könne, als Übersetzer notwendig. Als ich ins Übersetzungszimmer eintrat, wo drei Stühle um einen runden Tisch platziert waren, hatte ich einzig die Erwartung, dass ich nun mit dem neuen Patienten bekanntgemacht würde. Bei der Begrüßung blieb uns beiden der Mund offenstehen. Ich brauchte einige Sekunden, bis ich meinen Augen soweit traute, um zu begreifen: Dieser weißhaarige, verzweifelte und bleiche Mann vor mir war wirklich Faisal. Ich hatte das Gefühl, dass nicht sieben, sondern siebzig Jahre seit unserem letzten Zusammentreffen verstrichen waren. Als die Psychologin merkte, dass wir uns kannten, fragte sie Faisal:

„Es scheint, dass ihr euch bereits gut kennt. Wenn du nicht wünschst, dass ein Bekannter für dich übersetzt, können wir dir einen anderen Übersetzer kommen lassen."

Faisal antwortete verblüfft:
Im Gegenteil, für mich ist es viel besser, wenn dieser Übersetzer hierbleibt.

Als Faisal zu sprechen begann, schien ihn meine Anwesenheit zu beflügeln, alles zu erzählen. Jedes Mal, wenn er eine Frage beantwortete, hatte ich das Gefühl, er spräche vor allem zu mir und erst in zweiter Linie zur Psychologin, die die Frage gestellt hatte, denn er wandte sich eher mir zu. Er wirkte wie ein Gefangener, der nach schwerer Folter beginnt, sein Geständnis abzulegen. Aber davor begann er noch über die Psychologin zu sprechen und machte einen Witz darüber, wie er hierher gelangt war:

„Also, sowenig ich verstehe, was mit mir los ist, sowenig verstehe ich diese jungen Damen und Herren, die mich hierher geschickt haben. Das ist das dritte Mal, dass sie mich zu einer solchen Frau schicken, wie die da, die uns gegenübersitzt. Die glauben, dass sich das Problem dadurch lösen lässt, dass sie mit einem Menschen einige Sitzungen abhalten und ihm zehn Fragen stellen. Erkläre dieser Dame Psychologin, Azado, dass ich und solche wie ich zehn Psychologinnen in den Wahnsinn treiben können, ohne selber je gesund zu werden. Ich kann das beweisen: Wenn sie mit den beiden Psychologinnen Kontakt aufnimmt, deren Namen ich ihr gegeben habe, wird sie hören, dass ich beide erledigt habe, ohne selber geheilt zu werden."

Die Psychologin nahm seine Aussagen mit einem kleinen Lächeln entgegen und sagte ihm, dass sich daraus zumindest zwei positive Dinge entnehmen ließen. Das eine sei, dass er ein spontaner Mensch sei und das sei etwas Gutes, und das andere sei, dass er selber wisse, dass er krank sei. Dies sei der erste Schritt zur Heilung von seiner Krankheit. Damit nutzte die Psychologin seine Sätze als den Schlüssel, der ihr die Türe zu einem Gespräch über alle Aspekte seines Lebens öffnete. Sie sagte:

„Beginnen wir am Ende. Du hast jemanden mit einem Messer verletzt. Deshalb wurdest du verhaftet und nachher in die geschlossene Abteilung der Psychiatrischen Klinik überwiesen. Weshalb hast du den Mann angegriffen?"

In Wirklichkeit behaupten er und die Polizei, ich hätte ihn angegriffen. Ich habe in meinem Leben noch niemanden angegriffen, ich habe mich nur gewehrt.

„Das stimmt, das waren deren Aussagen. Was ist denn in Wirklichkeit geschehen?"

Die Wahrheit ist, dass es ein früheres Mal gab, als dieser Mann ein Messer zog und auf mich eindrang. Ich rannte auf der Straße vor ihm weg, da ich mich nicht wehren konnte. Als ich ihm das zweite Mal begegnete, hatte ich mein Messer bei mir und rächte mich. Die Rassisten sind so, sie sind Feiglinge, doch wenn sie auf einen ängstlichen Kerl treffen, werden sie zu Löwen und Tigern.

„Hatte er beim zweiten Mal auch ein Messer bei sich?"

Natürlich, und was für eines! Er trug wieder dasselbe lange Messer bei sich, das war zweimal so lang wie meines.

„Aber es fällt auf, dass du ihn verletzt hast, während er dir nichts antat."

Ich hatte mich gut vorbereitet, so dass er mich nicht erwischen konnte.

„Kanntest du diese Person?"

Nein, ich vergesse menschliche Gesichter, Namen und Zahlen sehr schnell. Aber er erscheint mir jede Nacht im Traum und jedes Mal mit einem anderen Gesicht.

„Erscheint er dir nur nachts oder auch am Tag?"

Selten einmal kommt er auch am Tag. Manchmal greift er mich an, wenn ich allein bin, aber bisher habe ich dafür gesorgt, dass er mich nicht umbringen konnte.

„Weshalb will er dich töten?"

Weil er ein Nazi ist. Die Nazis dulden niemanden neben sich in diesem Land.

Das Gespräch, das in dieser Art und Weise begann, setzte sich über Monate fort. Während dieser Zeit lernte ich mehr oder weniger alle Schwierigkeiten in Faisals Leben kennen, angefangen bei seiner Geburt in eine arme und verzweifelte Familie hinein bis hin zu den langen Jahren im Flüchtlingslager, wo er als Lagerältester bekannt und berühmt war. Das Leben im Lager und die Verweigerung aller Freiheiten hatten Faisal zerstört und in einen empfindlichen, traurigen, weißhaarigen Mann verwandelt. Gleichzeitig hatte er weder aufgehört zu rauchen, noch seine Spontaneität, seine Scherze und selbsterfundenen Flüche aufgegeben. Den eigenen Zusammenbruch schilderte er so:

Immer, wenn ein guter Bissen deinen Mund erreicht, musst du feststellen, dass irgendetwas passiert ist. Weder ist der Bissen da noch der Mund.

So erzählte er auch von Bettina, die seine Pläne zerstört hatte:

Wir heirateten, und bevor die drei Jahre um waren, nach denen ich einen Pass und die Aufenthaltsbewilligung bekommen hätte, trennte sie sich plötzlich von mir.

In allen Sitzungen mit der Psychologin wandte sich Faisal immer mir zu und bezeichnete mich als seinen „Cousin". Zwischenhinein stellte die Psychologin ihre Fragen, aber ich war es, dem er sein Herz öffnete.

Die vierundvierzigste Perle war die Perle der Seele mit den abgeschnittenen Flügeln

,, Lieber Cousin, Ich erzähle dir alles offen und ungeschminkt. Inmitten dieser ganzen Einsamkeit und diesem Elend habe ich langsam angefangen zu ersticken, zu ertrinken und zu verrecken. Ich weiß nicht, was in letzter Zeit mit mir geschieht. Ich höre viele Stimmen, die Stimme meiner Tante Suhela, die schon mehr als zehn Jahre tot ist. Die Stimme meines toten Vaters begleitet mich ständig. Das Tantchen ruft meinen Namen und verlangt jedes Mal irgendetwas. Letzthin rief sie nach mir und fragte, weshalb ich sie nie gegrüßt hätte. Ja, sie ist tot, aber sie sieht, was wir hier tun. Ebenso will auch mein Vater von mir, dass ich ihn besuchen komme. Ich treffe ihn im Traum immer in einer gefährlichen Situation an, und er ruft mir zu, ich solle ihn daraus befreien. Wenn ich nicht gleich reagiere, dann greift er mich an, tobt und deckt mich mit Flüchen ein. Der Satz, mit dem er mich meistens trifft, ist: „Ich wusste nicht, dass du so undankbar bist!" Er will nicht glauben, dass mir nichts gelingt und dass ich bis jetzt noch keinen Pass habe, wie der Mensch eben einen hat, um damit an andere Orte zu reisen. Neben meinem Tantchen und meinem Vater und meiner Mutter besuchen mich auch noch einige andere. Sie kommen und sprechen mit mir, obwohl ich in jenem Augenblick weiß, dass sie tot sind. Doch wenn sie auftauchen, ist es, als ob sie am Leben wären. Einige verteidigen mich, und jedes Mal, wenn der Kerl mit dem langen Bart und dem scharfen Messer mich angreift, stellen sie sich vor mich und schützen mich davor, verwundet oder getötet zu werden. Andere, darunter dieser Angreifer, haben nur ein Ziel, nämlich mich umzubringen. Sie sind Tag und Nacht hinter mir her und warten darauf, mich an einem kalten Tag in einer öden Sackgasse zu überwältigen und abzumurksen. Ich weiß nicht, was ich ihnen angetan habe. In meinem ganzen Leben habe ich anderen Menschen nur Gutes gewünscht und niemandem einen Schaden zugefügt. Wenn es für mich eng wird, beginne ich mich selbst zu verletzen. Ich beiße mich selbst und traktiere mich mit Lederriemen und Messern. Wie oft habe ich versucht, mich umzubringen, da ich die Toten nie zufriedenstellen kann, doch klappte es nicht, ich schaffte es nicht. Es gibt nichts mehr, das mich noch an diese Welt bindet. In letzter Zeit, besonders, seit sich in Syrien dieser blutige Aufstand gegen den Präsidenten ereignete und die Zerstörung und das Morden zugenommen haben, hat sich mein Zustand verschlechtert. Jedes Mal, wenn dort ein Gebäude über Menschen zusammenbricht, kommt es mir vor, als sei es über mir zusammengebrochen. Ich habe einige Male versucht, nicht mehr fernzusehen und keine Videos im Internet zu schauen, aber ich schaffte es nicht. Cousin, ich werde in diesem Lager verrückt. Meine ehemalige Frau und die beiden Kinder sind an einen unbekannten Ort umgezogen und die Polizei will nicht, dass ich ihre Adresse erfahre, weil sie befürchten, dass ich ihnen etwas antue. Cousin, wie soll ich mir da nicht im Schmerz die Kleider zerreißen? Es sind deine eigenen Kinder, und du darfst nicht wissen, wo sie wohnen. Das ist doch kein Leben, Cousin. Ich bin in diesem wahnsinnigen Lager alt geworden. Vor lauter Warten auf ein Papier in diesem Land, das mir erlauben würde, ungestört zu kommen und zu gehen, Cousin, sind meine Haare weiß geworden. Darüber hinaus lassen mich diese erbärmlichen Nazis auf der Straße nicht in Ruhe. Aber es ist nicht ihre Schuld. Sag mir ehrlich, wozu sind wir überhaupt in dieses Land gekommen? Sie sagen ja, „Wer dem eigenen Land nichts genützt hat, wird auch diesem Land hier nichts nützen." Es ist alles eine Frage des Respekts. Diese erbärmlichen Typen haben gemerkt, dass wir eine große Respektlosigkeit begingen, indem wir unser eigenes Land verließen. Weil sie einem vor Augen führen, wie schlecht man ist, entwickelt man ihnen gegenüber so viel Wut und Zorn. Kann etwa ein Ausländer bei uns zu Hause ungestört leben? Wir fressen uns ja gegenseitig auf und bringen uns gegenseitig um. Was dann, wenn da noch eine Million Ausländer wären? Gott weiß, was dann geschähe. Für eine Krankheit wie die meine gibt es keine Medizin, Cousin. Sage dieser Dame, dass Gott nicht jedem Menschen ein gutes Leben zuteilwerden lässt, und einer von den Benachteiligten bin ich. In der Heimat hatte ich keine Möglichkeit zu überleben, und hier scheine ich auch keine Chance zu haben. Das war's dann! Die hier wissen das ganz genau. Deshalb verwenden sie Ausländer wie mich und dich, die in ihr Land einreisen, als Versuchskaninchen. Sie haben das Land mit Krankenhäusern voller Psychiatriepatienten gefüllt, was ihnen Arbeit verschafft, und sie beziehen daraus ihren Lohn. Und wer sind die Patienten? Mehrheitlich Ausländer. Zuerst machen sie uns krank, und dann scheffeln sie mit unserer Heilung Geld. Es stimmt, es gibt auch Kranke ihrer eigenen Nation, aber es sind nur wenige. Sage der Dame, dass weder sie noch irgendjemand sonst von mir verlangen soll, dass ich das Rauchen aufgebe. Wenn es noch einen Faden gibt, an dem mein Leben hängt, dann ist es die Zigarette. Sie denkt natürlich, dass die Zigarette unser Leben verkürzt. Was mich betrifft, muss ich sagen, dass ich schon lange gestorben wäre, wenn es keine Zigaretten gäbe. Sogar Lust auf Frauen habe ich keine mehr. Früher sehnte ich mich danach, am Tag mit zehn Frauen zu schlafen und fand keine einzige. Mit Ach und Krach gelang es mir, eine hässliche Frau für eine Heirat zu ergattern, und ich nahm sie. Wenn heute die schönsten Frauen der Welt kämen, um mich nackt auszuziehen, ich würde meinen Pimmel nicht mehr hochkriegen. Er steht nicht mehr, obwohl rundherum alles voller Frauen ist. Aber es gibt noch etwas Schlimmeres außer diesem Unglück, lieber Cousin. Jetzt gibt es viele hübsche Mädchen mit guter Figur, die leicht zu bekommen sind, aber die Gefühle für sie und die Lust sind mir vergangen. Dieser Gott sorgt für so gewaltige Ungerechtigkeiten, dass es einen in den Wahnsinn treibt. Er ist unglaublich grausam in der Verteilung von Freuden und Schmerzen. Es gibt solche, denen Gott Schönheit, Reichtum und ein bequemes Leben zuteilte, und es gibt andere, denen Gott nur Schmerzen gab. Ich bin einer von denen, die Gott zu einem Ausbund von Schmerzen gemacht hat, Cousin. Nicht nur Hände und Füße, nein auch der Bart, das Herz, die Leber und die

Gedärme schmerzen mich im Innersten, Cousin. Wenn jetzt meine Stimme das Ohr meines verstorbenen Vaters erreichen könnte, würde er lachen und sagen: „Schau her, er, der keinen Tag an Gott glaubte, gibt jetzt Gott die ganze Schuld." Ich bin ein trauriger und unglücklicher Mann, lieber Cousin. Weißt du, auch wenn das so weitergeht, werde ich mit dem Erzählen nie fertig. Meine Sorgen sind derart groß, Cousin, dass tausend Worte nicht genügen, um meine Lage zu beschreiben. Deshalb mache ich es für dich und die Dame kurz: Wenn die denken, dass mir etwas Ähnliches zustieß wie einem Vogel, der den Flügel gebrochen hat, dass sie nämlich meinen Flügel einfach flicken und dass ich nachher wieder fliegen kann und basta, dann täuschen sie sich. Das Problem liegt anders, Cousin. Sag ihr, dass es wahr ist, dass ich ein Vogel bin, aber meine Flügel wurden abgehackt. Ich habe meine Flügel dort gelassen und verloren und bin hierhergekommen, deshalb soll sie sich nicht weiter um mich bemühen. Ein Vogel kann nicht mit Flügeln aus Papier und Klebstreifen fliegen, und wenn die Flügel einmal abgeschnitten sind, wachsen sie nicht mehr nach. Die Heimat eines Menschen sind seine beiden Flügel, Cousin. Das ist kein Slogan, den man auf dem Protestmarsch schreit, und auch kein Gedicht. Das ist die Wahrheit, in der ich lebe. Hast du verstanden?"

Die fünfundvierzigste Perle war die Perle des Hausbesitzers

Zwischen den Nachrichten und blutigen Bildern, die das Fernsehen und die Internetseiten Syriens nach und nach veröffentlichten, sehnte sich mein Herz, ein zerlumpter, träge gewordener Vagabund, nach dem Mischen von Farben und dem Zeichnen. Die Orte, an denen ich mein halbes Leben verbracht hatte, das Kaffeehaus, die Gassen, die Universität, Läden und Miethäuser, um die herum noch die Spuren meiner Schritte geisterten, waren alle zerstört. Die Bilder von toten und halbtoten Kindern, die unter dem Staub und Beton von Gebäuden lagen, welche über ihren Familien eingestürzt waren, ließen mich manchmal glauben, dass ich das Gesicht meiner Tochter Dana nie mehr sehen würde. Die Wellen von Hunderttausenden von Leuten, die auf die Grenzen zurollten, nahmen mir die Hoffnung für die Welt und die Zukunft meines Landes. Sie kamen Zug um Zug nach Europa, manche von ihnen gelangten in die Stadt, in der ich lebte. Der Tod hatte seine Zelte an allen meinen alten Orten aufgeschlagen, Menschen aller Altersstufen setzten sich zur Wehr – und er verschlang sie.

Ich wollte in nächster Zeit umziehen und mir ein

Haus suchen, das sowohl als Wohnung wie auch als Atelier dienen konnte. Ich fand in Kürze am Stadtrand eine Wohnung mit einem Hof und Bäumen darum im Grünen. Der Hausbesitzer war ein rüstiger alter Mann, der mit einer gebrechlichen, zittrigen alten Frau zusammenlebte. Ihr Haus stand versteckt hinter Bäumen in einem winzigen Dorf. Bis dahin hatte ich nicht gewusst, dass in der Umgebung überhaupt ein solches Dorf existierte. Anders als ich erwartet hatte, freute sich der Alte, als ich ihm erklärte, dass ich die Wohnung als Atelier zu benutzen gedachte und sagte:

„Es ist gut, dass wir unsere Wohnung einem Künstler geben. Wir haben nur eine Forderung an dich: So wie wir dir das Haus übergeben, so musst du es uns hinterlassen, wenn du auszieht."

Wir machten einen Vertrag. Die Art und Weise, wie ich die Miete bezahlen sollte, verblüffte mich. Der Mann und die Frau benutzten kein Bankkonto wie andere Hausbesitzer es zu tun pflegen. Sie verlangten, dass ich ihnen die Miete jeden Monat bar in die Hand gab, und ich war einverstanden. Die Wohnung bestand aus zwei großen Zimmern, einem Bad und einer Küche. Die Türe des größeren Zimmers führte hinaus in den Hof. Die großen Räume, die herrschende Stille und Versponnenheit und die Bäume lösten große Angst in mir aus, besonders als die schwarze Nacht hereinbrach. Ich hätte nie geglaubt, dass ich mich eines Tages allein in einem Haus so fürchten würde. Und wiederum kamen mir meine Einsamkeit, die Flucht, mein Verwaistsein, meine Bitternis und Armut in den Sinn. Die Mutter, die ich nie gesehen hatte, fiel mir ein, und die Kälte packte mich, sodass ich bis ins Innerste zitterte und nicht verhindern konnte, dass ein Schrei in mir aufstieg. Mit großer Wut stürzte ich mich in den Krieg der Farben. Ich mischte sie voller Verzweiflung, setzte sie in heftigem Zorn auf die Fläche der weißen Leinwand, und es wurden Bilder daraus.

Am Anfang des Monats ging ich zum Haus des alten Hausbesitzers. Auf dem Weg schossen mir wilde Vorstellungen durch den Kopf. Bilder vom Töten, Verwunden, Entführen, Enthaupten zwischen Bäumen und an menschenleeren Orten, wie ich sie in Horrorfilmen gesehen hatte, zogen mir durch den Kopf. Jede Stimme, jedes Geräusch, jede Bewegung oder Regung, die ich vernahm, ließ meine Hand zum Messer greifen, das ich immer bei mir hatte. Als ich schließlich vor der Türe stand und anklopfte, erwartete ich, dass etwas Unheimliches geschehen würde. Etwa dass mich ein Mann mit einer scharfen Waffe von vorn oder hinten angriff. Oder aber, dass der alte Mann oder die alte Frau oder beide zusammen den Kopf zur Türe herausstreckten und mich auslachten, bevor sie mich verschlangen und fraßen. Doch niemand griff mich an, nur brauchte der Alte Zeit, bis er die Türe öffnete. Ich lachte dann oft über mich und die Fantasien in meinem Kopf. Bei meinen Besuchen bei den beiden Alten sprachen sie immer ausführlich darüber, wie das Leben in ihrer Jugend gewesen war, nie über die Gegenwart. Deshalb antwortete mir der Alte nur kurz, als ich fragte, warum sie keine Kinder hätten:

„Wir hatten zu viel Arbeit, wir hatten keine Zeit dafür."

Darauf erzählte er, wie viel er und seine Frau gearbeitet hatten, so viel, dass sie keine Zeit fanden, sich auch nur am Kopf zu kratzen. Sie hatten sich vorgestellt, einmal ein Kind zu haben, wenn sie bereit dazu waren, doch plötzlich gemerkt, dass sie zu alt waren und es zu spät dafür war. Das Interessanteste an diesen Zusammenkünften waren die Geschichten der alten Frau. Wenn sie sprach, trat aus dem runzeligen Gesicht auf dem runzeligen Hals ein glattes und helles Antlitz hervor. Ihre Geschichten flossen ihr locker und angetrieben von ihrer großen Begeisterung über die Lippen:

„An jenem Tag spazierte ich im Traum in der Straße. Jemand verfolgte mich."

Ihr Gesicht wurde während des Sprechens so schön, als ob sie gerade jetzt in diesem Traum lebte:

„Jemand hatte ein schwarzes Tuch um den Kopf gebunden, so dass sein Kopf und Gesicht bedeckt waren. Unter seinem rechten Auge war eine weiße Linie zu sehen, wie von einer alten Narbe. Abgesehen davon konnte man nichts erkennen. Aber ich muss etwas zufügen, mein Mann möge mir verzeihen, ich habe in meinem ganzen Leben bei einem Manne noch nie solch große, tiefe und magisch anziehende Augen gesehen."

Die alte Frau erzählte angeregt, wie sie versucht hatte, das schwarze Kopftuch wegzuziehen:

„Einmal lief er hinter mir und ich tat, als ob ich erschöpft sei, damit er mir genug nahekam. Dann stürzte ich mich plötzlich auf ihn und riss an seinem Kopftuch. So sehr ich auch zerrte, das Tuch kam nicht los von seinem Gesicht, und der Mann entkam mir und verschwand, ich weiß nicht wie. Ich dachte: „Entweder ist er ein reines Fantasiegespinst oder er ist ein Mensch, der schon lange mit seinem Leben und allen Dingen abgeschlossen hat und sich davon zurückziehen konnte."

Wenn die Alte von ihrer Anstrengung erzählte, wurde sie immer heftiger und es kam vor, dass ihre Hand mir ins Gesicht schlug. In diesen Augenblicken fürchtete ich mich vor ihr und stellte mir vor, dass sie entweder zwischen den Bäumen rund ums Haus oder im Haus selbst wütend mit einem Messer oder einer anderen Waffe auf mich losginge. Die Geschichte war noch nicht zu Ende, die Alte erzählte gerade den Höhepunkt:

„Eines Tages kehrte ich in Ägypten von einem Besuch der Pyramiden zurück, als ich sah, dass jener Mann vor mir auftauchte. Ich stand ihm von Angesicht zu Angesicht gegenüber. Ich sprach zu ihm in meiner Sprache und er antwortete in der seinen, weder verstand ich ihn, noch er mich. Als er merkte, dass ich ihn hartnäckig verfolgte, rief er die Polizei, und sie retteten ihn aus meinen Händen."

Ich begann innerlich immer mehr zu zittern, und Bilder, in welchen sie und ihr Mann mit zwei langen scharfen Messern auf mich eindrangen, um mir den Kopf abzuschneiden, gingen mir nicht mehr aus dem Kopf. Deshalb kam ich wiederum bewaffnet, als ich sie im nächsten Monat aufsuchte, um die Miete zu zahlen. Ich hatte wie immer mein Messer dabei, um mich gegen mögliche Angriffe zu schützen, insbesondere gegen einen Angriff unter diesen stillen und hohen Bäumen.

Die sechsundvierzigste Perle war die Perle der verwundeten Vögel

Zu Hause entschied ich, dass ich keine Videos und Bilder vom Krieg, von Morden, Enthauptungen, Bombardierungen und Zerstörung mehr anschauen dürfe. Das war die einzige Methode, um meine wachsenden Ängste und schwarzen Gedanken zu bremsen. Zu Beginn fiel es mir schwer. Ich musste unbedingt wissen, was jeden Tag, manchmal, was stündlich in der Heimat geschah, die ich hinter mir gelassen hatte. Es gelang mir nicht, meinen Entschluss völlig einzuhalten, aber ich reduzierte den Anblick blutiger Bilder, die aus Syrien kamen und auf Internetseiten aufgeladen wurden, in beträchtlichem Umfang. Ich konnte mich deshalb gelassener meinen Farben und Zeichnungen zuwenden. Das Auffälligste an den letzten Bildern, die ich gemalt hatte, war das Motiv der Vögel. Auf jedem Bild war ein Vogel zu sehen. Diesem waren die Flügel oder die Beine gebrochen, oder es floss ihm Blut aus dem Schnabel, oder er hatte nur noch einen Flügel. Wenn auf einem Bild auch der Vogelkörper als Ganzes fehlte, stachen doch Teile von Flügeln oder einzelne Federn aus dem Farbengemisch hervor. Wenn ich meine Farben auf die glatte, weiße Leinwand setzte, so enthielt die zu malende Person, ein Mann, oder manchmal auch das ganze Bild, jedes Mal auch einen Teil von mir. Ich sah mich selbst in diesen Personen und im Unglück dieser Personen. Ebenso waren die gebrochenen Glieder all der Vögel in Wahrheit mein eigenes Unglück. Weiter merkte ich, dass die schwarze Farbe unter meinen Händen alle anderen Farben verdrängte und ihren Schatten über die Farben auf allen Bildern warf. Auf einigen waren die Vögel selbst schwarz. Manche Vögel auf den Bildern flatterten mit gebrochenen Flügeln, andere hatten einen oder gar keinen Flügel mehr. Ich suchte überall, aber ich fand keinen Vogel, der unversehrt gewesen wäre. Nur einen gab es, auch er war schwarz. Er saß in der Mitte des Bildvierecks und schaute mich an, wie wenn er auf etwas wartete. Plötzlich entfaltete er seine schwarzen Schwingen, flog aus dem Rahmen heraus und begann, im leeren Raum zu kreisen. Einige Sekunden schwebte er so in der Luft, dann schlug er mit den Flügeln und flog in eine Ecke, wo er sich niederließ. Ich folgte ihm mit dem Blick und schaute dann auf die leere Stelle im Bild, die er zurückgelassen hatte. Ich begriff, dass dies der Geist meiner Mutter war, die mir einmal mehr zu Hilfe kam. Beinahe hatte ich meine Mutter, ihren Geist, den schwarzen Vogel und alles andere vergessen, doch sie vergaß mich nicht. Die Stimme der Mutter war in jenem Augenblick voller Wärme und Herzlichkeit, während ich mir wie ein gefühlloser und undankbarer Sohn vorkam. Anstatt mich nach ihr zu sehnen, nach ihrem Befinden zu fragen und nach ihr zu suchen, hatte ich sie vergessen. War dies wohl eine Art Rache? fragte ich mich, fand aber keine Antwort. Vielleicht rächte ich mich durch Undankbarkeit an ihr, weil sie mich in diese große und leere Welt geworfen hatte, nur um mich wieder zu verlassen. Vielleicht existierte dies alles aber nur in meiner Fantasie und hatte nichts mit der Wirklichkeit zu tun. Doch nein, hier war der Vogel, und hier war die zärtliche Stimme meiner Mutter, die durch das leere Zimmer an mein Ohr drang.

„Pass auf dich auf, mein Sohn!"

Ich wusste, dass sich etwas verändert hatte, aber nicht, was es war. Als ich mich an ihren schweren Flügelschlag erinnerte, verstand ich, dass der schwarze Vogel einen Flügel gebrochen hatte und die klare Stimme meiner Mutter leichtverschleiert und bedrückt klang. Gleichzeitig erinnerte mich ihre Stimme an die meiner Tochter Dana, und Sehnsucht erfasste mich. Meine neue Familie wurde zu einer Anzahl Vögel auf den noch schlummernden Leinwänden. Ich selbst hatte das Gefühl, dass ich zu einem Vogel wurde, der sich ohnmächtig in einem Schwarm von Vögeln mit gebrochenen Flügeln verlor. Ich hatte die grünen Zweige der Bäume und die Bläue des weiten und leeren Himmels vor Augen, und meine Kehle wurde eng vor Sehnsucht. Tränen rannen mir aus den Augen, und ich verstummte. Die Stimme meiner Mutter sprach an jenem Tag nur wenig zu mir. Vielleicht wusste sie, dass ich es nicht mehr aushalten und mich in ihre Arme werfen würde, wenn sie zu lange blieb. Vielleicht verließ sie mich schnell, um zu verhindern, dass der Vulkan aus Gefühlen in mir explodierte.

Was immer an diesem Abend geschah, zu Beginn des Tages würden neue Gesichter, neue Übersetzungen und neue Kümmernisse auf mich warten. Ich schlief spät ein und hatte in dieser Nacht keinen Traum. Am Morgen machte ich mich zu Kristina auf, der Psychologin, wo einmal mehr der fünfundfünfzigjährige Hamsa darauf wartete, dass ich ihr seine Sorgen übersetzte.

Die siebenundvierzigste Perle war die Perle des „Weder hier noch dort"

Ich weiß nicht, warum ich mich in den Personen spiegelte, für die ich übersetzte. Die meisten erzählten von meinen Problemen, nicht von den ihren. Deshalb wurde jede von ihnen zu einem Teil meines Lebens. Dies galt vor allem für die, für welche ich über Monate übersetzte. Mit der Erzählung eines jeden einzelnen kehrte ich in die Region zurück, aus der ich gekommen war, und die sie das Mutterland nannten. Die Erklärungen der jeweiligen Psychologin dagegen brachten mich wieder hierher zurück, in das Land, von dem ich dachte, es habe mir die frühere Heimat ersetzt. Ich blieb zwischen den beiden hängen. Ich war mit mir selbst beschäftigt. Ich stand mit einem Bein in der alten Heimat und mit dem andern in der neuen. Doch mit der Ankunft von Hunderten neuer Flüchtlinge kam mein Bein im Land hier ins Rutschen, da mich ihre Geschichten zu sehr in die Vergangenheit zurückholten. Allmählich tauchten auch alte Freunde und Bekannte bei mir auf. Jene schlummernden Gefühle früherer Jahre erwachten wieder, und der Grund war die große Zahl der Flüchtlinge aus meinem Geburtsort und dessen Umgebung.

Einer von ihnen fragte mich:
„Bist du nicht der Sohn von Rehmano?"
„Doch."
„Dein Bruder Hemido ist mein Freund. Hast du Kontakt zu ihm?"
„Nein, ich habe seit vielen Jahren keine Nachricht von ihm."
„Wenn du seine Telefonnummer willst, kann ich sie dir geben."

Ich notierte mir in großer Erregung die Telefonnummer meines Bruders. Die Tränen liefen mir hinunter. Er begriff, weshalb ich plötzlich von Gefühlen überwältigt war.

„Wenn ich mich nicht täusche, ist dir der Tod deines Vaters in den Sinn gekommen."

„Ja das stimmt. Gottes Gnade auch über eure Toten."

Ich entschied, am folgenden Tag anzurufen, hatte aber keine Geduld. Der Zugang zu dieser Telefonnummer ließ die schlummernden Vulkane meiner Erinnerung ausbrechen. Es war, als ob die Nummer auf einmal die Leere all der Jahre, in denen ich von der Heimat entfernt lebte, füllen konnte. Deshalb telefonierte ich noch am selben Tag. Die Stimme meines Bruders Hemido drang wie vom Nordpol, oder wie aus einem tiefen Brunnen an mein Ohr. Sie war laut, grob und selbstsicher. Ich wollte das Gespräch auf die Vergangenheit lenken, aber er war viel stärker mit der Gegenwart und der neuen Situation beschäftigt, in der er sich befand. Er beklagte sich ein bisschen, dass ich mich erst so spät nach ihm erkundigte. Doch fragte er auch mit großer Herzlichkeit nach meinem Zustand. Ich fand ihn stark und mutig, mich selbst schwach und ohnmächtig.

Seine Mutter – meine Stiefmutter – war vor zwei Jahren gestorben. Als ich ihn nach seiner Schwester Dschane fragte, brachen seine Gefühle durch. Dschane war seit langem verheiratet, hatte aber keine Kinder bekommen. Dschanes Mann wurde Kommandant bei den kurdischen Streitkräften, die in allen kurdischen Gebieten gegründet worden waren. Auch Dschane griff zu den Waffen und wurde Mitglied einer Fraueneinheit. Hemido sagte traurig, dass auch er mit ihnen am Kampf hatte teilnehmen wollen, dass er aber keine Erlaubnis dafür bekam, weil er vier Kinder hatte, die alle noch klein waren. Im Laufe des Gesprächs kam ich immer mehr ins Staunen. Was für Veränderungen hatten die Bürger dieses Landes, die Mitglieder meiner Familie und überhaupt ein jeder dort durchgemacht! Ich stellte fest, dass ich selbst immer noch von den Bedingungen und der Atmosphäre ausging, die vor 20 Jahren geherrscht hatten. Die Leute damals waren unglücklich, hoffnungslos und verängstigt gewesen. Ein einziges Mitglied des Geheimdienstes konnte eine ganze Stadt in Panik versetzen und fortgesetzt in Unruhe halten. Nun hatten Bürger im ganzen Land zu den Waffen gegriffen und keiner mehr beugte den Nacken vor dem andern. Die einen sagten, dass ein Bürgerkrieg ausgebrochen sei, die anderen betrachteten ihn als einen Krieg des Volkes gegen die Regierung. Aber in Wirklichkeit gab es immer mehr politische Fronten. Religiöse Kämpfer aus allen Himmelsgegenden waren angereist, was dazu führte, dass sich der Krieg ausdehnte. Ich wollte Hemido nach Berivan fragen, nach ihrem Vater Rezo, dem Wanderhändler, nach den grünen, gefleckten Schlangen und nach dem Blut meiner Liebe, das dort in verlassenen Winkeln alt und kalt geworden war. Doch hatte ich Angst, mich nach Berivan zu erkundigen, da Hemido sich wohl gedacht hätte, dass sich sein Bruder in Europa nicht mit dem Verlust des Vaterlandes, sondern mit dem Verlust einer Frau beschäftigte, während Tod und Flucht, das Fehlen von Elektrizität, der Mangel an Trinkwasser und des täglichen Brots die Leute dort ins Elend stürzten. Ich erfuhr von Hemido viel über die Situation seiner Familie und der Umgebung, in der ich zur Welt gekommen war. Obwohl meine Lage verglichen mit der seinen bequemer und sicher war, und es hier Elektrizität, Wasser und Brot gab, war ich trotzdem unglücklicher, trauriger und melancholischer als mein Bruder, der unter schweren Bedingungen überlebte.

Die achtundvierzigste Perle war die Perle der Blindheit des Herzens

Ein Teil von mir war mit dem Tod, der Zerstörung und Vertreibung in der Heimat beschäftigt, der andere mit der täglichen Arbeit und dem Broterwerb. Ich musste für einen Kurden übersetzen, der „Butter in den Augen" hatte. Man pflegte bei uns die Blinden so zu nennen, um sie nicht durch das Wort „blind" herabzusetzen. Ich klopfte um die angegebene Zeit an seine Tür. Er öffnete und streckte mir zur Begrüßung die rechte Hand hin, dann bat er mich ins Wohnzimmer. Er schloss die Tür und tastete sich mit den Händen an der Wand entlang, um den Weg zum Wohnzimmer zu finden. Nachdem ich mich vorgestellt hatte, nahm er die Brille mit den dicken schwarzen Gläsern von den Augen und sagte:

„Ich heiße Behram und bin von Urmia. Wie du siehst, bin ich blind. Ich war Guerillakrieger und verlor das Augenlicht in den Bergen Nordkurdistans durch eine Bombenexplosion."

Behram war ein großer und gut gebauter Mann. Offensichtlich hatte seine Erblindung seine Herzlichkeit den Menschen gegenüber nicht beeinträchtigt. Mit Stolz sprach er von seinen früheren Erlebnissen. Doch schien er zornig und unzufrieden zu sein mit dem Leben in der Stadt, insbesondere in einer europäischen Stadt.

„Weißt du, ich gewöhne mich langsam daran, blind zu sein, aber ich kann machen, was ich will, ich werde mich nie an das Leben in Europa gewöhnen."

Er wartete auf einen Lehrer, den ihm die Gesundheitsbehörde zugeteilt hatte, um ihm den Umgang mit dem Blindenstock beizubringen. Daneben war auch eine Person beauftragt, ihm an zwei Tagen der Woche die notwendigen Hausarbeiten zu erledigen. Trotz der Unterstützungen, die er erhielt, war er nicht zufrieden:

„Gott hat mich für die Berge geschaffen, Cousin, nicht für ein Leben in geschlossenen Häusern und Wohnungen."

Halb im Scherz fuhr er fort:

„Der Charakter dieser Deutschen ist so, dass sie über eine Kleinigkeit zehn Bücher schreiben könnten. Bevor sie dir eine Wohnung vermieten, erklären sie dir zuerst die 356 Gesetze und Regeln dafür, was vor der Miete gilt und was nach der Miete gilt. Wenn sie über ein Thema sprechen, könntest du meinen, sie hätten sich schon dreihundert Jahre nur damit beschäftigt. Bis ich selbst das alles einmal verstehen und anwenden kann, bin ich uralt. Das andere ist die Sache mit dem Schmutz und dem Abfall. Man muss das Trockene und das Nasse, das Plastik und das Flaschenzeugs und das Gift, alles in verschiedene Container tun …"

Während Behram sprach, ging er zur Tür. Der Lehrer, der ihm das Gehen mit dem Blindenstock beibringen sollte, hatte geläutet. Als er eintrat, sah ich, dass er vier Stöcke in der Hand hielt. Jeder war anders, und jeder endete unten in einer runden Kugel aus Hartgummi. Ein Blinder führt den Stock mit der Hand und schleift ihn auf dem Boden entlang, um festzustellen, ob der Weg vor ihm ohne Hindernis oder versperrt ist. Der Lehrer, Herr Hammer, begann langsam zu sprechen, und ich übersetzte. Behram erwartete, dass er ihm nun einen Stock in die Hand gab und sie auf die Straße hinausgingen, damit er ihn ausprobieren konnte. Doch Herr Hammer hatte vier Stöcke gebracht und erzählte die Geschichte eines jeden einzelnen. Davor ging er ins achtzehnte und neunzehnte Jahrhundert zurück und sprach über die Art und Weise, wie sich die Blinden damals fortbewegten. Er bemühte sich, die Unterschiede zwischen den Stöcken zu erklären und bis ins jetzige Jahrhundert vorzustoßen und daneben auch noch, die Nachteile und Vorteile beim Gebrauch eines jeden einzelnen Stockes zu erklären. Nach einer Stunde wurde ich auf Behram aufmerksam, der ein Zischen von sich gab. Unser vorhergehendes Gespräch kam mir in den Sinn. Er wollte, dass der Lehrer zu einem Ende kam, doch der gab nicht auf, sondern setzte seine Erklärungen nach Plan fort, bis Behram plötzlich aufstand und zu schreien begann:

„Herrgott nochmal, hör doch auf! Ich kann nicht mehr! Mensch, der kommt und erzählt mir von Blindenstöcken im achtzehnten Jahrhundert. Was geht mich das an! Los, gib mir meinen Stock in die Hand und geh nach Hause!"

Herr Hammer hörte mit großem Erstaunen dem zornigen Behram zu und wartete auf meine Übersetzung. Als ich damit fertig war, suchte ihn Herr Hammer zu beruhigen:

„Gut, wir lassen den geschichtlichen Teil weg."

Doch dann begann er von den verschiedenen Eigenschaften der Stöcke zu sprechen, mit dem Ziel, Behram die Wahl zu erleichtern. Und wieder zog sich seine Darstellung endlos in die Länge. Behram ließ wieder ein Zischen ertönen und trat unruhig hin und her. Schließlich kam er zu mir und sagte mit gefährlicher Sanftheit:

„Diese Erklärung brauchst du mir nicht ins Deutsche zu übersetzen. Was bedeutet das Wort „Hammer"?"

Ich übersetzte es ihm. Er sagte sofort ganz gelassen:

„Schau, Bruder, sag ihm, er soll aufhören und zwar jetzt! Wenn er nicht aufhört, hole ich meinen Hammer aus der Küche, einen wunderbaren Hammer, und schlage solange damit auf ihn ein, bis er in der Tat aussieht wie ein Hammer! Drossle ihn auf irgendeine Art, ich explodiere."

Herr Hammer wartete auf meine Übersetzung. Ich überlegte, wie ich ihm diese Sätze wiedergeben sollte. Als Behram mein Zögern bemerkte, sagte er:

„Dann übersetze halt, was du willst. Du bist auch so ein hochnäsiger Typ."

In einer nicht ganz wörtlichen Übersetzung erreichte Behrams Wunsch, er möge zu sprechen aufhören, schließlich Herrn Hammer. Er hatte doch noch etwas zu sagen:

„Er muss aber noch einen Stock auswählen."

Behram streckte die Hand aus, packte den Stock, der ihm am nächsten stand, und sagte:

„Ich nehme diesen Stock."

Herr Hammer hob nun an, ihm die besonderen Eigenschaften dieses Stocks und die Unterschiede zu den andern

drei darzulegen, doch Behram schüttelte den Kopf und sagte:
„Ich weiß, ich weiß."

Er fuhr fort:

„Er soll es nur wagen, noch einmal zu sprechen, dann gebe ich ihm alle vier Stöcke zu spüren."

Auf diese Weise gelangte Behram in den Besitz eines Stockes. Nach dem Weggang des Lehrers brachte er das Gespräch auf die Politik:

„Weißt du, Bruder, du staunst ja vielleicht darüber, dass mir meine Blindheit egal ist. Es ist eben so, dass die echte Blindheit die Blindheit des Herzens ist. Es stimmt, der Krieg und der Feind haben mir das Augenlicht geraubt, aber sie schafften nicht, mich zu einem Blinden zu machen. Ich sehe die Welt mit meinem Herzen, und das genügt mir. Man muss vor denen Angst haben, die ein blindes Herz haben, nicht vor denen, die nicht mit den Augen sehen. Ich halte die Augen meines Herzens immer weit geöffnet. Jetzt zum Beispiel sehe ich dich und die Welt damit."

Was ich in den letzten zwei Stunden in Behrams Wohnung erlebt hatte, ging mir nicht aus dem Kopf. Obwohl dieser Mann blind war, nahm er seine Umgebung sehr scharf wahr und nahm sich kein bisschen zurück, wie es vielleicht Andere in seiner Lage getan hätten.

Die neunundvierzigste Perle war die Perle der Frauen in der geschlossenen Abteilung

Wenn ich im Lauf meiner Arbeit an den Ort geschickt wurde, der in der Psychiatrischen Klinik die „Geschlossene Abteilung" hieß, musste ich mein Herz in beide Hände nehmen. An der Tür der Abteilung angekommen, musste man einen Klingelknopf drücken, worauf ein Mitarbeiter oder eine Mitarbeiterin die Türe öffnete. Wenn der Besucher eintrat, stürzten sich manchmal Patienten der Abteilung auf ihn oder näherten sich, um ihm ihre Sorgen zu erzählen oder eine Frage zu stellen. Manche von ihnen waren gefährlich. Es gab unter ihnen solche, die durch einen Gerichtsbeschluss aus dem Gefängnis an diesen Ort überwiesen worden waren. Dieses Mal ging ich hin, um für eine Frau aus Syrien zu übersetzen. Huda war siebenundvierzig Jahre alt, weißhaarig und erschöpft. Sie hatte Fältchen um die Augen und schien älter, als sie wirklich war. Nur ihre Augen funkelten wie die eines Falken, trotz der Melancholie, die sie ausstrahlte. Es war, als ob diese jungen, wachen und harten Augen nicht zu dieser unglücklichen Frau gehörten. In Syrien war sie wegen ihrer politischen Aktivitäten unter den Studenten Aleppos verhaftet worden. Zu dem Zeitpunkt, als die Kommunisten Syriens mit dem sozialistischen Baath-Regime eine Koalition eingingen, hatte Huda die kommunistische Arbeiterpartei unterstützt und auf den Sturz des Regimes hingearbeitet. Obwohl sie nur als Sympathisantin und nicht als Vollmitglied an den Aktionen teilgenommen hatte, musste sie trotzdem dreizehn Jahre in den berüchtigten Gefängnissen des sozialistischen Regimes verbringen. Auch nach ihrer Entlassung ließ man sie nicht in Ruhe. Sie hatte sich wöchentlich in einem Hauptquartier des Geheimdienstes zu melden und ihre Unterschrift abzugeben. Als sie aus dem Gefängnis kam, war sie noch leistungsfähig. Sie war gesund und sah jünger aus, als es ihren Jahren entsprach. Doch als sie allmählich begriff, wie der Alltag der Bevölkerung außerhalb der Gefängnismauern aussah, veränderte sich ihr Zustand. Sie verlor jeden Tag ein Stück Hoffnung. Manchmal überfiel sie der Gedanke, es wäre besser gewesen, wenn sie das Gefängnis nie verlassen und ihre schönen Zukunftsträume nie verloren hätte. Es wäre besser gewesen, dachte sie, wenn sie ihr Leben unter der schweren Folter aufgegeben und naiven Herzens in den Tod gegangen wäre. Doch nun, als sie die Menschen, deren Existenz ihr während der Haft Hoffnung geschenkt hatten, von Nahem kennen lernte, schwand ihre Begeisterung, zusammen mit ihren Träumen auf eine bessere Zukunft. Mit der Zeit begann sie, jede Art von Alkohol zu trinken. Die schwersten Zeiten, die sie dabei durchmachte, waren die Augenblicke der Reue. Mit erloschenen Augen schaute sie dann auf das Treiben der Leute um sich her und fragte sich:

„Sind sie es wirklich? Sind das die Leute, für die ich dreizehn Jahre meines Lebens im Gefängnis geopfert habe?"

Dieselben Menschen, für die und für deren Kinder sie ein besseres Leben gewollt und denen sie ihre besten Jahre gegeben hatte, flohen jetzt vor ihr, wenn sie sie erblickten, und wollten nichts mit ihr zu tun haben. Wer noch Kontakt zu ihr hatte, war missmutig und argwöhnisch. Schließlich fasste sie einen Entschluss, den sie später als Selbstmord bezeichnete, und begab sich auf die Flucht. Lange Jahre waren über diesem Entschluss vergangen. Ihre Situation hatte sich weiter verschlechtert. Auf die Frage nach dem Altwerden, das sich in den Runzeln ihres Gesichts abzeichnete, antwortete sie:

„Das ist mein ganz besonderes Gras. Das Gras schießt grün und frisch aus der Erde, wird aber bald trocken, gelb und hart und stirbt dahin. Ich bin nicht etwa eine Frau, ich bin ein Büschel Gras."

In letzter Zeit hatten sich die Kämpfe, Bombardierungen, Morde und blutigen Ereignisse intensiviert und Syrien war zu einem Wespennest langbärtiger Fanatiker und Dschihadisten geworden, für die es keinen Unterschied machte, ob sie gerade Wasser tranken oder Menschen umbrachten. Dies ließ Huda völlig zusammenbrechen. Das einzige, was sie noch tat, war zu essen und am Fernseher die Nachrichten zu schauen. Dazwischen wäre sie auch zwei-, dreimal fast gestorben. Die Ärzte, die sie untersuchten, waren geteilter Meinung. Die einen glaubten, dass sie versucht hatte, sich umzubringen, die anderen, dass der Alkoholkonsum sie an den Rand des Todes gebracht hatte. Deshalb hatte sie eine Zeitlang unter der Beobachtung von Spezialisten zu bleiben und jeden Tag Medikamente einzunehmen. Huda sagte:

„Ich würde am liebsten in die Heimat zurückkehren,

aber nun kann ich wegen der Islamischen Streitkräfte nicht zurück. Ich bin für sie eine Ungläubige."

Sie lachte in sich hinein und fuhr fort:

„Es genügt, dass du Muslim und Sunnit bist, dann kannst du mit Gottes Zustimmung jeden umbringen. Aber eine wie ich, die ihr Leben geopfert hat, damit es ihrem Volk besser geht, ist eine Atheistin und kann jederzeit getötet werden. Das ist die Lage, die gegenwärtig in Syrien herrscht. Wie soll man so etwas noch verstehen?"

Ein weiterer Umstand, der sie in Unruhe versetzte, war ihre Angst vor der jesidischen jungen Frau. Weil die Abteilung voll war, hatte man diese Frau, die von ihren Brüdern in die geschlossene Abteilung gebracht worden war, zu ihr ins selbe Zimmer gesteckt. Huda hieß sie herzlich willkommen, doch in der Nacht geschah etwas, dass sie sich im Leben nicht hätte träumen lassen. Die junge Frau kam vom Sindschar und hieß Sema. Sie war dreißig Jahre alt. Vor fünf Monaten hatten sie, ihr Mann und ihre Brüder Deutschland erreicht. Damals war soeben das Aufenthaltsrecht abgeändert worden, und man hatte sie nahe beieinander untergebracht. Sema floh jeden Tag weg von ihrem Mann zu ihren Brüdern, die in der Nähe wohnten. Den Brüdern erzählte sie, dass sie und der benachbarte Ladenbesitzer sich ineinander verliebt hätten. Als ihr Mann merkte, dass seine Frau wirres Zeug redete und mit sich selbst sprach, glaubte er, dass sie den Verstand verloren habe und überließ sie ganz ihren Brüdern. Als ich sie das erste Mal sah, fragte sie mich lachend:

„Kennst du Mihemed?"

„Wer ist Mihemed?"

„Ich liebe ihn. Ja, er heißt zwar Mihemed, aber er ist

trotzdem jesidisch wie ich."

Sie wandte sich mir mit fragendem Blick zu:

„Bist du kein Jeside?"

„Ich bin ein Übersetzer. Ich übersetze."

„Ich weiß, aber ich habe dich nach deiner Religion gefragt."

Sema wiederholte ihre Frage immer wieder, ohne eine Antwort abzuwarten, und ich hatte ihr gleich geantwortet. Wie wenn sie zu sich selbst spräche, aber so, dass ihre spöttische Stimme mich erreichte, sagte sie:

„Ich höre zum ersten Mal, dass ein Mensch das Übersetzen als Religion hat."

Sema verstand sich gut mit Huda und erfuhr in einem freundschaftlichen Gespräch vor dem Einschlafen alles über sie. Doch plötzlich stürzte sie zu den Mitarbeitern der Abteilung und verlangte schreiend von ihnen, dass sie diese muslimische Frau aus ihrem Zimmer holten, sie habe Angst, sie bringe sie um. Die arme Huda versuchte, ihre Aufregung zu dämpfen und flehte sie an:

„Sema, meine Liebe, ich kann ja nicht einmal nach Hause zurück, weil man mich dort umbringen will. Ich habe überhaupt nichts mit denen zu tun!"

Aber es nützte nichts. Nur weil Huda als Muslimin geboren war und Arabisch sprach, musste man sie von Sema entfernen. Die Mitarbeiter der Abteilung versammelten sich um Sema, gaben ihr eine Spritze, banden sie aufs Bett und so schlief sie schließlich ein. Am andern Tag verlegte man sie in eine andere Abteilung. An ihre Stelle kam eine weißhaarige Frau von etwas über sechzig Jahren. Sie stammte aus Qamischlo und lebte schon lange in Deutschland. Sie hieß Chesale. Ihr Mann war gestorben, und ihre Kinder, die hier geboren waren, hatten die Mutter hergebracht, den Abteilungsärzten abgeliefert und waren gegangen. Die Mutter wollte wieder mit ihnen nach Hause, doch sie verhinderten es. Nachdem der zuständige Arzt ihnen mitgeteilt hatte, dass es hier Dolmetscher gebe, verschwanden sie und ließen die Mutter ohnmächtig und allein zurück. Tante Chesale erzählte, dass sie Dschinnen sah und mit Dschinnen lebte, die außer ihr niemand wahrnahm.

Die Dschinnen sind immer um mich her, mein Sohn. Manchmal sitzen sie in den Zimmerecken, dann wieder greifen sie mich an.

Der Doktor stellte ihr Fragen über Fragen:

„Rufen sie dich?"

Ja und wie!

„Was sagen sie?"

Sie verfluchen mich, sie rufen mir hässliche Worte zu und drohen damit, mich zu töten.

„Sind sie männlich oder weiblich?"

Es sind Dschinnen, Dschinnen, weder Mann noch Frau!

„Was haben sie für Farben und wie sehen sie aus?"

Einer hat die Form einer dicken und großen Schlange. Der ist ein Armer. Er hockt immer in der Ecke und schaut mich an. Der andere ist blau, blau von Kopf bis Fuß. Vor ihm habe ich Angst. Wenn er spricht, tropft ihm das Blut zwischen den Zähnen herunter.

„Wo sind sie jetzt gerade?"

Tante Chesale drehte sich voller Angst um, als ob sie keine andere Wahl hätte, als ihrem Feind ins Gesicht zu sehen, und deutete mit dem Finger in eine Zimmerecke:

Sie sind dort. Sie schweigen und hören mir zu.

„Wie heißen sie?"

Ich weiß es nicht. Es sind Dschinnen, Dschinnen!

Zwischen Huda und Tante Chesale, die wenig sprach, entwickelte sich keine herzliche Beziehung. Ich kam in diese Abteilung, um für Huda Arabisch und für Tante Chesale Kurdisch zu übersetzen. Dies steigerte Hudas Unglück noch:

„In den syrischen Gefängnissen hatte ich kurdische Freunde, doch dies ist das erste Mal, dass ich mit einem Menschen aus meiner Heimat nicht sprechen kann. Wir können unsere gegenseitigen Sprachen nicht. Und noch viel schlimmer ist es, dass wir beide die Sprache des Landes hier nicht beherrschen!"

Für mich war es das erste Mal, dass ich nicht zwischen einem Menschen aus der alten Heimat und einem aus der neuen vermittelte, sondern zwischen zwei Personen, die beide aus der alten Heimat stammten. Als es Zeit war, die geschlossene Abteilung zu verlassen, wusste ich, was jetzt geschehen würde. Ich trat aus dem Zimmer und traf wieder auf den freundlichen Jungen, den ich bisher nur unter dem Namen „Isos" oder „Isa" kannte. Es war ein langhaariger junger Deutscher, der sich Schnurrbart und Bart hatte wachsen lassen, so dass er aussah wie Jesus. Jedes Mal, wenn er mich sah, kam er rasch auf mich zu und sagte:

„Gut, du bist gekommen. Du bist im richtigen Moment gekommen."

Er hatte immer den gleichen Wunsch. Er streckte mir die offene Hand entgegen:

„Hast du Kleingeld?"

Er deutete auf das Telefon im Korridor der Abteilung

und sagte:

„Du weißt, dass er auf mich wartet. Ich muss mit ihm telefonieren."

„Wer wartet auf dich?"

„Gott. Gott wartet nun schon seit mehreren Tagen auf einen Telefonanruf von mir, aber ich habe kein Kleingeld."

Das letzte Mal hatte ich ihm, um ihn nicht zu enttäuschen, die Tasche mit Kleingeld gefüllt. Nun drückte ich ihm das Geld in die Hand, und während er voller Freude zum Telefon ging, verließ ich die Abteilung bedrückt. Ich ließ etwas von meinen Gefühlen und meiner schmerzenden Seele dort zurück und eilte nach Hause. Ich musste mich erholen, da mich am folgenden Tag eine neue Gruppe erwartete, die von Syrien gekommen war. Mittlerweile trafen die Flüchtlinge aus Syrien nicht mehr einzeln ein, sondern es kam Zug um Zug.

Die fünfzigste Perle war die Perle der Syrer, die sich dem Wind anvertrauten

Obwohl ich die harten Kämpfe in Syrien täglich verfolgte, war es das erste Mal, dass ich einen Verwundeten aus diesem Krieg persönlich traf. Er hieß Ahmed und war von Homs. Seine beiden Beine waren verletzt und er ging am Stock. Auch war er praktisch blind aufgrund einer Explosion, die unmittelbar neben ihm stattgefunden hatte. Als ich bei seiner Anhörung für die verantwortliche Mitarbeiterin der Zuwanderungsbehörde übersetzte, weinte er. Ich verstand zunächst nicht, weshalb ihm die Tränen herunter strömten, aber als ich den Grund dafür erfuhr, schnürte sich auch mir die Kehle zusammen und ich wusste nicht, sollte ich übersetzen oder ihn trösten. Während die Beamtin seine Auskünfte niederschrieb, sagte er zu mir:

„Als ich erfuhr, dass du aus Syrien kommst und als ich den Klang deines syrischen Dialekts vernahm, musste ich weinen, so froh war ich. Seit einer Woche versuche ich, mich mit Händen und Füßen bei den Leuten hier verständlich zu machen. Am Tag meiner Ankunft übersetzte jemand am Telefon für mich, das war alles. Ein Glück, dass du gekommen bist. Schau doch, was uns allen zugestoßen ist, Bruder. Manche sind tot, anderen wurden die Häuser zerstört, viele wurden verwundet und viele sind geflohen. Ich wollte meine Heimat nie verlassen. Ich habe geschworen, entweder in einem freien Homs zu leben oder dort zu sterben. Ich hatte nie den Traum, Homs wie eine alte Schale zurückzulassen und in ein anderes Land zu reisen. Aber ..."

Er begann, mir die verschiedenen Wunden an seinem Körper zu zeigen. Abgesehen von den Verletzungen an den Beinen hatte er Spuren von Schlägen an Rücken und Bauch. Als ich den Kopf hob, sah ich, dass die Beamtin uns beide ungläubig und voller Entsetzen beobachtete. Bevor ich zu übersetzen begann, sagte sie

„Ich spreche zwar seine Sprache nicht, aber ich verstehe, was er gesagt hat. Man sieht es ja von selbst."

Ich schlief diese Nacht nicht. Obwohl seit Jahren täglich unzählige Leute getötet wurden und ich auch täglich davon hörte, wurde mir erst jetzt klar, welch großer Unterschied zwischen dem Hörensagen und der direkten Erfahrung besteht. Ahmed gehörte zu denen, die großes Glück gehabt hatten, da er heil ein ruhiges und geordnetes Land erreicht hatte. Neben ihm gab es hunderttausend Heimatlose, Tote oder Verwundete. Sie waren Menschen wie Ahmed, Familienväter mit Kindern. Von diesen kamen täglich mehrere in der Stadt an, in der ich wohnte. Außerdem trafen alte Männer und Frauen, junge Männer, junge Mädchen und auch Kinder hier ein. Manchmal war nur ein Mitglied einer großen Familie entkommen und kam allein. Jeder und jede hatte die Geschichte einer persönlichen Tragödie wie die Tasche eines Bettlers über die Schulter gehängt und war gekommen. Der übereinstimmende Punkt in allen Erzählungen war, dass ein Land über den Köpfen seiner Bewohner zum Einsturz gebracht worden war und dass keine Hoffnung auf einen erfolgreichen Widerstand gegen das Morden von Menschen und Bombardieren durch Kriegsflugzeuge mehr bestand. Das Land war auf dem Weg zum Selbstmord. Abgesehen davon unterschied sich die Geschichte eines jeden von der des nächsten. Wie auch immer, ich machte mich am nächsten Tag zu dem Haus auf, wo sich nur Jugendliche unter achtzehn Jahren mit ihren versehrten Seelen aufhielten. Die Geschichte eines Jugendlichen bildet das nächste Glied in der langen Kette von Geschichten, die den wichtigsten Teil meines Lebens in sich bergen und die mich abwechselnd traurig und erstaunt zurücklassen.

Die einundfünfzigste Perle war die Perle des kleinen Hussein

So erwartete mich also die Gruppe der Jugendlichen unter achtzehn Jahren und ein Psychologe namens Herr Sauer. Bevor er den fünfzehnjährigen Hussein kommen ließ, der neu aus Syrien eingetroffen war, wollte er mir noch einiges zu dessen Situation sagen, so dass ich informiert war. Herr Sauer sagte:

„Ich vermute, der Junge ist schizophren und von einer Depression und tiefer Trauer belastet. Soviel ich erfahren konnte, hat er mehrmals versucht, seinen Vater zu töten. Es ist nicht das erste Mal, dass ich seine Geschichte höre, doch müssen wir seine Krankheit in all ihren Einzelheiten verstehen, damit wir ihn an einen Ort überweisen können, wo er geheilt wird."

Als ich ihn nach dem Heimatort des Jungen fragte, blätterte Herr Sauer in seinem Dossier und sagte:

„Amude."

Ich bat ihn, das Gespräch sogleich abzubrechen und Hussein kommen zu lassen, um herauszufinden, weshalb ein Junge in seinem Alter versuchte, den eigenen Vater zu töten. Als der kleine Hussein ängstlich und zögernd eintrat, überfiel mich eine seltsame Empfindung und meine

Gefühle gerieten in einen Aufruhr. Vor mehr als fünfzehn oder zwanzig Jahre hatte ich diese Empfindung schon einmal gehabt. Sie war nicht schlecht oder unangenehm, nein, ich kann nur sagen, dass es eine besondere Empfindung war, dass in ihr Amude, die grünen gefleckten Schlangen, Berivan, das nie fertig gebaute Haus des Wanderhändlers Rezo, der Verrat von Menschen, die mir nahe standen, das Blut einer gescheiterten Liebe, das Fell und der Tod von Rezos Kater, Kindheit, Reue, ein Lachen von Herzen, ein Weinen aus tiefstem Innern fern von allen Menschen, die Fremde, Schmerz, Freude und vieles andere mehr zusammenströmten und sich vermengten. Die Empfindung stieg in dem Augenblick in mir auf, als Hussein eintrat und aus meinem Gedächtnis verdrängte, dass ich eigentlich gekommen war zu übersetzen. Meine Aufmerksamkeit war von den grünen, gefleckten Schlangen abgelenkt worden, jenen Schlangen, die den Beginn unserer Kindheit verschlungen hatten, und seit kurzem wieder die Kindheit gegenwärtiger Kinder verschlangen wie Mäuse, von Kindern, die waren, wie wir einst gewesen waren. Husseins Gesicht, Augen und ganze Erscheinung verblüfften mich. Er glich mir so sehr, dass man hätte meinen können, er sei ich, das Kind aus Amude, das sommers im Staub und winters im Schlamm groß geworden war. Wäre ich in diesem Augenblick gestorben, hätte dieses Kind meinen Körper und meine Seele einfach übernehmen können. Ich hatte mein Äußeres verändert, er hatte mein Äußeres behalten. Er zählte etwa so viele Jahre, wie es her war, dass ich die Grenze jenes Landes überquert hatte. Er war der, der ich geworden wäre und vor dem ich geflohen war. Ich hegte plötzlich Zweifel, ob ich nicht vielleicht schon tot war, ohne es zu merken. Während mir diese Gedanken blitzschnell durch den Kopf schossen, riss mich die grobe Stimme von Herrn Sauer aus meinen Träumen und brachte mich in die Wirklichkeit zurück. Er stellte mich als Übersetzer vor, und Hussein begann die Fragen des Psychologen zu beantworten.

Die zweiundfünfzigste Perle war die Perle der tiefen Schmerzen eines Kindes

Tatsächlich steckten in diesem Menschen mir gegenüber deren zwei. Da war der schüchterne, anständige, gefühlvolle und empfindsame Hussein, den man gerne haben musste. Der andere Hussein war ruchlos, jähzornig und rasend und konnte mit Leichtigkeit einen Mann erstechen. Er war ein Vulkan aus Feindschaft und Hass, sodass man Angst vor ihm bekam. Im Lauf dieser und der darauffolgenden Sitzungen wurde mir klar, wie in seinem Innern zwei Menschen nebeneinander groß werden konnten, obwohl er noch so jung war. Hussein begann ohne Zögern mit dem Selbstmord seines Onkels.

Ich weiß bis heute nicht, ob er sich selbst umbrachte oder ob er von ein paar Männern getötet wurde. Damit keine Blutrache daraus entstand, pflegte man in einem solchen Fall zu sagen, dass der Betreffende Selbstmord begangen hatte. Aber ich entnahm aus dem Geflüster der Frauen, die zu meiner Mutter kamen, dass es mehr Wunden an seinem Körper gab als nur die eine Kugel in den Hals, weshalb sie sicher waren, dass er in den Rücken getroffen worden war und sich nicht selbst erschoss. Der Tod meines Onkels veränderte auch das Leben meines Vaters, vor allem, weil er sein jüngerer und einziger Bruder gewesen war. Jeden Donnerstag, am Vorabend zum Freitag, besuchte mein Vater sein Grab, und vom Tag an, da mein Onkel starb, verfiel mein Vater, Tag um Tag, Minute um Minute. Er wurde rasch zornig, schlug mich häufiger als zuvor und wollte immer allein sein. Jeden Tag gab es Streit zwischen ihm und meiner Mutter. Ich habe bis heute nicht verstanden, weshalb sie als Mann und Frau zusammenblieben und sich nicht trennten. Meine Mutter bat ihn immer wieder um die Scheidung, doch er antwortete immer dasselbe auf ihre Bitte: „Ich erfülle dir diesen Wunsch nicht, bis du stirbst. Ich weiß schon, was du im Sinn hast. Du willst die Scheidung und dann zu deinem kleinen Freund abreisen, nicht wahr?" Meine Mutter suchte so gut als möglich zu verhindern, dass diese Streitigkeiten vor uns Kindern stattfanden. Und wenn es doch geschah, versuchte sie mindestens, nicht vor uns zu weinen und ihre Tränen zu verbergen. Ich dagegen versuchte immer, die beiden heimlich zu überhören. Jeder Schlag, der sie traf, traf mich in der Seele. Manchmal wusste ich, dass sie stritten, obwohl meine Mutter die Türe geschlossen hatte, damit der Ton nicht nach außen drang. Ich linste durch ein Loch in der Türe. Ich ergriff immer für die Mutter Partei und wünschte mir nichts, als bald erwachsen zu werden, so dass ich sie vor den Schlägen des Vaters schützen konnte. Gleichzeitig musste ich auch über meine Mutter staunen. Sie hatte eine sehr scharfe Zunge und wusste, wie sie die Wut meines Vaters schüren konnte. Sie sprach Dinge aus, die seine empfindlichste Stelle trafen. Eines Tages sagte ich zu ihr: „Mutter, wenn du deine Zunge etwas im Zaun halten würdest und nicht zu viel sagtest, wäre der Vater nicht so wütend und wir hätten Ruhe." Sie antwortete: „Mein Sohn, wenn ich diese Dinge nicht laut sage, mache ich mich selbst zum Wurm und platze vor Wut. Und obwohl ich nichts ausrichten kann, gibt es da doch mich und meine spitze Zunge, und wenn ich sie nicht benutze, werde ich krank." Als ich sie darum bat, jeweils mit mir allein zu sprechen, und dass es nicht nötig war, alles vor dem Vater auszubreiten, antwortete sie: „Das ist schwierig. Du kannst das noch nicht verstehen. Wenn du erwachsen bist, wirst du begreifen, weshalb sich so viel Ärger, Hass und Wut in mir angesammelt haben. Doch hoffentlich nicht in dir. Ich will nicht, dass du als Waise aufwächst, mein Sohn. Es reicht, dass dir einmal Flügel wachsen und du ausfliegst, dann werden dein Vater und ich keine Verpflichtungen mehr haben. Doch heute brauchst du uns noch beide. Du musst mit Mutter und Vater aufwachsen, mein Sohn." Damit begann sie zu schluchzen und ich fühlte mich, als ob ich mich schuldig gemacht hätte. Ich betrachtete mich als Ursache für die elende Situation, in der sie sich befand. Doch gab es zwei Dinge, die mich wunderten. Wie kam es, dass mein Vater meiner Mutter so großes Unglück zufügte, und wie kam es, dass sie gegen seine Grausamkeit nicht aufbegehrte? Und weshalb beklagte sich meine Mutter niemals bei ihrem eigenen Vater, meinem Großvater? Der Einfluss meines Großvaters reichte bis in die hintersten Winkel jeder Landesregion. Er konnte meinem Vater mit Leichtigkeit nicht nur die Nase einschlagen, sondern sie ihm ganz abschneiden. Bis ich eines Tages ein Gespräch mitanhörte, in dem sich die Eltern gegenseitig bedrohten: „Wenn sich dein Vater in meine Familie einmischt, wirst du Hussein nie mehr sehen, so lange du lebst!" Das Schweigen meiner Mutter war also der Preis, den sie dafür zahlte, dass ich bei ihr bleiben konnte. Ich könnte noch viele hässliche Dinge aufzählen, die der Vater meiner Mutter antat. Ich will nicht alles erzählen, aber sie sind der Grund, dass in mir so heftig der Wunsch aufstieg, den Vater zu töten, und nicht nur für die Dinge, die er meiner Mutter angetan hat.

Die dreiundfünfzigste Perle war die Perle des Erschreckens

In Husseins Gesicht, seinen Augen, seinen Lippen, seiner Art zu sprechen, war etwas, das mich mit ihm verband und zu ihm hinzog. Zunächst dachte ich, es sei sein Dialekt. Wir waren aus derselben Gegend, und er rief mir vergessene und typische Wendungen der Region ins Gedächtnis zurück, in der ich meine Kindheit verbracht hatte. Aber es war nicht nur dies. Es gab da etwas wie ein Geheimnis, das mich staunen ließ und welches ihn viel reifer erscheinen ließ, als es seinem tatsächlichen Alter entsprach. Hussein verließ nun die Ereignisse, die er geschildert hatte, und begann Dinge mitzuteilen, die man sonst nicht auszusprechen wagt. Seine Erzählung floss so rasch dahin, dass der Psychologe keine weiteren Fragen mehr zu stellen brauchte. Husseins Sätze sprudelten heraus wie ein Bach, der in einen engen Kanal eingezwängt war und plötzlich daraus hervorschießt:

Mein Vater war ein seltsamer Mann. In den letzten Jahren hatte er begonnen zu beten und zu fasten, und am Freitag ging er in die Moschee. Doch sobald er vom Gebetsteppich aufgestanden war, war er imstande, alles und jedes zu tun, was Gott, die Propheten und sämtliche Religionen verboten haben. Ich war noch sehr klein und konnte nicht verstehen, was um mich geschah. Sobald ich Freundschaft mit einem Kind schloss, sorgte dessen Familie nach wenigen Tagen dafür, dass es mir fernblieb und verbot ihm, mich zu treffen. Ich hätte sterben können vor Schmerz, aber ich war ohnmächtig. Auch die Kinder der Nachbarn hielten sich von mir fern. Jedes Mal, wenn ich wieder alleine blieb, warf ich mich meiner Mutter in die Arme und weinte. Täglich fragte ich sie: „Mutter, warum haben mich die Kinder nicht gerne und wollen nicht mit mir spielen?" Meine Mutter trocknete meine Tränen und vergoss eigene Tränen der Wut. Manchmal tröstete sie mich auch mit den Worten: „Es macht nichts, mein Kind, wenn sie nicht zu dir kommen, dann gehst du eben zu ihnen." Schließlich lüftete mein Freund Samiko das Geheimnis meines Vaters und erzählte mir alles. Er sagte, dass er eines Tages zu mir kommen wollte, doch dass weder ich noch meine Mutter zu Hause waren. Mein Vater bat ihn hinein und sagte scherzend, er, Samiko, hätte aber zarte Ohren, und begann, seine Ohren zu streicheln. Samiko dachte, dieses Streicheln sei ein Scherz, doch die Hand meines Vaters glitt immer weiter nach unten. Als seine Hand über seinem Hintern auf und abstrich, bekam er es mit der Angst zu tun und suchte sich aus seinem Griff zu befreien. Doch mein Vater ließ ihn nicht los. Da täuschte ihn Samiko mit der Ausrede, er habe Durst und brauche Wasser. Als mein Vater hinunterstieg, um Wasser zu holen, schoss Samiko wie eine Rakete aus dem Haus und floh. Am nächsten Tag in der Schule erzählte er mir alles. Von diesem Tag an wusste ich, weshalb die Leute ihre Kinder von mir fernhielten und nicht erlaubten, dass sie in unser Haus kamen. Von diesem Tag an war mein Vater in meinen Augen ein schwarzer Schandfleck. Er widerte mich an, und ich vermied es, ihn anzutreffen. Ich verstand außerdem nicht, weshalb er, der ja mit einer Frau verheiratet war, soviel Elend über die Kinder bringen musste, die meine Freunde waren. Auch mein Zorn auf die Mutter schwoll an. Wie konnte diese Frau einen solchen Mann heiraten? Nehmen wir an, sie wusste es nicht. Aber nach der Heirat – wie konnte sie weiter mit einem solchen Mann zusammenleben? Zwar war ich nicht hundertprozentig sicher, ob die Mutter über sein Tun im Bilde war oder nicht, doch wenn sie nichts wusste, wovon handelten dann die endlosen Streitigkeiten der beiden? Hundert Fragen bedrängten mich, auf die ich keine klare Antwort fand. Nur einer Sache war ich mir sicher: dass der Vater mein Leben und das meiner armen Mutter zerstört hatte und dass die Zerstörung ein Ende haben musste. Die Hoffnungslosigkeit und Ausweglosigkeit meiner Mutter, die sie in die Schwermut trieben, machten mich tief unglücklich. Ich wünschte mir, dass mich die Mutter eines Tages an der Hand nähme und dass wir beide vor diesem Vater, der unser Leben vergiftet hatte, an einen weit entfernten Ort fliehen würden, so dass er uns bis zum Tod nie mehr unter die Augen käme. Doch meine Mutter war eine Frau ohne Kraft und ohne Wahl, die sich ohne den Vater wie ein Vogel ohne Flügel vorkam. Dabei hatten die Leute in der ganzen Gegend Angst vor meinem Großvater, dem Vater meiner Mutter, und mussten mit seinem weitreichenden Einfluss rechnen. Ich kann bis heute nicht verstehen, weshalb meine Mutter ihren mächtigen Vater nicht um Hilfe bat und vermied, vor meinem Großvater auch nur ein schlechtes Wort über meinen Vater fallen zu lassen. Sie sagte nur immer wieder: „Ich will nicht mit eigener Hand das Nest meiner Familie beschmutzen." Doch sie wusste nicht, dass das Nest sowieso beschmutzt war und es nichts mehr gab, was sie noch hätte befürchten können. Ich weiß nicht, wie meine Mutter es fertigbrachte, die Last zu tragen, die uns der Vater aufgeladen hatte. Deshalb gab es für mich nur noch eine Hoffnung auf Rettung, und das war Gott. Ich hoffte, dass ich eines Morgens aufstehen würde und mein Vater wäre tot. Doch die Zeit verstrich, und ich musste diese Hoffnung aufgeben. Deshalb plante ich, ihn zu töten, um mich und die Mutter zu befreien. Ich prüfte zahlreiche Möglichkeiten. Jede Nacht überlegte ich, auf welche Art ich ihn umbringen würde, und jeden Tag verschob ich den Entschluss wieder. Bis das Land Syrien und unsere Region in Aufruhr gerieten und die Leute überall zu den Waffen griffen. Der erste Mensch, auf den ich meine Waffe zu richten gedachte, war der Vater, doch weiß ich nicht, weshalb ich dann doch Mitleid mit ihm empfand. Wenn ich daran dachte, dass ich diesen Vater hatte, hasste ich mich selbst und rannte voller Wut in einen stillen Winkel, um zu weinen. Der Traum, dass ich ihn eines Tages auf dem Gebetsteppich von hinten erschlagen und umbringen würde, verursachte mir Pein. Manchmal staunte ich über mich und ekelte mich vor mir selbst. Welcher Sohn dachte schon darüber nach, den eigenen Vater von hinten zu erschlagen und zu töten? Der Gedanke, ein gewissenloser Vatermörder zu werden, raubte mir ständig den Schlaf, und Wogen von Schuldgefühlen zogen über mich weg, doch fand ich keine andere Lösung. Zu meinem großen Erstaunen wurde mein Vater eines Tages in einer gewaltigen Explosion getötet, die sich in unserer Stadt ereignete. Meine Mutter beweinte ihn aus tiefstem Herzen, wie ich sie noch nie weinen gesehen hatte. Ich schaute mir selbst zu, wie ich Vater beweinte. Nach seinem Tod heulte ich wie ein zu Tode verletzter Hund über diesen Vater, den ich geplant hatte umzubringen, und fühlte mich als verlassene Waise ohne Stütze. In meinem Innern brachen widerstreitende Gefühle auf und wurden aus unerfindlichen Gründen immer stärker.

Die vierundfünfzigste Perle war die Perle der Auferstehung der Toten in meinem Herzen

Ich erschrak zum ersten Mal in meinem Leben so sehr, dass mir während des Übersetzens der kalte Schweiß herunterlief. Es war auch das erste Mal, dass ich nach beendeter Übersetzung die Person, für die ich übersetzt hatte, zu einem Kaffee einlud. So steuerten wir ein Café an. Als erstes erinnerte ich Hussein daran, dass ich Übersetzer war und dass eine Säule dieses Berufs der Schutz der Geheimnisse und persönlichen Auskünfte der Personen war, für die wir übersetzten. Damit bahnte ich den Weg für weitere Fragen. Meine Fragen mussten nicht mehr übersetzt werden, und ich stürzte mich wie ein hungriger Tiger, der eine begehrenswerte Beute packt, auf den guten Hussein. Wie wenn ich darauf abzielte, seine Ortsangaben und Auskünfte im Geist nochmals zu überprüfen, fragte ich ihn:

„Dein Vater heißt doch Yasino, dein Großvater ist Rezo und deine Mutter Berivan, nicht wahr?"

Hussein schaute mich fragend an:

„Ja, das stimmt."

Er war wahrheitsliebend und stark. Daneben erzählte er gerne. Als er begriff, dass ich unsere ganze Ortschaft und seine Familie kannte, insistierte er, als ob er nach etwas gesucht und es gefunden hätte:

„Ja, ich möchte dir wirklich auch gern ein paar Fragen stellen."

Ich wollte das Frage- und Antwortspiel so schnell als möglich hinter mich bringen, um zu der Frage zu gelangen, die wie Feuer in mir brannte. Ich hoffte, dass seine Antwort das kühlende Wasser abgab, das dieses Feuer löschen konnte. Es war die Frage nach Berivan. Berivan, deren Sohn ihre schönen Gesichtszüge mitgebracht hatte, die Öl auf die glimmende Glut meines alternden Herzens gossen. Doch bevor ich das Gespräch in diese Richtung lenken konnte, sagte Hussein von sich aus:

„Meine Mutter ist allein in der Heimat zurückgeblieben. Und ich möchte sie kommen lassen. Weil ich die Sprache hier nicht beherrsche, weiß ich nicht, wie ich das anstellen soll. Kannst du mir nicht helfen?"

Seine Frage ließ tausend Tote in mir auferstehen. Ich wünschte, ich hätte Hussein sagen können, dass ich seine Mutter nicht für ihn, sondern für mich selbst kommen lassen würde. Ebenso wollte ich ihm die neunundneunzig Perlen zeigen, die ich anstelle der Uhr an meinem linken Handgelenk trug und ihm erzählen, dass diese Gebetsschnur ein Geschenk seiner Mutter war, welches ich immer noch besaß. Das andere, was ich Hussein offen sagen wollte, war, dass Yasino mich als Freund früher ebenso schwer verletzt hatte, wie er als Vater später ihn als Sohn verletzte, und dass ich mir so sehr ersehnte, dass er selbst nicht Yasinos Sohn, sondern der meine gewesen wäre. Ich fühlte den Wunsch, Hussein mit seinem schönen Erzählen und dem klaren Blick in den Arm zu nehmen.

Aber ich hielt mich zurück und stellte ihm sämtliche Fragen, die mir Nachrichten über seine Mutter Berivan liefern konnten, bis er mir alles über sie erzählt hatte. Ich richtete es so ein, dass wir zusammen an den Vorbereitungen zur Einreise seiner Mutter arbeiteten. Aber ich war mir nicht sicher, ob ich träumte und ob Hussein, genauso wie jener schwarze Vogel, eines Tages erschienen war, um dann für Monate wieder zu verschwinden, oder ob er tatsächlich der Jugendliche war, den ein blindes Schicksal in dieses Krankenhaus versetzt hatte, damit ich für ihn übersetzte. Und würde er mir tatsächlich Berivan, jenes verwundete und vergessene Stück meines Herzens wiederbringen, sodass ich sie ohne weitere Hindernisse vor meinem Tod noch einmal sehen konnte? Diese Frage, die wie ein stechender Schmerz in meinem Kopf kreiste, machte mir bewusst, dass alles vor mir noch offen war und dass sich auf dieser Weltkugel viele Dinge ereigneten, die das menschliche Ermessen überstiegen, und dass eines von diesen Dingen das Zusammentreffen von Berivan und mir sein musste.

Die fünfundfünfzigste Perle war die Perle der Verfolgung einer Fata Morgana

Husseins plötzliches Auftauchen in meinem Leben verwirrte mich. Es lenkte meine Erinnerungen zurück zu meiner eigenen Jugend. Es eröffnete mir einen breiten Pfad zurück in die Vergangenheit und vorwärts zu einem möglichen neuen Leben. Ich begann schließlich daran zu glauben, dass der Tod etwas in die Ferne gerückt war. Hussein hatte mich zu mir selbst zurückgeführt. Ich hatte vergessen, dass ich eine solche Sehnsucht empfinden konnte, Sehnsucht nach dem Leben, Sehnsucht nach jenen früheren, zarten, durchsichtigen, gleichzeitig bitteren und süßen Gefühlen. Ich sehnte mich nach der mitreißenden Leidenschaftlichkeit, die in mir geschlafen hatte und wünschte, dass sie wieder erwachte. Ich war im Glauben gewesen, sie sei tot, doch nein, ich hatte mich getäuscht. Es scheint, dass die erste Liebe nicht endet, solange das Herz schlägt, und dass sie erst bei dessen Stillstand stirbt. Ich hatte das gehört, doch nun erlebte ich es selber. Die Liebe verdrängte auf einen Schlag alle Gefühle von Alter, Hoffnungslosigkeit und Tod in mir. Ich hielt den Kopf in die Hände gestützt, und seltsame Gedanken stiegen in mir auf. Meine Tochter Dana fiel mir ein. Ich hatte das Gefühl, dass ihre Gesichtszüge denen von Berivan glichen. Sie war wie eine Tochter von Berivan und mir. Ebenso fühlte ich mich als Vater, wenn ich mit Hussein sprach. Er schien mir nicht Yasinos Sohn, sondern der meine zu sein. Das Schicksal hatte einen großen Fehler gemacht und wollte diesen Fehler wiedergutmachen. Deshalb war Hussein durch die große, weite Welt bis zu mir gelangt und hatte mir die frohe Botschaft von Berivans Ankunft überbracht. Der Fehler des Schicksals würde vollkommen ausgemerzt werden, sobald Berivan eintraf und wir ein gemeinsames Kind hatten – für Hussein wie auch für Dana eine neue Schwester oder ein Bruder. Ich lachte über meine wirren Träume. Wer hätte gedacht, dass ein Mann nach seinem fünfzigsten Altersjahr noch an die Zeugung eines Kindes dachte, außerdem mit einer Frau, die mindestens genauso alt sein musste wie er! Obwohl ich keinen Beweis dafür in der Hand hatte, dass der schwarze Vogel die ganze Geschichte herbeigeführt hatte, hörte ich trotzdem während meines plötzlichen Aufblühens die Stimme des Geistes meiner Mutter in mir.

Weil Hussein noch nicht achtzehn Jahre alt war, gestatteten die Bestimmungen für Flüchtlinge, dass ihm seine Mutter nachreisen durfte. Um dies zu bewerkstelligen, hatte ich für sie alle Papiere und Dokumente vorbereitet, die verlangt wurden, und den Weg für die Besitzerin der Perlenschnur, welche keinen Tag an meinem Handgelenk gefehlt hatte, freigemacht. Ich wusste nicht, wie mir geschah. Ich trat noch einmal vor den Spiegel. Mehr als zuvor legte ich Wert auf gesundes Essen und Trinken und passende Kleidung. Ich wollte, dass mich Berivan bei ihrer Ankunft als den jungen und starken Mann wahrnahm, der ich einmal gewesen war. Ich wusste, dass ich vergeblich hinter einer Fata Morgana herjagte, doch tat ich alles, was ich konnte, um jünger zu scheinen. Ich kleidete mich modischer und ließ mir die Haare schneiden. Oft lachte ich über mich und meine Anstrengungen, die sich nicht von denen eines neu im Land eingetroffenen Jugendlichen unterschieden. Manchmal überrollten mich auch die Wellen einer großen und stillen Trauer und ich weinte mich aus. Wenn ich daran dachte, dass Berivan jetzt unterwegs war und hier eintreffen würde, wurde ich so nervös, als hätte ich im Leben noch nie ein Rendezvous mit einer Frau gehabt. Ich fühlte mich wie ein Mensch, der nicht schwimmen kann, doch mitsamt den Kleidern ins Meer geworfen wird und jetzt schwimmend sein Leben retten muss. Der Tag wurde mir zur Nacht, die Nacht zum Tag. Die nächtlichen Gedanken und Träume erschienen mir am Mittag wieder und die Tätigkeiten, die ich tagsüber verrichtete, sanken auf meinen Seelengrund und wurden zu Träumen.

Die sechsundfünfzigste Perle war die Perle des Schwimmens im Meer eines Traums

Die Probleme meiner früheren ersten Heimat und meiner jetzigen zweiten existierten getrennt voneinander in mir. In der ersten Heimat gab es Krieg und Kampf, Rauch von brennendem Benzin und zerstörte Gebäude. Ein jeder kämpfte um das eigene Überleben und jeder versuchte noch zu fliehen, bevor er getötet wurde. Obwohl die beiden Länder Tausende von Kilometern voneinander entfernt waren, hielt ich den Blick doch auf alles gerichtet, was sich in jenem Land ereignete, ebenso wie ich auch alles beobachtete, was hier geschah. Vorher gab es nur hie und da einen Menschen, der das zweite Land erreichte, doch mittlerweile hatte sich die Reise zu einer Wanderung migrierender Gruppen entwickelt. Vor allem, als sich unter den Menschen dort die Nachricht verbreitete, dass das zweite Land seine Tore weit für sie geöffnet hielt und ihnen auch Platz zum Wohnen anbot. Ich Ärmster staunte über die Menschen des ersten Landes genauso wie über die Lage im zweiten. Die Situation verfolgte mich in meine Träume. Eines Nachts träumte ich, dass das zweite Land für die Menschen, die in großen Zügen auf es zustrebten, große Schwimmbäder geöffnet hatte. In diesen

Schwimmbädern hatte der Staat zahllose Beamte, Polizisten und Angestellte verteilt, die sich mit den neu Eingetroffenen beschäftigten. Jedem Neuankömmling zogen sie die Kleider aus, bis er splitternackt war, und stießen ihn ins Wasser, ohne zu fragen, ob er schwimmen konnte. Es war ihm überlassen, heil das trockene Ufer zu erreichen. Dort bewegte ich mich unter den Heraussteigenden, um für sie zu übersetzen. Doch obwohl ich Wort für Wort, Satz für Satz übersetzte, hörten die beiden Parteien nicht aufeinander und jede tat, was sie wollte. Die Angestellten des Schwimmbads nahmen die Fingerabdrücke von allen, zogen sie nackt aus und warfen sie ins Wasser. Auch wer rief, „Ich kann nicht schwimmen" wurde von Polizisten ins Becken geworfen, das diesen Flüchtlingen endlos tief und weit vorkam. Von der Wasseroberfläche stieg Dampf auf. Unter den Leuten gab es auch Kriegsverwundete. Da war einer, der ganz furchtbar schrie. Im Krieg hatte er beide Augen verloren und einen Schuss ins linke Bein erhalten, sodass ihm nur noch eines blieb. Als er meine Stimme vernahm und verstand, dass ich gekommen war, um für ihn zu übersetzen, rannen ihm die Tränen in zwei schmalen Bächen über die Wangen:

„Du siehst, was mir zugestoßen ist, Bruder. Ich wollte Homs nicht verlassen, auch nicht Syrien. Schließlich musste ich die Heimat aufgeben und kam, wie ich bin, blind und mit nur einem Bein, hier an. Ich bin eine Belastung für diese guten Leute hier."

Ahmed war noch am Sprechen, als ihn zwei Beamte packten. Weil er nichts sehen konnte, rief er mich um Hilfe:

„Was wollen die mit mir, Bruder?"

Ich hatte keine Antwort, weil ich nicht verstand, was mit ihm geschehen sollte. Erst als sie ihn ins Wasser gestoßen hatten, fuhr ich auf die Beamten los:

„Weshalb tun Sie das? Sehen sie nicht, dass er blind ist und nicht schwimmen kann?"

Einer der Beamten klopfte mir auf die Schulter und sagte unbeeindruckt:

„Nur keine Angst um deine Mitbürger! Sie werden sich an das neue Leben gewöhnen. Hier gilt dasselbe Gesetz für jeden. Es wird später auch Leute geben, die ihnen weiterhelfen, was machst du dir so Sorgen um sie?"

„Natürlich mache ich mir Sorgen um sie. Ich bin nicht hergekommen, um zwischen Ihnen und den Personen zu vermitteln, die man ins Wasser geworfen hat."

Ich fragte mich laut:

„Kann es tatsächlich sein, dass sie ins Wasser geworfen werden und gleichzeitig sind da andere, die bezahlt werden, um ihnen zu helfen?"

Doch meine Stimme fand kein Gehör, und am Ende musste ich einsehen, dass die Flüchtlinge, die ins Wasser gefallen waren, nicht darin umkamen. Sie tauchten für einen Augenblick aus den unruhigen Wellen auf, gingen wieder unter und stiegen dann mit Hilfe einiger Angestellter, die nichts anderes zu tun hatten, als sie zu stützen, aus dem Wasser, trockneten sich und setzten stumm ihr Leben fort. So ging nach der Zwischenstation im Schwimmbad jeder von ihnen an einen anderen Ort und begann ein Leben nach seinen Vorstellungen. Ich versuchte, in diesem pausenlosen Getümmel zwischen den Leuten Brücken zu schlagen. Doch ließen das Wasser und das herrschende Durcheinander unter den Leuten es kaum zu. Als ich fertig war mit Übersetzen, suchte ich im Schwimmbad nach meinen Schuhen und fand sie nicht. Ich konnte mich nicht mehr erinnern, wann und wo ich die Schuhe ausgezogen hatte. Ich hatte nun das Problem, dass ich barfuß auf der Straße nach Hause gehen müsste. Ich suchte noch, als mir zwei Polizisten entgegenkamen. Sie glichen den beiden Polizisten, die mich damals an der Grenze nackt ausgezogen hatten, als ich neu in dieses Land eingereist war. Die beiden langen Männer packten mich unter den Achseln und warfen zu ihrem Vergnügen auch mich, barfuß wie ich war, ins heiße Wasser. Da ich nicht schwimmen konnte, ging ich unter. Das Wasser floss mir in die Kehle, ich war am Ersticken – und plötzlich schreckte ich aus dem Schlaf auf, geweckt von meinem eigenen Hilfeschrei. Ich war schweißgebadet, mein Körper glühte und ich zitterte von Kopf bis Fuß. Ich konnte nicht mehr einschlafen. Ich war zwar froh, dass ich nur geträumt hatte und dass der Traum vorbei war, doch forschte ich bis zum Morgen dem Inhalt und den Ursachen dieses seltsamen Geschehens nach.

Die siebenundfünfzigste Perle war die Perle der Glut unter der Asche

Auf dem Weg zum Flughafen hatte ich das Gefühl, dass vor mir nicht einfach der Flughafen, sondern die wichtigste Station meines bisherigen Lebens lag. Vor mir lagen meine Kindheit, meine Jugend und mein Leben als junger Mann. Vor mir lag der Frühling meiner Jahre. Ich hatte im Herbst meines Lebens plötzlich frisches Grün in meine Seele eingelassen und eine feine, zarte und warme Freude breitete sich um die giftgelbe Trauer in meinem Innern aus und umschloss sie von allen Seiten. Neben mir saß Hussein, voller Stolz über die Ankunft seiner Mutter. Er war vergnügt. Er schaute durch die Autoscheiben und plauderte über die bevorstehende Begegnung. Außerdem dankte er mir für die große Hilfe, die ich ihm geleistet hatte.

„Wenn du nicht gewesen wärst, hätte ich meine Mutter niemals so rasch hierherbringen können."

Ich hätte ihm gerne gesagt,

„Ich habe nicht dir geholfen, sondern ich habe mir selbst geholfen,"

aber ich schwieg, und auch er sagte nicht mehr viel. Er dachte einfach, er sei auf jemanden aus seiner eigenen

Stadt gestoßen, der ihm aus allen Kräften half, weshalb er sehr zufrieden mit mir war. Wir erreichten den Flughafen blitzschnell – zumindest mir kam es so vor. Bis zu jenem Augenblick hatte ich nicht an die Erfüllung meines sehnlichsten Wunsches geglaubt, dass ich nämlich in einigen Minuten Berivan wiedersehen würde, dass sie mich ohne Ängste treffen konnte und dass sie mit mir das Haus verlassen, gehen und kommen konnte, ohne dass jemand eine Rechtfertigung von uns dafür forderte. Hussein und ich warteten unter der Menge der Leute, die die Reisenden in Empfang nahmen, wie Vater und Sohn auf die Ankunft der Mutter. Der Sohn hatte keine Ahnung von dem Feuer, das er im Herzen des Vaters entzündet hatte. Der Vater fühlte, wie er innerlich verbrannte und aus der feinen Asche neues Leben entstand. Der Schweiß lief ihm herunter. Alle Toten von Schermola, die in der Friedhofserde jenes fernen Städtchens lagen, erwachten mit einem Schlag, in der kleinen Stadt, die Gott wie einen alten Knochen in einen verlassenen Winkel der großen Welt geworfen hatte und dort vertrocknen ließ. In diesem kleinen und wasserlosen Städtchen hatte ich, sobald ich geboren wurde, durch meine Geburt meine Mutter umgebracht. Nachdem ich durch die Liebe zu Berivan wiedergeboren worden war, hatte sie, als meine zweite Mutter, mich umgebracht. Ich war in einem Land jung gewesen, in dem ich meine Jugend nicht genießen konnte und als ich in ein neues Land kam, war es zu spät dafür. Berivans Kommen erschütterte nicht nur mich. In meinen Augen hatte sie die Kraft, alle Toten von Schermola wieder zum Leben zu erwecken. Berivans Duft erreichte mich, bevor sie selbst erschien. Mit ihrem Duft begann mein

Herz zu klopfen. Als Hussein von mir weglief und sich in die Arme einer älteren Frau warf, die eine große Tasche hinter sich herzog, traute ich meinen Augen nicht. Sie war in meinem Leben der erste Mensch aus meiner Kinder- und Jugendzeit, den ich wiedersah. Ich musste ihr Gesicht von Nahem betrachten und ihr tief in die freundlichen Augen schauen, bis ich die alte Berivan wiedererkannte. Dachte sie wohl jetzt genau dasselbe über mich? Doch es war nicht der Moment, um Fragen zu stellen, es war ein Moment, um sich zu begegnen, um sich von Angesicht zu Angesicht gegenüberzustehen. Es war der Moment, in dem ein Energiestrom durch meine Knochen lief, in mir, dem alternden, gerupften Flüchtling. Unwillkürlich suchten meine Augen in jenen Sekunden der Begegnung nach dem schwarzen Vogel, doch seine Stimme ertönte wieder einmal nicht. Mein Schicksal in seiner ganzen Hitze, Reue und Trauer bewegte sich auf seine Bestimmung zu wie ein morscher Baumstumpf unter dem Werkzeug eines begnadeten Bildhauers.

Die achtundfünfzigste Perle war die Perle des Dufts der Vergangenheit

Der Augenblick, in dem sich die Blicke trafen. Ein Augenpaar auf der einen, ein Augenpaar auf der anderen Seite. In beiden brach der Schmerz aus der Tiefe hervor und in beiden tanzten Freudenfunken, als ihre Blicke aufeinandertrafen. Die Bäume um den Flugplatz, die Betonsäulen, die das Dach stützten und sämtliche Flugzeuge, die sich in dieser Sekunde in der Luft befanden, kamen ins Schwanken. Die Münder verkrampften sich bei der Begrüßung, die Zungen verknoteten sich und die Stimmen erreichten sich nicht. Eine verblühte, verspätete und gealterte Stille herrschte im Raum. Ich fühlte, wie ich mich in zwei Personen aufspaltete. Die eine war ich selbst, die andere war dabei, aus diesen Kleidern zu steigen und ein anderer Mensch zu werden. Zu einem Menschen, in dessen Augen sich die ganze Welt in eins zusammenzog, und dieses eine war die Frau. Die Frau, die nun erstaunt vor ihm stand. Er schaute ihr in die Augen, die sich mit Tränen gefüllt hatten. Sie betrachtete die ihr vertrauten Gesichtszüge und schaute auf die Gebetsschnur, die er am linken Handgelenk trug. Er wollte die neunundneunzig Perlen auf der Schnur eine nach der anderen zählen und sie neunundneunzig Mal um Vergebung bitten für den gebrochenen Mann, der ihr gegenüberstand. Ihre Augen glitten zu den weißen Strähnen, gegen die er sich gewehrt hatte, und sie glitten langsam und grausam über seinen Körper. Augen, deren Umgebung dem Angriff der Falten ausgesetzt waren, die aber selbst ihre Tiefe, ihre Klarheit und ihre Abwehr nicht verloren hatten. Um Berivan wehte der Duft, der mir schon früher bei Hussein begegnet war. Es schien, als sei die Vergangenheit in den Körper eingetreten und dieser strahlte nun einen besonderen Duft aus. Es war der unvergessliche Duft der vielen Dinge, die dem Geist und den Gefühlen des Menschen ihren Stempel aufdrücken. Es war ein süßer Duft, mit Schmerzen vermischt. Ein Duft, der mir den Weg zu heißen Tränen, grünen Schlangen, den schwarzen Perlen einer Gebetsschnur, Sehnsucht und Trauer öffnete. Diese ersten Sekunden verstrichen langsam und schmerzhaft. Doch dann kehrte mir der Verstand wieder zurück, auch meine Rückkehr in die eigenen Kleider fand statt und die Melancholie in ihrem blassen Gesicht machte einem leichten Aufblühen Platz. Ebenso wurde das Schweigen gebrochen und gefolgt von raschen Fragen und Antworten. Auf dem Weg vom Flughafen bis zu Husseins Haus wollte ich alles über die vergangenen Jahre in ihrem Leben wissen; sie wollte, soweit möglich, in kürzester Zeit sämtliche Auskünfte über ihn und sein Leben sammeln.

„So viele Jahre sind vergangen. Was hast du in diesem Land gemacht, Azado, was tust du heute?"

„Nachdem die Brücke zwischen mir und dir über mir zusammenbrach, habe ich in diesem Land mit dem Bauen von Brücken begonnen."

„Das heißt, du warst hinter Frauen her!"

„Ich verstand hier rasch, dass der Grund für die gegenseitige Ablehnung und den Hass unter den Menschen im Nichtverstehen liegt. Der Hauptgrund für das Nichtverstehen ist die fehlende Sprache. Deshalb war für mich das Übersetzen eine Tätigkeit, die meinem Herzen am nächsten lag. Auf diesem Weg kann ein Übersetzer Brücken bauen zwischen Menschen, die zusammenleben, sich aber nicht verstehen. Das ist, was ich getan habe. Ich habe mein Leben mit dem Bauen von Brücken verbracht."

„Du hast dich überhaupt nicht verändert! Du bist genau wie früher gut darin, neue Wörter zu finden."

„Und dieser besondere Ausdruck in deinem Gesicht ist immer noch da."

Mit einer Anmut, die sie zwanzig Jahre jünger erscheinen ließ, fuhr sie fort:

„Und die Gebetsschnur, die ich dir geschenkt habe, ist immer noch an deinem Arm! Ich bin neugierig. Hast du sie immer getragen oder hast du sie nur angelegt, um mich zu empfangen?"

„Was habe ich damals gesagt, als du sie mir schenktest?"

„Ich weiß es nicht mehr."

„Du hast offenbar viel vergessen, aber ich habe nichts vergessen."

„Hast du eine Frau und Kinder?"

„Ich habe eine Tochter, doch ihre Mutter und ich haben uns getrennt."

Ich hatte den Auftrag angenommen, die Familie zusammenzuführen und eine Wohnung für Hussein und Berivan gemietet. Als wir uns dem Haus näherten, kam uns in den Sinn, dass wir nicht allein waren und uns trennen mussten. Hussein war mit seinem Mobiltelefon beschäftigt und froh darüber, dass seine Mutter und der Übersetzer in ein langes Gespräch verwickelt waren und ihn in Ruhe ließen. Der Abschied vor Husseins Türe war wie eine Begrüßung. Das Versprechen, sich morgen gegen Abend wieder zu treffen, versetzte ihre Herzen in Erregung. Der Gedanke, dass die erste Liebe, die einzige, erst mit dem Tod endet, spross an jenem Tag in ihnen wie ein Baum.

Die neunundfünfzigste Perle war die Perle des Wiedererwachens einer Liebe

Am Abend war meine Tochter Dana bei mir. Ich hatte mich so nach ihr gesehnt, dass sie über meine minutenlange Umarmung und meine Küsse ganz verblüfft war. Es schien, als ob meine Liebe zu diesem Kind zum ersten Mal aufgeblüht wäre, obwohl ich Woche um Woche verfolgt hatte, wie sie aufwuchs. Deshalb wusste sie bis zum Schlafengehen nicht, was der Grund für die Zuneigung war, die sich heute über sie ergoss. Ich betrachtete sie mit anderen Augen, meine zarten Gefühle für sie strömten über. Die Liebe zu den Kindern, zur Familie, zur Frau, zum Leben, die Liebe eines Vaters, die Liebe zur Heimat, zur ganzen Menschheit erfüllte mein Herz. Vom Tag an, da ich die Heimat verlassen hatte, bis zu dem Augenblick, in dem ich so verwandelt wurde, war der Verlust der Würde die größte Wunde in meinem Herzen gewesen. Das neue Land gab mir alles wieder, außer meiner Würde. So sehr ich diese Tatsache auch verdrängte und hoffte, mich zu irren, riefen mir die Ereignisse die bittere Wirklichkeit ins Gedächtnis zurück: Die Heimat eines Menschen verleiht ihm Zugehörigkeit. Deshalb schmerzte es mich so sehr, dass meine Landsleute sich auf diesen

Weg begaben, auf den auch ich mich begeben hatte, und sich in Scharen ins todbringende Meer warfen oder mit Minen und Gefängnissen bestückte Grenzen überquerten, bis sie das „Paradies" hier erreichten. Das Tuch, das sich mein Vater damals um seinen Kopf geschlungen hatte, um seine Augen zu verhüllen und zu weinen, kam mir in den Sinn. Und so war ich froh, dass Dana schlief, als in meiner Kehle ein Schluchzen aufstieg und ich mich entfernt von ihr vom Druck in meinem Innern befreien konnte. Solange ein Sohn im Kindesalter ist, nimmt er seinen Vater als fern und fremd wahr, doch wenn er erwachsen und selber Vater wird, stellt er fest, dass er sich in seinem Verhalten nicht vom Vater unterscheidet. So hatten auch Hamo, der Jeside, und ein anderer Kranker dies mir gegenüber ausgesprochen. Ich war jetzt auch in dieser Lage. Die Sehnsucht nach dem Vater ließ sein lächelndes Gesicht vor mir aufsteigen. Dies führte dazu, dass der alte Wunsch wiedererwachte und an mir zu nagen begann: der Wunsch, das wahre Gesicht meiner Mutter zu sehen, der ich Unglück gebracht hatte. Ich ging hungrig wie ein Wolf zu einer Leinwand und begann, eine grüne Schlange zu malen. Daraus wurden zwei, drei, vier, zehn, tausend. Sie gebaren tatsächlich lebende Junge, die aus ihren Körpern glitten. Alle stürzten sich aus dem Bild, versanken in der grünen Farbe und stiegen wieder auf. Einige krochen unter der Türe und den Fenstern durch und verschwanden. Das Bild hatte sich geleert. Als mich die Stimme meiner Mutter erreichte, führte eine ungeahnte Kraft meine Hand, und wie unter Zwang malte ich den Körper eines schwarzen Vogels auf die weiße Leinwand. Auch der schwarze Vogel blieb nicht am Ort. Er flog jäh aus dem Bild auf, wie immer zur Ecke des Zimmers und die Stimme meiner Mutter warf Licht in meine düstere Seele:

„Ich habe dich lange nicht gesehen, mein Sohn. Hast du dich nicht nach deiner Mutter gesehnt?"

Diesmal genügte es mir nicht, nur mit ihr zu sprechen. Die früheren Male hatte ich mich davor gefürchtet, mich ihrer Stimme zu nähern, aber jetzt hatte ich keine Angst mehr. Der Vogel war zu einer Frau geworden. Ich stürzte mich in Richtung ihrer Stimme und warf mich in ihre Arme. Sie hielt mich wie ein kleines Kind. So sehr ich mich auch anstrengte, es gelang mir nicht, ihr Gesicht zu sehen. Als einzige Waffe blieben mir noch die Tränen. Nach so vielen Jahren ist das Weinen in den Armen der Mutter ein sehr besonderes Gefühl. Als ich den Kopf hob, um ihr Gesicht zu sehen, ließ sie mich los, nahm sie mich bei der Hand und führte mich zum Bett. Hinter mir hörte ich die Stimme der Mutter sagen, ich solle schlafen, da ich am nächsten Tag wieder arbeiten müsse. Doch als ich mich auf dem Bett ausstreckte, wurde ich ganz und gar wach. Die weiße Leinwand dort drüben sah aus wie ein ins Leichentuch gewickelter Toter. Ich hatte das Weiß der Leinwand noch nie auf diese Art wahrgenommen. Ich verspürte den Drang, das Gesicht zu malen, das mich seit Jahren begleitete, das Gesicht von Berivan. Ich ergriff den Pinsel wie ein Messer, um meine Liebe zu zeichnen. Die Liebe war ein großer schwarzer Vogel, der über den Berggipfeln des Herzens immer höher und höher stieg. An beiden Seiten hielt sich ein Mensch an einem Flügel fest. Außer diesen zwei Menschen war keine Macht, keine Sache dazu imstande, den Vogel vom Himmel herunterzubringen. Da kam eine Frau und schnitt beide Flügel an der Wurzel ab. Der verwundete Vogel stürzte aus der Luft auf die Erde. Wie sehr die Frau auch darum kämpfte, der Vogel starb nicht. Auch wenn sie seine Flügel brach, seinen Schnabel abhackte und ihm keine Feder ließ, – es kommt ein neuer Tag, und der Vogel fliegt wieder über den hohen Bergen in die Himmelsbläue. Dann weitet sich das Bild und der schwarze Vogel öffnet die Fächer seiner Flügel weit und fliegt hoch hinauf zum siebten Himmel empor.

„Getrieben von der Hitze des Malens schreibe ich heute Nacht diese Worte nieder. Ich habe das Gefühl, die Einzelheiten entgleiten mir und gehen verloren, wenn ich sie nicht notiere. Das Leben ist für mich so schön geworden, dass ich darin keine Sekunde mehr ohne Sinn, ohne Werk, ohne hinterlassene Spur verstreichen lassen will. Die Liebe ist wie der Vogel Phönix, sie verbrennt, sie kann verbrannt werden, doch steht sie immer wieder verjüngt aus der Asche auf."

Eine einzelne Perle

Alles war zu Ende mit dem Schlag des scharfen Eisens, das auf seinen Kopf niederfiel. Seine Träume waren zu Ende. Hoffnung gab es keine mehr. Das Augenlicht erlosch. Die Wünsche des Herzens zerstoben. Ein schwarzer Vogel, der in diesem Augenblick am Himmel flog, schrak zusammen. Im selben Augenblick bereitete sich Berivan für das Treffen mit einem Mann vor, dessen Atem bereits stillstand. Sie wollte ihn aufsuchen, die harte Schale, die seit Jahren ihr Herz zusammendrückte, aufbrechen und mit ihm ein langes Gespräch führen. Sie wollte neu beginnen. Es warteten viele Dinge darauf, dass sie von ihnen erfuhr. Wie üblich warteten auch zwei Personen, von der jede die Sprache des anderen nicht kannte, auf sein Erscheinen und darauf, dass er zwischen ihnen vermittelte und sie sich ohne Mühe verständigen konnten. An diesem Tag brach eine Windhose, die alles zwischen Erde und Himmel vor sich hertrieb, die großen und weiten Flügel des schwarzen Vogels, und er verlor das Bewusstsein. Durch den Schlag stürzte Azado auf seine linke Hand. Sein Fall zerriss den Faden der Gebetsschnur. Neunundfünfzig Perlen lagen unter seinen Fingern. Vierzig weitere wurden weit zerstreut, jede Perle rollte irgendwohin. Als die Leute sich um den leblosen Körper des weißhaarigen Mannes scharten, der auf der Stelle tot war, sahen sie außer den Perlen dort auch die Leiber mehrerer grüner, gefleckter Schlangen. Sie wussten nicht, ob die toten Schlangen etwas mit dem ermordeten Mann zu tun hatten oder nicht. In den lokalen Radio- und Zeitungsnachrichten des nächsten Tages wurden weder die toten Schlangen noch die Perlen erwähnt. Es war nur die Rede von einem toten Ausländer, der von einem jungen Mann mit psychischen Problemen umgebracht worden war. Außerdem lag im Hause des toten Mannes auf dem Tisch ein Heft mit blauem Umschlag, dessen letzte Seiten offenbar in großer Erregung vollgeschrieben worden waren und die von einer seltsamen Liebesgeschichte handelten. Daneben fanden sich zwei große Bilder in der Wohnung, die die Wände des einen Zimmers bedeckten. Das erste Bild zeigte grüne, gefleckte Schlangen, das andere einen großen schwarzen Vogel. Der Vogel schwebte auf ausgebreiteten Flügeln in einen wolkenlosen Himmel hinauf und ein Mann voller Groll, dessen Gesichtszüge denen des Ermordeten glichen, klammerte sich mit beiden Händen an dessen Füße und hing so zwischen Himmel und Erde. Weiter waren oben auf dem Bild, am Rande des Himmels, hohe Berge zu sehen und unten neunundneunzig auf der Erde verstreute Perlen.

Nachwort

Wenn wir über kurdische Literatur in Syrien sprechen, sollten wir einen Blick in die Welten des Schriftstellers Halim Youssef werfen. In den vergangenen Jahren hat Youssef eine Reihe von faszinierenden Romanen veröffentlicht, die sich stets durch ihre außergewöhnlichen Sphären und Erzählmethoden auszeichnen. Youssef ist ein emsiger Beobachter der menschlichen Angst und erprobt immer neue experimentelle Erzähltechniken. Die Literatur von Halim Youssef ist geprägt von einer intensiven Auseinandersetzung mit der erstickten inneren Stimme seiner Helden, die sich zwischen einer riskanten Außenwelt und einer unterdrückten, verdrängten Innenwelt bewegt. Der vorliegende Roman ist die Geschichte eines mysteriösen Verbrechens, dem der in Amude aufgewachsene Übersetzer Azado in Deutschland zum Opfer fällt, ein talentierter Mann, der als Dolmetscher für Migranten aus dem Nahen Osten arbeitet. Er hinterlässt Notizen, Aufzeichnungen und Eindrücke, die von seinem Beruf und seinen Beziehungen zu anderen Menschen und von deren Schicksalen erzählen.

Das Buch präsentiert verschiedene Etappen im Leben eines Mannes, der eine komplexe und neurotische Beziehung zu seiner Vergangenheit, zu Geistern und Illusionen, zu unerfüllten Sehnsüchten und zu wiederkehrenden Alpträumen hatte. Azado wuchs wie die meisten Kinder des Ostens in einer von väterlicher Dominanz geprägten Familie auf. Doch die patriarchale Macht ist nur eine Form der Vorherrschaft. Eine andere erstreckt sich über das gesamte soziale Gefüge. Youssef verbindet in seinen Romanen sorgfältig die Ringe der Unterdrückung im sozialen Gewebe. Azado trägt die Spuren seines kindlichen Traumas mit sich, wohin er auch geht. Die väterliche Gewalt ist lediglich die ursprüngliche Stufe zur unmenschlichen und organisierten Gewalt, die Azado in den Gefängnissen durch brutale Folter erfährt.

Von Kindesbeinen an wollte er Übersetzer werden, um Brücken zwischen den Menschen zu bauen, und in der Welt seinen Platz zu finden. Die Tätigkeit erhält im Roman eine symbolische Bedeutung, denn sie ist eine Art, der Muttersprache treu zu bleiben und gleichzeitig offen für andere Menschen zu sein. Azado übersetzt für eine ausgestoßene Randgruppe, nämlich für Flüchtlinge. Er erkennt sich im Spiegel der Marginalisierten wieder. Die desaströse Nostalgie und der Aufbau einer masochistischen Beziehung zur Außenwelt sind charakteristisch für Menschen aus dem Orient, die Flucht und Ausgrenzung erlebt haben. Youssef gelingt es in seinen Werken, diese selbstzerstörerische Tendenz eindringlich darzustellen.

Der Roman ist eine Erzählung über die Dysfunktion menschlicher Beziehungen. Azados Beziehung zu Berivan zerbricht, als sie beschließt, sich auf eine Beziehung mit dem Schuft Yasino einzulassen – eine Beziehung, die alle Beteiligten teuer zu stehen kommt. Youssefs Figuren entscheiden sich oft für die schlechtesten Lösungen. Der Vernichtungswille politischer und gesellschaftlicher Autoritäten verwandelt sich auf irrationale Weise in einen inneren Wunsch nach Selbstzerstörung. Die Verbindung des Protagonisten zur Welt der Toten ist für ihn genauso stark wie die Verbindung zur Welt der Lebenden. Azado stellt die Frage: "Warum lieben wir Menschen die Toten so sehr?" Die schönsten Augenblicke väterlicher Zärtlichkeit bei Azados Vater sind stets von grausamen Worten begleitet. Die Liebe von Berivan wird von einem Seitensprung getrübt, die Vorlesungssäle der Universität sind voller Geheimpolizisten, die die Studenten überwachen, und die eheliche Beziehung zu Sandra wird von Eifersucht belastet. Das Übersetzen wird zu einem fehlgeschlagenen Prozess: "Der Übersetzer verrät dreimal: Er verrät den Sprecher, indem er ihm vorgaukelt, alles, was er gesagt hat, sei niedergeschrieben und übersetzt worden. Er verrät den Zuhörer und verrät letztendlich auch sich selbst." Der Versuch, Brücken zwischen Menschen, Sprachen und Nationen zu errichten, ist von vornherein zum Scheitern verurteilt.

„99 zerstreute Perlen" ist wie eine Kurzbiografie der meisten Migranten. Er lädt zum Nachdenken über die Ursachen von Flucht ein und berichtet von dem Schrecken, der selbst nach dem Ende der Flucht noch anhält. Der Roman offenbart implizit die Faktoren, die den Integrationsprozess in westlichen Gesellschaften zum Scheitern bringen. Denn Rassismus ist lediglich eine von vielen Ursachen. Flüchtlinge durchlaufen einen langen und beschwerlichen Prozess in staatlichen Unterkünften; die Angst vor Ausgrenzung und Marginalisierung begleitet Asylsuchende über viele Jahre hinweg. Anhand von Beispielen wie Hassoun, Hamo und Behram, die psychopathische Züge angenommen haben, veranschaulicht Youssef menschliche Prototypen, die sich nicht in die westliche Umgebung integrieren können. Es sind Menschen, die unter einer Vielzahl von geistigen und körperlichen Belastungen leiden, Menschen, die in einer Sackgasse stecken – eine Rückkehr ist unmöglich, ein Vorankommen ebenso. Es ist ein Roman über Wesen, denen weder die Heimat noch die Fremde die Möglichkeit gegeben hat, in Freiheit zu leben.

Wer den Roman liest, spürt, dass die Schrecken und Geister der Vergangenheit für alle ein unüberwindbares Hindernis darstellen und dass die körperliche Flucht nicht gleichbedeutend ist mit einer Flucht des Geistes. Die Seele ist unfähig, zu wandern, und sehnt sich schmerzlich nach der Vergangenheit. Der Körper unterliegt den Anforderungen des Lebens im Westen, während die Seele das Exil in seiner tragischen Dimension als vollkommene Entfremdung erlebt. Hier zu sein bedeutet nicht, dass wir nicht mehr dort sind.

Die Figuren klammern sich an ihre Heimat und geraten in eine Spirale gefährlicher Frustrationen, die letztendlich in den Wahnsinn führen.

Der Roman von Youssef verkörpert auf brillante Weise die Ängste des orientalischen Menschen im Allgemeinen, ein Teil der Macht zu werden; der Hass auf Unterdrückung führt dazu, dass sie alle Formen der Macht verabscheuen. Der Versuch, sich vom Vaterbild zu lösen, ist gleichbedeutend mit dem Versuch, sich von jeglicher Form der Macht zu befreien.

Dieser Roman ist eine eindrückliche Erzählung über den Orient und die Flucht. Beim Eintauchen in die Labyrinthe der Welt der Flüchtlinge wird den Leserinnen und Lesern bewusst, dass für diese Wesen nur der Pfad des Wahnsinns oder des Todes bleibt.

Es ist eine Geschichte von Kreaturen, gefangen im Schicksalsnetz.

Bachtyar Ali

Im Sujet Verlag erschienen

Unendlich ist die Nacht
von Pedro Kadivar

Roman
1. Aufl. 2022; Hardcover
ISBN: 978-3-96202-117-7

Zwei Geflüchtete in Berlin. Der eine kam aus der DDR, der andere aus Iran. Seit fast zwanzig Jahren sind sie ein Paar auf der Suche: Nach sich selbst, nach einander, nach einer gemeinsamen Sprache. Sie beobachten einander, warten aufeinander, suchen nach einer Formel für die Unendlichkeit des Seins, für die Endlichkeit des Lebens, für die Unmöglichkeiten des Zwischenmenschlichen.
In seinem vielschichtigen Roman erkundet Pedro Kadivar („Das kleine Buch der Migrationen"), was das Menschsein ausmacht, was Flucht, Gewalterfahrungen, Liebe, Nähe und die alltäglichen Unsicherheiten prägt. Geschickt verwebt er die großen Fragen unserer Zeit mit den wichtigsten Denkern aus Philosophie und Literatur.

Pedro Kadivar, Schriftsteller und Theaterregisseur, wurde im iranischen Shiraz geboren und ging mit sechzehn nach Paris. 1996 ließ er sich in Berlin nieder, 2002 promovierte er über Proust an der Humboldt-Universität, bevor er sich wieder verstärkt seiner Arbeit am Theater widmete. 2004 reiste er erstmals wieder nach Iran. In der Spielzeit 2011/12 war er Artist in Residence am Théâtre de l'Odéon in Paris. 2015 wurden zwei seiner Stücke auf dem Theaterfestival in Avignon präsentiert. 2017 wurde sein Stück Kunst der Flucht in seiner Inszenierung am Gorki Theater in Berlin uraufgeführt. Für seine Arbeiten erhielt er mehrere Preise. Er lebt in Berlin und Paris.

Söhne der Liebe
von Ghazi Rabihavi

Roman
1. Aufl. 2022; Hardcover
ISBN: 978-3-96202-101-6

Gleichgeschlechtliche Liebe im Iran, Aufbegehren gegen überkommene Traditionen und Rollenklischees, Unterdrückung der politischen Opposition, Verfolgung Andersdenkender, die Gefahren der Flucht sowie Ausbeutung und Rechtlosigkeit im erzwungenen Exil, Polizeigewalt, Willkür und Folter – all diese Themen vereint der bewegende Roman Söhne der Liebe von Ghazi Rabihavi. Anhand der Geschichte von Nadji und Djamil zeichnet der Autor ein beklemmendes Bild vom Iran zu Zeiten der islamischen Revolution bis zum Ausbruch des Krieges mit dem Irak. Der seit 1995 im Londoner Exil lebende Rabihavi nimmt die Leserschaft mit auf eine erschütternde wie auch fesselnde Reise in das angespannte und explosive Klima des vorrevolutionären Iran. Gezwungen, die zunehmende Aussichtslosigkeit der sie einengenden Umgebung ihres südiranischen Dorfes zu verlassen, begeben sich die Protagonisten Nadji und Djamil in die nächstgrößere Stadt und schließlich als illegale Einwanderer ins Nachbarland. Auf ihrer Flucht begegnen sie verschiedenen marginalisierten Bevölkerungsgruppen, deren Lebensgrundlagen im Zuge der intensiven gesellschaftlichen Umwälzungen massiv erschüttert werden und die ihren Platz in den neuen sozialen und politischen Verhältnissen erst finden müssen. Söhne der Liebe, ins Deutsche übertragen von Gorji Marzban und Thomas Geldner, beleuchtet einen Wendepunkt in der Geschichte des Iran und greift zugleich universelle Fragen auf, die bis heute nichts an Relevanz eingebüßt haben.

Weltliteratur
Warum wir ein neues
Literaturverständnis brauchen
von Gerrit Wustmann

Essay
1. Aufl. 2021; Hardcover
164 Seiten; 19,00 €
ISBN: 978-3-96202-081-1

„Wo Weltliteratur draufsteht, ist Westliteratur drin."
Egal ob es um Rezensionen im Feuilleton geht, um Uni-Seminare, um Bestenlisten der ‚wichtigsten' Werke oder um die Lektüren im Schulunterricht: Das literarische Schaffen von Autor*innen aus Asien, Afrika und Lateinamerika wird meist ausgeklammert – aus Unkenntnis und vielen weiteren Gründen.
In seinem kenntnisreichen Essay zeigt der Schriftsteller und Journalist Gerrit Wustmann nicht nur, was uns dadurch alles entgeht, sondern auch, wie einseitiges Lesen unseren Blick auf die Welt verzerrt.

Gerrit Wustmann, geboren 1982 in Köln, ist freier Schriftsteller und Journalist. Er hat bislang zehn Bücher veröffentlicht und seine Gedichte wurden in zahlreiche Sprachen übersetzt. Für seine literarische Arbeit erhielt er mehrere Stipendien, außerdem den postpoetry.NRW Lyrikpreis 2012 und den Förderpreis für junge Künstler*innen des Landes NRW 2015.

Raqqa am Rhein
von Jabbar Abdullah - Vorwort Illija Trojanow

Teilübersetzung aus dem Arabischen
von Christine Battermann sowie gemeinsame
Teilübertragung von Jabbar Abdullah
und Sonja Oelgart

1. Aufl. 2020; Klappenbroschur
250 Seiten; 17,80€
ISBN: 978-3-96202-059-0

Raqqa am Rhein ist eine autobiografische Erzählung über Aufbruch und Ankunft, über zerstörte Freiheitsträume und hoffnungsvolle Neuanfänge. Mit Hilfe von Augenzeugenberichten erhalten die Lesenden zudem einen Einblick in die skrupellosen Methoden der syrischen Geheimdienste bzw. das Leben unter der Willkürherrschaft des IS in Raqqa nach 2014. Doch Abdullah berichtet auch über seine neue Heimat Deutschland. Dabei hinterfragt der Autor die landläufigen Konzepte von Integration und Herkunft, reflektiert den Freiheitsbegriff und hält auch manch überraschenden Perspektivwechsel bereit.
Der syrische Autor Jabbar Abdullah nahm 2012 an den ersten Demonstrationen an seiner Uni in Aleppo teil und musste zusehen, wie das Regime von Bashar Al-Assad dem Arabischen Frühling mit blanker Gewalt begegnet. Als er sich auf die riskante Flucht nach Europa begibt, liegen große Teile des Landes bereits in Trümmern, wenig später übernehmen die Terroristen des IS das Ruder.

Jabbar Abdullah ist Archäologe, Autor und Kurator aus Syrien. In Syrien studierte er im Master und kam 2014 nach Köln, wo er seitdem lebt. Er sehr aktiv in der Syrisch-Deutschen Kulturszene, kuratiert Kunstausstellungen und Literaturfestivals und engagiert sich für Kulturaustausch und erfolgreiche Integration. Er ist außerdem Mitbegründer des Vereins 17_3_17, der sich die Förderung des Austauschs deutscher und syrischer Kultur zum Ziel gesetzt hat.

Madonnas letzter Traum
von Doğan Akhanlı

aus dem Türkischen
von Recai Hallaç

1. Aufl. 2019; Hardcover
472 Seiten; 24,80 €
ISBN: 978-3-96202-042-2

Doğan Akhanlı greift in *Madonnas letzter Traum* die Novelle *Madonna im Pelzmantel* des türkischen Dichters Sabahattin Ali auf und schreibt sie neu. Akhanlı macht Ali selbst zur Romanfigur. Auf seinem Weg ins Exil wird er 1948 von Angehörigen des türkischen Geheimdienstes getötet. Unmittelbar vor seinem Ableben gesteht er, Maria Puder sei in Wirklichkeit anders gestorben als in seiner Novelle. *Madonnas letzter Traum* ist der Versuch, die wahre Geschichte des Lebens und Todes von Maria Puder in der NS-Zeit zu entdecken.

„Ein Buch, das deutsche und türkische Geschichte miteinander verknüpft und einen Bogen schlägt von der Nazi-Zeit bis fast in die Gegenwart" Angel Gutzeit

„Doğan Akhanlı hat in einem mächtigen Erzählstrom Geschichte und Geschichten von Opfern erzählt. „Madonnas letzter Traum" ist eine tiefgreifende Auseinandersetzung mit Menschheitsverbrechen und den Auswirkungen für die Nachfahren..." WDR

„Was für ein beeindruckend komplexer Roman. Doğan Akhanlı begibt sich mit seinem Buch stilistisch in die Nähe eines Orhan Pamuk oder Borges." Büchereule

Doğan Akhanlı, 1957 in der Türkei geboren, hat zahlreiche Romane und ein Theaterstück verfasst. Die Tage ohne Vater (dt. 2016) und Madonnas letzter Traum (türk. 2005) wurden zu den wichtigsten Romanveröffentlichungen der Türkei gewählt. 2013 erhielt er den Pfarrer-Georg-Fritze Preis in Köln, 2018 den Europäischen Toleranzpreis in Österreich.
1991 musste er aus der Türkei fliehen und kam als politischer Flüchtling nach Deutschland. Seit 1992 lebt er in Köln. Aufgrund seiner politischen Haltung war er mehrfach in der Türkei inhaftiert; zuletzt wurde er 2017 in Spanien aufgrund eines türkischen Haftbefehls festgenommen und schrieb darüber das Buch Verhaftung in Granada.

Kleines Buch der Migrationen
von Pedro Kadivar

Aus dem Französischen übersetzt von
Gernot Krämer

Literarisches Essay
2. Aufl. 2018; Hardcover
197 Seiten; 21,90 €
ISBN: 978-3-944201-86-3

2. Aufl 2020; Taschenbuch
16,80 €; ISBN: 978-3-96202-057-6

In seinem Band setzt sich Pedro Kadivar mit der Thematik der inneren und äußeren Migration auseinander. Strukturierendes Element ist dabei die Biographie des Autors: Einst im Iran geboren, emigrierte Kadivar erst nach Paris, später nach Berlin. Radikal in seiner Form der Integration, legte er die Muttersprache später gänzlich ab und unterdrückte so die eigene Herkunft. Neben persönlichen Einblicken in das Leben eines Migranten bietet der Essay Überlegungen über die Bedeutung der Migration in der Kunst und bezieht sich auf wichtige Figuren der Kunst- und Literaturgeschichte wie Dürer, Giorgione, Proust, Beckett und Hedayat.

Pedro Kadivar ist Schriftsteller und Theaterregisseur, wurde in Schiras geboren und ging mit sechzehn nach Paris. 2002 promovierte er über Proust an der Humboldt-Universität in Berlin. In der Spielzeit 2011/12 war er Artist in residence am Théâtre de l'Odéon in Paris. 2015 wurden zwei seiner Stücke auf dem Theaterfestival in Avignon präsentiert. 2017 wurde sein Stück *Kunst der Flucht* in seiner Inszenierung am Gorki Theater in Berlin uraufgeführt. Für seine Arbeiten erhielt er mehrere Preise. Er lebt in Berlin und Paris.